# 전능의 팔찌

OMNIPOTENT
BRACELET

FUSION FANTASTIC STORY
**김현석** 현대 판타지 소설

청어람

# CONTENTS

# CHAPTER 01
엘리터 사냥

전능의팔찌
THE OMNIPOTENT
BRACELET

"다녀오셨어요? 백작님 성 좋지요?"

"응? 그럼, 좋았어."

세실리아는 마치 외출했다 돌아온 남편을 맞이하듯 환한 웃음을 지었다. 그런데 약간 그늘져 보인다.

현수가 백작성에 있는 동안 발가벗은 어부에 의해 몹쓸 짓을 당할 뻔했기 때문이다. 그래서 이 시각 현재 그 어부는 세실리아의 아버지에게 매를 맞고 있는 중이다.

"여기 오래 계시기로 했어요?"

"응……? 그건 왜?"

"그냥요. 조금 오래 머무셨으면 좋겠어요."

"글쎄… 못 그럴 거 같은데?"

"왜요……?"

세실리아는 금방 처연한 표정을 짓는다.

"세실리아, 난 아드리안 공국으로 가야 해."

"알아요. 이실리프 마탑의 대마법사님이라면서요? 그러니 그러서야죠. 근데 거기서 영원히 살아야 하는 건 아니잖아요."

세실리아는 정치나 권력에 아무런 관심이 없다.

그렇기에 이실리프라는 이름의 무게를 전혀 모른다. 하여 이런 말을 하는 것이다.

"그건 그렇지."

"그럼 나중에 여기서 사서도 되는 거 아니에요?"

"세실리아, 난 내일 아침에 여길 떠날 거야. 그리고 언제 내가 해야 할 일이 끝날지 몰라. 내 말 무슨 뜻인지 알지?"

"……!"

"아까 그 어부는 어때?"

"네에……? 그놈은 왜요?"

"그 녀석이 세실리아를 많이 좋아하고, 잘 아껴줄 것 같아서 하는 말이야."

"치이, 그놈이 조금 전에 내게 무슨 짓을 했는지나 알고 하는 말이에요? 날 막 어쩌려고 덮쳤단 말이에요. 그것도 발가벗고……. 어휴, 무서워서 죽을 뻔했어요. 짐승 같이 씩씩거렸단 말이에요."

"그게 무슨……?"

세실리아의 설명은 이어졌다. 현수는 단순 무식한 어부의 행위가 어이없었다.

이처럼 분별력이 없다면 살아가는 데 문제가 있다.

가족을 지키는 것은 고사하고 본인의 목숨조차 어찌될지 모른다. 그런 면에서 어부는 세실리아의 짝으로 불합격이다.

현수는 어찌할까 싶은 생각을 했다.

"세실리아, 네게 주고 싶은 게 있어. 잠시만 기다려 봐."

재잘대던 세실리아가 입을 다물었다. 대체 뭘 주려는지 궁금했던 것이다.

현수가 건넨 것은 화려한 꽃무늬가 그려진 원피스이다.

아르센 대륙에서는 결코 만들 수 없는 그런 것이다. 입고 있던 옷이 상당히 낡아 보여 주는 것이다.

"와아! 정말… 어떻게 이렇게 예쁜 옷을……. 정말 예뻐요."

"또 있어. 잠시만 기다려."

현수는 비슷한 디자인으로 된 옷을 여러 벌 꺼내 주었다. 그때마다 예쁘다고 난리법석이다.

다음에 현수가 꺼낸 것은 비누다.

페퍼민트, 라벤더, 아세로라 등 여러 가지 향기를 지닌 것들이다. 여관에서 일을 하느라 음식 냄새가 몸에 배어 있다.

젊고 발랄할 나이에 행패나 부리는 취객을 상대하느라 시드는 것이 안타까워 준 것이다.

현수가 꺼낸 비누는 상당히 양이 많았다. 세실리아의 관심을 다른 데로 돌리기 위함이다.

"이건 뭐예요? 흐으음, 향이 좋은데 먹는 건가요?"

"세실리아, 이건 먹는 게 아니야. 이리 와봐."

현수는 세실리아에게 비누 사용법을 가르쳐 줬다.

"알았지? 이건 될 수 있으면 혼자서 써. 그런데 정말 돈이 궁해지면 그때는 팔아서 써도 돼."

"이걸 팔라고요?"

"그래. 여기선 구하고 싶어도 구할 수 없을 정도로 귀한 거니까 아주 비싸게 팔아야 해. 알았지?"

"예에……? 요까짓 걸 누가 비싸게 주고 사요?"

"아마 귀족들은 없어서 못살걸?"

"정말이요? 으음, 생각해 보니 정말 그렇겠네요. 딱 한 번 문질러서 닦았는데도 은은한 향이 나네요."

스무 살인 세실리아는 눈앞의 신기한 비누에 정신이 팔렸다.

그렇기에 내일 아침 현수가 떠난다는 것을 심각하게 생각지 않게 되었다.

이런 세실리아의 정신을 완전히 팔게 한 것이 있었으니 그것은 손거울과 빗, 그리고 머리핀과 향수이다.

현수 본인으로선 생전 쓸 일이 없는 것이기 때문이다.

세상에 태어난 이래 처음 보는 기물들 덕분에 세실리아의 관심은 이것들에 머무르게 되었다.


다음 날 아침, 현수는 세실리아의 환송을 받으며 떠났다.

언젠가 반드시 한 번쯤은 오겠다는 약속을 하고야 겨우 떠날 수 있었다.

거우 하루였지만 세실리아는 현수를 자신의 낭군으로 자리매김 시키고 있었다. 그래서 돌아올 날을 기다릴 작정이었다.

하나 그 작정은 오래 가지 못한다.

몸에서 향기 나는 여자가 있다는 소문을 듣고 찾아온 어느 백작가의 차남과 결혼하게 되기 때문이다.

세실리아 덕에 백작가의 위생은 몰라보게 좋아진다. 게다가 적지 않은 돈까지 얻게 된다.

현수가 준 물품들을 아주 비싼 값에 팔기 때문이다.

결정적인 것은 향수이다. 15㎖짜리 한 병, 그러니까 마트나 인터넷에서 한 2만 원쯤 주면 살 수 있는 것이다.

이것들이 병당 300골드를 호가하게 된다. 그런데 세실리아는 이런 향수를 무려 20여 병이나 가지고 있다.

                    *          *          *

현재의 현수는 강폭이 무려 8㎞나 된다는 바벨강을 건너는 중이다.

배에는 오십여 명의 사람들이 타고 있다. 대부분이 상인들이고, 그들을 호위하는 용병들도 끼어 있다.

"강을 건너는 데 시간이 얼마나 걸립니까?"

"망할 놈의 엘리터만 나타나지 않는다면 아마 네 시간 반쯤 걸릴 겁니다요."

현수의 물음에 선장이 친절한 대답을 한다. 케이상단 지부장이 특별한 손님이니 잘 모셔달라는 요청을 했기 때문이다.

현재 현수는 마법사 특유의 로브를 걸치고 있지 않다.

배를 타고 건너가는 곳이 현재 아드리안 공국과 아주 불편한 관계인 미판테 왕국이기 때문이다.

소문은 날개가 없어도 날아다니는 법이다.

현수, 아니, 이실리프 마탑 출신 마법사 하인스 킴의 출현은 본격적으로 소문나고 딱 하루가 지났을 뿐이다.

그런데 벌써 이웃나라인 미판테 왕국의 왕궁에 이 소식이 전해져 있는 상태이다.

뿐만 아니라 한창 전화에 휩싸여 있는 카이엔 제국과 라이서 제국, 그리고 크로완 제국까지 번져 있다.

물론 아드리안 공국에도 전해졌다.

예전 같으면 뛰어난 마법사의 출현과 거의 동시에 이들 세 나라의 비밀 첩보기관이 접촉을 시도했을 것이다.

대개의 경우 한 나라를 택하게 되고, 나머지 두 나라의 집요한 공격을 받게 된다.

상대가 강해질수록 위축되기 때문이다.

아무튼 전화나 전신이 없음에도 이럴 수 있는 것은 지구엔 없는 마법이라는 것이 있기 때문이다. 덕분에 아르센 대륙 전체에 소문이 번지는 것은 이제 시간문제일 뿐이다.

이는 집요한 추적의 시작을 의미한다.

실제로 세 제국은 전쟁 중이라 바쁘지만 미판테 왕국과 쿠르스 왕국, 그리고 엘리아 왕국의 첩보기관은 요원을 파견하였다. 직접적인 연관이 있기 때문이다.

이들의 목적지는 올테른 항구이다.

만일 그곳에 머물러 있다면 현수는 이들과 손을 잡거나 목숨을 내주거나 둘 중 하나를 선택하는 기로에 놓이게 되었을 것이다.

현명하게도 알론은 이런 상황을 주지시킨 것이다.

알론은 현수가 엄청나게 강하다는 것을 안다. 또한 귀찮은 것을 싫어한다는 것도 안다.

그렇기에 마법사 특유의 로브를 벗고 수련여행을 다니는 자유기사 복장을 갖추도록 충고하였다.

자유기사라 함은 아직 주군을 정하지 않은 기사를 의미한다.

현재 각국에서는 뛰어난 자원을 얻기 위해 자유기사의 출입을 암묵적으로 용인하고 있다.

어쨌거나 여러 이유로 선장의 말에 공대가 들어간 것이다.

"엘리터……?"

"네, 바벨강에만 사는 수중 몬스터인데 성질이 포악한 데다 공격적인 놈입니다요."

현수는 몬스터 도감을 떠올려 보았다.

엘리터, 큰 놈은 10m까지도 자라는 놈이다. 몸통은 악어와 비슷하게 딱딱한 껍질로 둘러싸여 있다.

수중 생물이지만 다리도 달려 있다. 그래서 물속뿐만 아니라 육지에서도 살 수 있다.

대가리는 메기 같이 생겼는데 입안엔 온통 이빨이다. 그래서 한번 물린 먹이는 절대 빠져나갈 수 없다고 한다.

입을 벌리면 상악골과 하악골이 빠질 수 있게 되어 있어 자신보다 몸통이 굵은 동물도 잡아먹을 수 있다.

악어와 아나콘다와 상어의 특성이 섞여 있는 놈이다.

"그래서 이런 것들을 달고 있는 것입니까?"

타고 있는 배에는 고래를 잡을 때 쓰는 대형 작살들이 설치되어 있다.

엘리터는 고기 맛이 일품이라고 한다.

가죽은 경갑옷의 원료로 각광받고 있고, 이빨 역시 무기 재료가 되기에 눈에 뜨이면 잡으려는 것이다.

"네, 놈들이 몹시 위험하기는 하지만 한 마리만 잡아도 한 밑천 잡습지요."

"그렇군요."

현수는 고개를 끄덕이곤 기감을 넓혀보았다. 배가 너무 작기 때문이다.

엘리터 큰 놈은 10m쯤 된다고 했다.

그런 놈의 공격을 받으면 배가 뒤집어질 수 있을 것이다. 배의 크기가 불과 20m 정도인 데다가 첨저선이기 때문이다.

문제는 현수가 수영을 못한다는 것이다.

어릴 때 물놀이 갔다가 빠지는 바람에 놀란 이후 물을 무서워하게 되었기 때문이다.

"흐으음……!"

기감을 넓혀 살펴보았다. 다행히 500m 안에는 큰 수중생물은 없다. 그렇기에 안도의 숨을 내쉬었다.

브라질에 있는 아마존의 경우 강폭이 2~10km이다. 그런데 바벨강은 평균 강폭이 8km이다.

더구나 올테른에서 곧장 건너편으로 가려면 30km 정도를 가야 한다. 가장 강폭이 넓은 부분이라고 한다.

말이 강이지 바다나 다름없다. 그래서 반대쪽 기슭이 보이지 않는다. 수평선만 보일 뿐이다.

보아하니 길이 20m 정도 되는 배에는 사공 여섯과 선장 하나가 선원의 전부인 듯하다. 승객들은 중심부의 여기저기에 옹기종기 모여 있다. 한가로운 풍경이다.

그렇게 약 1km쯤 노를 저어 나갔다. 오늘따라 바람이 불지 않아 돛은 있으나 마나 한 상황이라고 한다.

하지만 사공들이 구령 붙여 노를 저어서 그러는지 배는 아주 잘 나가고 있었다.

그러던 어느 순간이다.

"우측이다! 우측에 엘리터가 나타났다!"

누군가의 고함에 모두의 시선이 오른쪽으로 향했다. 그러고 보니 견시수가 위에 있었다.

"선원들 모두 전투 위치로……! 승객들은 안전을 위해 배의 중앙부로 이동한 뒤 묶어놓은 밧줄을 단단히 잡아주십시오."

선장의 지휘하에 노 잡던 사공들이 작살을 잡았다. 끝을 아주 날카롭게 벼려놓아 시퍼렇게 보인다.

사공들이 노에서 손을 떼었기에 배는 하류 쪽으로 표류를 시작했다. 덕분에 엘리터와의 거리는 급속도로 가까워진다.

"작살 투척 준비……!"

선장의 명에 따라 사공들이 작살을 높이 든다. 손잡이 끝에는 잡은 엘리터를 놓치지 않게 하기 위한 줄이 달려 있다.

"1번 작살 투척! 2번 작살도 투척!"

선장의 명에 따라 오른쪽 사공 둘이 작살을 던졌다.

하나는 엘리터의 등에 맞았으나 힘없이 튕겨져 나갔고, 다른 하나는 아예 겨냥이 잘못되었다.

공격받은 엘리터가 화가 났는지 잠수했다가 치솟으며 배를 들이받는다.

쿠우웅─! 우지지직─!

"아악! 아아악……!"

크게 흔들리자 승객들이 나뒹군다.

"3번 작살 투척! 코다일, 뭐해……? 어서 던지란 말이야!"

선장의 명령을 받은 사내는 마흔 줄에 접어들었는데 평생노를 저어서 그런지 팔 근육이 장난이 아니다.

하나 노려만 볼 뿐 작살을 던지진 않았다.

그 순간 아가리를 벌린 엘리터가 치솟아 오른다.

"야앗……!"

휘익! 퍼억─!

크와와아아악! 크와와아악……!

"와아! 잡았다!"

쏜살처럼 날아간 작살은 엘리터의 입안에 박혔다. 거죽은 딱딱해도 속은 부드러운 법이기 때문이다.

엘리터가 심하게 몸부림치는 바람에 배는 일엽편주처럼 이리저리 요동을 친다.

그때마다 승객들은 바닥의 밧줄을 잡고 늘어진다. 이런 상황을 대비하여 그물 모양으로 묶어놓은 밧줄이다.

"하핫! 잘했어, 코다일! 역시 자네야!"

아직도 엘리터가 발버둥치고 있지만 선장은 이미 기분 좋은 상태가 되었다.

줄을 길게 풀면 발광을 해도 배에는 아무런 해도 끼치지 못한다. 제 아무리 강하고 흉포한 놈이라 할지라도 입안에 작살이 박힌 이상 죽어야 하기 때문이다.

표류해서 도착 시간이 지연되겠지만 무슨 상관이겠는가!

승객들은 안전하게 데려다 준 것만으로도 고맙다 할 것이다. 게다가 엘리터의 사체는 돈 덩어리이다.

하여 입이 양쪽으로 쭉 찢어졌다.

"아악……! 또 엘리터다! 이번엔 좌우에 한 마리씩이다!"

견시수의 말에 선원들은 재차 작살을 들었다.

얼른 줄을 잡아당겨 조금 전 투척했던 작살을 회수한 사공은 긴장된 눈빛을 빛냈다.

"놈이 다가오면 기다리고 있다가 코다일처럼 아가리를 노려! 아까처럼 등 거죽에 대고 던져봐야 튕기니까. 알았는가?"

"네에."

사공들의 대답을 들은 선장은 잔뜩 긴장한 표정으로 좌우를 번갈아 바라보았다.

사십 년이 넘는 세월 동안 바벨강을 오갔다. 그런데 세 마리나 되는 엘리터의 습격을 받기는 오늘이 처음이다.

그리고 한꺼번에 두 마리에게서 공격받는 것도 처음이다.

반드시 둘 다 잡아야 한다. 한쪽에 정신 팔려 있으면 다른 한쪽에 의해 배가 전복되기 때문이다.

놈이 치솟아 오른 후 육중한 체중을 이용하여 몸을 흔들면 20m 정도 되는 배는 단번에 전복된다.

그럼 끝이다.

소드 마스터라 할지라도 수영을 할 줄 모르면 엘리터의 먹이가 되어야 하는 것이다.

"좌측……! 좌측이 조금 더 가깝다."

견시수의 고함에 좌측 사공들의 근육이 한껏 긴장되었다.

"기다려! 엘리터가 아가리를 벌리기 전에 던지는 건 소용없어. 그러니 조급히 굴지 말고 기다려!"

선장의 말이 끝날 때까지도 엘리터라는 놈은 다가만 올 뿐 아가리를 벌리지 않았다.

"우측……! 우측에서도 엘리터가 쾌속 접근 중!"

또 다시 견시수가 고함을 치자 우측 사공들도 작살을 들었다. 좌측과 달리 우측엔 이제 작살이 두 개뿐이다.

두 번 다 실패하면 좌측이 성공한다 하더라도 의미가 없다.

분노한 엘리터가 뱃전을 기어오를 것이고, 그러면 막아낼 방법이 없기 때문이다.

"좌측! 좌측 엘리터 근접거리 접근!"

"으음! 좌측 1번 작살 투척! 2번 작살도 투척!"

선장의 명령에 두 개의 작살이 허공을 날았다. 둘 다 목표에 격중했지만 딱딱한 엘리터의 껍질은 이를 튕겨냈다.

"이런 빌어먹을 자식들……! 겨냥 잘 하라고 했잖아. 에이……! 코다일, 자네가 좌측 3번을 잡게!"

자신의 작살은 사용하였기에 한 걸음 물러나 있던 코다일은 젊은 선원으로부터 좌측 3번 작살을 인계받았다.

그리곤 뱃전 가까이 다가갔다. 그 순간 공격받았던 엘리터가 잠수했다가 치솟으며 아가리를 벌리고 달려들었다.

"크와아아아……!"

"야아앗!"

퍼억―!

꾸웨에에엑! 꾸웨에에엑!

"와하하, 성공이다! 또 성공이야!"

"선장님, 우측 엘리터 근접 거리 접근합니다!"

"알았어. 1번 작살 준비! 좌측 1, 2번 작살은 어서 회수해."

선장은 작살을 회수한 선원이 멍하니 있자 고함을 지른다.

"뭐해? 준비됐으면 어서 투척해!"

"야압!"

휘익! 투웅―!

이번에도 등껍질에 맞아 작살이 튕겨져 나갔다.

"이런……! 아가리 속을 노리라니까. 안 되겠다. 코다일, 자네가 2번 작살 인계받게!"

코다일이 한 발 나서려는 순간 작살 든 사내가 외친다.

"아닙니다. 잘 할 수 있습니다!"

2번 작살을 든 사내가 이를 거절한 것이다. 코다일과 늘 이인자 자리를 놓고 다툼 벌이던 젭센이라는 사내이다.

코다일보다 더 근육질인 이 사내는 조금 전의 상황에 자존심이 상해 있었다. 자신이 던진 작살을 맨 처음 공격했던 엘리터가 피하는 바람에 무산된 것 때문이다.

곧이어 코다일의 작살이 놈을 잡았다. 방금 전 두 번째도 똑같은 상황이다.

이번에 다가오는 놈마저 코다일이 잡는다면 자신의 자리가 없다 생각하였기에 명령을 거부한 것이다.

평시 같으면 명령에 불복종한 젭센에게 가혹한 언사가 베풀어졌을 것이다. 하나 지금은 그럴 상황이 아니다.

하여 선장은 입맛을 다셨다.

"좋아! 너도 한몫 하는 놈이니 잘 할 수 있겠지. 놈이 아가리를 벌렸을 때를 노려."

"네. 걱정 마십시오."

다가오는 엘리터에게서 시선을 떼지 않고 대답한 젭센은 작살을 고쳐 잡았다. 이때 다른 선원의 보고가 있었다.

"선장님, 우측 1번과 2번 작살, 회수 곤란합니다. 줄이 엘리터에 꼬여 있습니다."

"……! 젭센, 들었지? 이제 기회는 딱 한 번뿐이다."

"걱정 말라고 했습니다."

젭센은 잠수했다 치솟아 오르는 엘리터를 형형한 눈빛으로 노려보았다.

아직은 물속에 있지만 이제 곧 튀어오를 것이다. 아가리를 벌리면 그 속에다 대고 던지기만 하면 된다.

목표의 크기가 작지 않을 것이니 침착하기만 하면 된다.

같은 순간, 현수는 스스로에게 버프를 걸고 있었다.

"마나의 힘이여, 이 검에 어떠한 저항에도 부서지지 않을 단단함을 부여하라. 스트렝스(Strength)!"

현수가 뽑아 든 검에는 잠시 푸른빛이 감돌았다. 이는 현수에게만 보이는 현상이다.

"마나여, 이 검에 모든 것을 벨 수 있는 날카로움을 부여하라. 샤프니스(Sharpness)!"

이번엔 주황색 빛이 감돈다.

현수는 젭센 곁으로 다가섰다. 그의 시도가 실패할 경우 즉각적으로 나서기 위함이다. 그러는 한편 예리한 시선으로 전방을 주시했다. 놈이 솟아오르는 때를 노려야 하기 때문이다.

쿠와아아아아!

"이야야압……!"

투웅—! 푸웅덩—!

"헉, 젭센! 어서 작살을 회수해!"

젭센이 던진 작살은 재수없게도 엘리터의 콧잔등에 맞았다.

입을 완전히 벌릴 때까지 기다려야 했는데 다급한 나머지 먼저 던진 때문이다.

덕분에 작살은 콧잔등의 딱딱한 껍질에 튕겨 버렸다.

위기를 느꼈었는지 엘리터는 공격하지 않고 다시 물속으로 들어갔다.

하긴 콧잔등과 두 눈 사이를 맞았다. 조금만 더 위쪽이었다면 눈을 맞았을 것이고, 조금 아래라면 아가리 속이다.

본능적으로 위험을 느꼈기에 숨을 돌리려 잠수한 것이다.

"젭센! 어서……."

선장의 독촉에도 불구하고 젭센이란 자는 멍하니 서 있었다. 자신이 실수하리라곤 생각지 않았던 때문이다.

"이런 빌어먹을……! 코다일, 자네가 작살을 회수하게."

"네, 알겠습니다."

코다일이 젭센의 자리로 와서 그를 밀어냈다. 젭센은 저항 없이 물러섰다. 동시에 코다일의 손이 바쁘게 움직였다.

"서두르게!"

"네에."

이 작살을 회수하지 못하면 엘리터를 막아낼 방법이 없다. 그렇기에 온 힘을 다해 줄을 잡아당겼다.

"아앗! 엘리터가 솟아오릅니다."

견시수의 비명성에 선장이 소리친다.

"코다일, 어서……!"

"아앗! 줄이 꼬였나 봅니다. 이이잇!"

크와와아악……!

코다일이 온 힘을 다해 줄을 잡아당겼지만 작살은 수면 위로 드러나지 않았다. 생긴 것과 달리 영리한 엘리터가 조금 전 수면 아래에 있을 때 이를 엉키게 한 탓이다.

그래놓고 공격하려 아가리를 벌린 채 치솟아 오른 것이다.

얼마나 오래 살았는지 모르지만 실로 교활하다.

한편, 뱃전에 있던 코다일은 물론이고 모든 승객의 얼굴에 사색이 감돌았다.

엘리터의 발이 뱃전에 걸쳐지면 육중한 체중 때문에 배가 뒤집힐 것이기 때문이다.

그럼 끝이다! 다 같이 죽는 것이다.

그러니 모두들 사신을 만난 표정을 짓고 있다.

그러거나 말거나 엘리터는 제 몸을 수면 위로 뽑아냈다. 그리곤 두 발로 뱃전을 움켜쥐는 동시에 아가리로 코다일의 몸을 씹어 삼키려 했다.

순간 현수가 나서며 힘차게 검을 휘둘렀다.

"물러서시오."

우당탕탕!

"야아아아압!"

쒜에에엑—! 슈아아악—!

꿰에에에에엑……!

거의 동시에 이루어진 일이다. 현수가 강하게 밀치는 바람에 코다일은 옆으로 쓰러졌다.

그 순간 현수가 그 자리를 차지함과 동시에 한줄기 빛이 엘리터의 아가리 왼쪽과 오른쪽을 차례대로 베어갔다.

엘리터의 대가리는 메기처럼 생겼다. 하나 메기처럼 살로만 되어 있는 것은 아니다.

실제로는 등딱지 못지 않게 딱딱하면서도 질긴 비늘로 뒤덮여 있다. 그렇기에 날카롭게 벼려놓은 작살마저 튕겨낼 수 있었던 것이다.

그런데 양쪽 아가리가 베어지면서 시뻘건 선혈이 뿜어져 나온다. 그와 동시에 고통에 찬 비명을 지른다.

이때 엘리터의 발은 뱃전을 움켜쥔 상태이다. 그 상태로 동체가 수면 아래로 내려가면 배가 뒤집히게 될 것이다.

수영도 못하는 현수가 어찌 가만히 있겠는가!

필사적으로 혼신의 힘을 다해 다시 한 번 검을 휘둘렀다.

"챠아아앗!"

기합과 함께 오른쪽 아가리를 뚫고 나온 검은 묘한 각도로 치솟아 오르는가 싶더니 이내 사선으로 내리그어졌다.

퍼어억ㅡ! 챠아아아악ㅡ!

꾸웨에에에 엑……!

첨벙ㅡ! 꾸르르르ㅡ!

조금 전과는 다른 소리가 난다.

엘리터의 왼쪽 눈알이 베어지면서 안에 담겨 있던 것들이 튀어나오는 소리이기 때문이다.

곧이어 단단한 비늘을 예리한 칼날이 베어갔다.

이 순간 본인은 미처 깨닫지 못했지만 현수의 검에선 한줄기 검기가 뿜어져 나왔다.

소드 마스터 직전인 소드 익스퍼트 최상급이라야 간신히 뿜어낼 수 있는 날카로운 검기이다. 이렇게 솟아난 검기는 엘리터의 단단한 두개골을 뚫고 뇌수를 휘저어 버렸다.

이건 검이 엘리터의 살 속에 박힌 상태에서 일어난 일인지라 본인도 모르는 것이다.

아무튼 드래곤이라 할지라도 뇌수가 휘저어지면 방법이 없다. 하물며 하등한 엘리터가 어찌하겠는가!

이놈은 교활함으로 백 년 가까운 생을 유지했다.

하여 바벨강의 제왕이 되었다. 사람들은 모르지만 엘리터들의 두목이었던 것이다.

그렇지만 뇌의 기능이 멈추는 순간 뱃전을 잡고 있던 발에서 힘이 빠졌다. 그리곤 곧장 물속으로 빠져들었다.

"아아아……!"

사람들은 벌린 입을 다물지 못한 채 멍한 시선으로 현수의 등만 바라보고 있었다.

엘리터는 껍질이 단단하기로 이름났다. 그래서 여태 검으로 놈을 베었다는 소리를 들어본 적이 없다.

그런데 그런 엘리터를 베었다. 한 번도 아니고 두 번이나!

그것도 몸통보다 더 단단하다는 대가리를 베었다.

눈으로 보았지만 믿을 수 없는 광경이다. 그런데 놀라지 않는 사람이 하나 있다.

"빠, 빨리……! 빨리 갈고리로 놈을 걸어! 어서!"

선장이다. 엄청난 돈 덩어리가 맥없이 가라앉고 있어 아까웠던 것이다.

"뭐해? 빨리 갈고리로 놈을 걸어. 아, 뭐해? 돈 떠내려 가!"

선장의 명령에 선원들이 얼른 갈고리를 던졌다.

그런데 가라앉는 속도가 너무 빠르다. 게다가 갈고리를 던져도 걸릴 부위가 없다.

하여 다섯 개의 갈고리가 모두 빗나갔다.

CHAPTER 02
귀족 증명서

전능의팔찌
THE OMNIPOTENT
BRACELET

하나 마지막으로 던진 갈고리가 용하게도 엘리터의 아가리 안쪽 이빨에 걸렸다.

"오오! 잘 했어. 젭센! 하하! 하하하하……!"

선장의 호탕한 웃음소리가 터져 나온다.

"너, 그거 안 걸렸으면 오늘 이 배에서 잘릴 뻔했다. 알지?"

"네……? 아, 네에……."

젭센은 비지땀을 삐질 흘리며 말끝을 흐렸다.

작살이 빗나갔을 때 이제 끝이구나 하는 생각을 했다.

그런데 누가 밀어 제친다. 평상시 같으면 안 밀리러 버렸을 것이다. 그런데 다리의 힘이 쑥 빠졌다.

그렇기에 맥없이 밀려난 것이다.

코다일이 던진 작살마저 실패했을 때엔 이제 꼼짝없이 죽었다는 생각을 했다.

그러다 현수가 엘리터를 죽였을 때에는 내심 안도의 한숨을 쉬었다. 적어도 당장 죽지는 않을 것이기 때문이다.

그런데 선장이 갈고리를 던지라고 한다. 처음엔 던져봤자 안 될 거라는 생각을 했다.

그래서 갈고리를 던질 때 이것마저 빗나가면 농사나 지어야 한다 생각했다. 그런데 정말 운 좋게 걸렸다.

하늘이 돕지 않았다면 절대 안 걸렸을 것이다.

젭센은 흥건한 식은땀을 닦아내며 안도의 한숨과 함께 털썩 주저앉았다.

"젭센……! 잘 했어, 이 친구야!"

코다일은 멍한 표정을 짓고 있는 젭센을 부여안았다.

이 순간 선장은 현수를 바라보고 있었다.

"핫핫! 고맙습니다. 정말 고맙습니다. 이렇게 실력이 좋으신 줄 모르고……. 핫핫핫!"

선장의 말이 끝남과 동시에 환호성이 터져 나온다.

"와아아아아……! 와아아아아……!"

현수는 승객들의 열렬한 환호를 받으며 멋쩍은 미소를 지었다. 그리곤 배정받았던 자리로 돌아가 앉았다.

그 중 하나가 다가와 묻는다. 서른쯤 된 사내이다.

"저어, 이름이 어찌 되시는지요? 정말 용감하셨습니다."

"내 이름이요?"

"네, 아이들에게 기사님의 이름을 알려주고 싶습니다."

"으음! 내 이름은… 하인스라 합니다."

현수는 하인스라는 이름을 감추지 않기로 했다.

처음엔 다른 이름을 쓸 생각을 했다. 그런데 그러지 않은 이유는 하인스라는 이름이 너무 흔해서이다.

미국에서 제일 흔한 이름이 조(Joe)와 제인(Jane)이다. 이곳에선 하인스(Hains)와 세실리아(Cecilia)가 그렇다고 한다.

몇 집 건너 하나씩 하인스가 있는 세상이니 굳이 다른 이름을 쓸 필요가 없다 생각한 것이다.

"네에, 하인스 기사님. 만나서 반가웠습니다."

"네에, 저도 반가웠습니다."

현수는 승객들의 감사인사를 받았다.

그렇게 여덟 시간 동안 배를 탔다. 엘리터의 사체를 끌어올리느라 시간을 많이 지체한 탓이다.


"자아! 다 왔습니다. 여기는 미판테 왕국의 최서단인 테세린입니다. 어어! 조심해서 하선하십시오. 그리고 이따 저녁때 세실리아 선술집으로 꼭 오십시오."

선장은 내리는 손님마다 똑같은 소리를 했다. 너무 기분이 좋아서이다. 엘리터 사체 세 개가 있으니 왜 아니겠는가!

같은 순간, 현수는 이 세상엔 세실리아라는 이름이 정말 흔하다는 생각에 웃음 지었다.

하선한 현수는 느릿한 걸음으로 포구를 벗어났다.

와자지껄하고 활기찬 분위기이다. 웃음소리도 있고 시끄럽게 떠드는 소리도 있었다.

선장이 말하기론 포구는 아무나 드나들 수 있는 곳이다. 하나 포구를 벗어나야 여관에 머물 수 있다.

그런데 여관에 가려면 관문을 지나야 한다.

관문 앞에 당도하자 할버드[1]를 든 경비병이 손을 내밀어 제지한다.

"멈추시오! 이곳부터는 미판테 왕국 영토이오. 출입하려면 신분증을 제시하시오."

신분증이 없는 현수는 머뭇거렸다.

"신분증을 제시할 수 없으면 물러서십시오."

"으음……! 꼭 신분증을 내보여야 하나?"

"그렇습니다. 왕국의 안전을 위해 신분증 확인을 반드시 하라는 영주님의 명령이 있었습니다."

"으으음……!"

"신분증이 없으면 출입을 못합니다."

경비병은 꼬박꼬박 존대를 했다. 자유기사가 영주의 눈에 들게 되면 자신보다 상관이 되기 때문이다.

현수는 신분증이 없는데 어찌하나 하는 생각을 했다. 그러다 문득 떠오른 생각이 있어 지갑을 꺼냈다.

---

1) 할버드(Halberd):도끼 같은 날과 그 반대편에 갈고리를 지녔으며, 찌르기 위한 예리한 날도 갖추고 있는 창.

그리곤 주민등록증을 꺼내 건넸다.

"어라, 이게 뭡니까?"

경비병은 얄팍한 주민등록증을 이리저리 돌려보았다.

생전 처음 보는 물건이다. 좌측엔 알 수 없는 문자들이 있고, 우측 상단에는 조그만 그림이 그려져 있다.

그런데 그 조그만 그림엔 눈앞 자유기사의 얼굴이 축소되어 있다. 어떻게 이렇게 작게, 그리고 어떻게 이토록 생생하게 그릴 수 있는지 놀랄 지경이다.

"그건 내가 태어난 제국의 신분증이네."

"아⋯⋯! 그렇습니까? 실례지만 어느 제국이십니까?"

"흐음, 코리아 제국이라 하네."

"코, 코리아 제국이요⋯⋯? 처음 듣는 이름입니다."

"그럴 것이다. 아르센과는 다른 대륙에 있는 나라니까."

"근데 거기선 평민들에게도 이런 신분증을 만들어줍니까?"

"내가 평민처럼 보이나?"

한국은 능력 또는 재력이 신분의 척도이지만 이곳은 태생 자체를 굉장히 중요시하는 세상이다.

방금 현수는 주민등록증을 내놨다.

지구가 아닌 이곳에선 이토록 정교한 신분증명서를 만들어 내지 못한다. 카이엔 제국을 비롯한 모든 나라가 그렇다.

그런데 이것을 평민 신분증이라 하면 누가 믿겠는가!

하여 평민이 아니라는 것을 내비쳤다. 그러자 경비병은 얼른 차려 자세를 취한다.

"핫⋯⋯! 그렇습니까? 그렇다면 작위는 어찌 되십니까?"

"흐음, 백작일세."

뻥을 치려면 제대로 치는 편이 낫다는 생각의 결과이다.

"아⋯⋯! 그러시군요. 근데 여기 있는 이 붉은 건 뭡니까?"

"그건 우리 제국 황제 폐하의 직인이라네."

"통과하십시오. 그런데 백작님의 성함은 어찌 되십니까?"

"그냥 하인스 백작이라 부르면 되네."

귀족들은 평민에게 자신의 이름을 제대로 가르쳐 주지 않는다. 평민 따위가 귀족인 자신의 이름을 언급하는 것 자체를 용납할 수 없기 때문이다.

"즐거운 여행이 되시길 빕니다, 하인스 백작님!"

"쉬잇⋯⋯! 그런데 말일세, 난 재미 삼아 여행 중이네. 내 신분이 드러나지 않도록 해주게."

"네, 걱정 마십시오. 저와 경비대장님, 그리고 영주님을 제외하곤 아무도 모르게 하겠습니다."

"고맙네."

"아이고, 별말씀을 다 하십니다. 어서 가십시오."

귀족으로부터 감사의 뜻을 들으니 경비병은 황송해했다.

그러고 보니 참 허술한 관문이다.

하나 이건 현수에 국한된 이야기이다. 실제 이 관문은 제대로 된 신분증이 없으면 절대 통과 못하는 곳이다.

그럼에도 쉽게 지나칠 수 있었던 것은 대한민국 정부가 제작한 주민등록증이 워낙 희한한 물건이었기 때문이다.

귀해 보이는 물건이고, 이곳에선 결코 만들 수 없는 것임을 정비원도 알기에 현수의 말이 그대로 통용된 것이다.

관문을 통과한 현수는 이리저리 시선을 돌려가며 테세린이란 항구도시를 구경했다.

올테른 못지 않게 활달한 도시인지라 제법 볼 것이 많았다. 한 가지 다른 점이 있다면 테세린이 더 깨끗하다는 것이다.

어느 누구도 오물을 길에다 버리지 않았고, 길바닥에 쓰레기가 나뒹굴지도 않는다.

'위생에 대해 아는 인물인 모양이군, 여기 영주는……'

조금 더 있으면 저녁때이다. 현수는 어차피 밥을 먹어야 하니 세실리아 여관을 찾기로 했다.

그래서 사람들에게 물었다. 그런데 문제가 발생되었다. 세실리아 여관이 무려 다섯 개나 있다는 것이다.

이름이 다 똑같은데 이 동네 사람들은 어찌 구분하느냐고 물었다. 그랬더니 이렇게 대답했다.

뚱뚱한 세실리아, 늙은 세실리아, 코찔찔이 세실리아, 새끈한 세실리아, 그리고 늘씬한 세실리아라고 한다.

현수는 늘씬한 세실리아 여관이 어딘지를 물었다. 선장이 좋아할 법했기 때문이다. 그래서 찾아갔다.

물어 물어 찾아갔건만 아닌 듯하다. 타고 왔던 배의 이름을 댔는데 잘 모르는 눈치이다.

그래서 다른 곳을 찾았다. 이번엔 새끈한 세실리아 여관이다. 근데 그곳도 아니다. 결국 네 번 만에 찾을 수 있었다.

현수가 길바닥을 헤매는 동안 선장은 엘리터 세 마리를 처분하고 코찔찔이 세실리아 여관에 도착해 있었다.

　"아이고, 이거 누구십니까? 우리의 영웅 하인스 기사님, 어서 오십시오. 자자, 이쪽으로……!"

　현수는 이런 대접을 받으러 이곳에 온 것이 아니다. 그럼에도 공치사를 하니 어쩌겠는가!

　어색한 웃음을 지으며 자리를 잡았다. 선장과 코다일, 그리고 젭센이 있는 탁자이다.

　다시 말해 최상석을 차지한 것이다.

　같이 배를 타고 왔던 사람 대부분이 자리하자 선장이 술잔을 들고 일어났다.

　"오늘 우리가 무사히 이곳에 올 수 있도록 공을 세운 세 사람이 있습니다. 코다일과 젭센, 그리고 자유기사이신 하인스 기사님을 위하여!"

　"위하여……!"

　왁자지껄하고 화기애애한 분위기 속에서 술잔을 비웠다.

　처음 듣는 곡식으로 만들었다는 술은 독하지 않았다. 맥주보다도 도수가 떨어지는 듯하여 꽤 많은 양을 마셨다.

　술자리가 끝나고 선장은 엘리터를 처분한 돈 가운데 일부를 선원들에게 나눠주었다.

　현수에게도 적지 않은 돈을 준다고 했으나 고사했다. 그러자 이곳에 머무는 동안 숙식비만큼은 내주게 해달라고 한다.

　딱 하루만 머물고 떠날 생각인지라 현수는 두말 않고 고개를 끄덕였다. 그러지 않을 수 없었기 때문이다.

깊은 밤, 배정된 방으로 들어갔던 현수는 이내 돌아 나왔다. 빈대, 이, 벼룩은 물론이고 쥐까지 돌아다녔기 때문이다.

이때까지도 술을 마시던 선장은 왜 나왔느냐고 묻는다.

호의를 베풀었다는 것을 알기에 바람이나 쐬겠다고 했다. 선장은 술기운 때문에 그러는지 싶어 고개를 끄덕였다.

현수는 인적 드문 호젓한 길을 천천히 걸었다.

'이곳에 온 지 이틀째군? 그런데 다시 지구로 가봐야 하나? 왜 이렇게 불안한 마음이 들지?'

현수는 고개를 갸웃거렸다. 괜스레 마음이 답답한 느낌이 든 때문이다. 다시 상념이 이어진다.

'흐음! 지사장님, 혼자 있을 텐데 본사에서 사람들이 오면……. 열흘쯤 걸린다고는 했지만 워낙 큰 공사라 금방 올지도 모르는데. 으으음……! 어떻게 하지?'

이춘만 지사장이 혼자 있을 때 본사에서 사람들이 오면 내무장관과의 만남을 주선하는 데 애로사항이 있을 것이다.

첫째는 직통 전화번호를 모른다.

둘째는 내무장관이 이춘만에겐 전혀 호감을 느끼지 않기에 일이 잘못될 수도 있다.

결국 완전한 계약이 체결될 때까지는 현수가 킨샤사에 있어야 함을 의미한다.

'제길……! 오랜만에 여길 왔는데 금방 가야 하나? 여긴 시원해서 좋은데 푹푹 찌고, 땀이 줄줄 흐르는 그곳으로……. 제

기랄!'

속으로 투덜거리던 현수의 뇌리로 문득 스치는 상념이 있다.

"아……! 맞아. 여기와 지구의 시간차를 안 따져봤어."

나직이 중얼거린 현수는 마을을 벗어났다.

아예 숲으로 들어가 텐트를 치거나 적당한 장소에서 차원이동할 생각을 한 것이다.

그때 누군가 뒤를 따르는 느낌이 들었다.

'응……? 누구지?'

현수는 얼른 기감을 넓혀 주위를 살폈다. 생각에 몰두하느라 미처 알지 못했는데 네 명이나 따르고 있었다.

"흐으음, 여긴 날 아는 사람이 없는데 누구지? 아……! 이곳의 영주가 보낸 사람들이군."

상대의 신분을 짐작한 현수는 천천히 걸어 다시 코찔찔이 세실리아 여관으로 돌아갔다.

그리곤 아공간에서 빈대와 벼룩 퇴치를 위한 연막소독약을 꺼냈다. 틈이 많아 이것을 메우는 데 시간이 좀 걸렸다.

그리곤 지체없이 연막을 터뜨렸다.

한 시간쯤 지난 뒤 방으로 돌아간 현수는 새로운 침구를 꺼냈다. 있는 게 냄새나고 너무 지저분했기 때문이다.

아직은 이쪽 세상에 적응되지 않은 것이다.


쨱쨱! 쨱쨱!

새들이 지저귀는 소리를 듣고 깨어난 현수는 우물가로 향했다. 이틀간 샤워를 못해 그런지 머리가 간지러워 머리를 감으려는 것이다.

두레박으로 물을 떴는데 손이 시릴 정도로 차갑다.

하여 히팅 마법으로 따끈하게 데웠다. 그리곤 비누로 머리를 감았다. 샴푸를 쓰지 않는 이유는 하나뿐이다.

아르센 대륙의 환경보호!

"어휴……! 시원하네. 응……? 넌 누구니?"

수건으로 머리를 말리던 현수는 자신을 빤히 바라보는 열 살쯤 된 여자아이를 보고 화들짝 놀랐다.

"아저씨, 그거 뭐예요?"

"응……? 그거라니? 뭘 말하는 거니?"

"아까 아저씨가 손으로 문질렀던 거요. 그건 초록색인데 왜 머리에 하얀 게 생기는 거죠? 그리고, 킁킁……! 이 냄새, 이거 너무 좋아요. 그거 세실리아 줘요."

"아……! 네가 코찔찔이 세실리아구나?"

금발의 세실리아는 아주 귀여운 소녀였다.

"네, 제가 세실리아예요. 근데 지금은 코 안 찔찔거려요."

"하하, 그렇구나."

현수는 머리 말리던 동작을 멈추고 주저앉아 세실리아와 눈높이를 맞췄다.

"세실리아도 그거로 머리 닦으면 안 돼요?"

"너도 머리 닦고 싶어?"

"네, 근데 나도 그걸로 머리 닦으면 냄새 좋아져요?"

"그럼……! 좋아, 머리를 감자. 자, 이쪽으로 와서 앉아."

"네에."

세실리아가 머리를 숙인다. 아이의 머리를 감기려던 현수는 동작을 멈췄다.

"잠깐만, 세실리아."

"왜요?"

현수는 머릿니를 처음 보았다. 서캐라 불리기도 하는 이것은 사람의 머리에서 피를 빨아먹고 산다. 그리곤 머리카락에 알을 낳아 번식하는 기생충이다.

머릿니의 알은 모근 가까이에 붙어 있어서 작고 하얀 점같이 보인다. 요놈은 심한 가려움을 유발시킨다.

현수는 아공간을 뒤져 참빗과 머릿니를 없애는 샴푸를 꺼내 들었다.

먼저 참빗으로 머리를 빗어 내리려 했는데 도저히 안 된다. 머리가 기름기로 떡져 있기 때문이다.

할 수 없이 세탁비누로 두 번이나 머리를 감긴 뒤에야 샴푸로 감겼다. 그리곤 수건으로 물기를 닦아냈다. 거의 말랐을 즈음 참빗으로 빗어보았다.

인라지 마법을 시전하고 보니 머릿니의 알이 매우 많다. 그것들이 모두 없어질 때까지 빗어주었다.

"아……! 정말 머리가 시원해요. 그리고 너무 향기로워요."

기름기가 빠진 세실리아의 머리는 붉은 기가 감도는 밝은 금발이다. 그런데 아무렇게나 자라 있다.

현수는 이발 가위를 꺼내 대강 정리해 주었다.

군대에 있을 때 이발병이 제대하는 바람에 한 서너 달 후임들의 머리를 깎아준 적이 있다.

모처럼 그때의 실력을 발휘한 것이다.

마지막은 머리를 잡아주는 나비 모양 머리집게의 등장이다.

"야아, 이러고 보니 세실리아 참 귀엽네."

현수는 인형 같은 세실리아를 번쩍 안아들었다.

그 순간, 말로 표현할 수 없는 악취가 코를 찌른다.

'으윽! 이게 무슨……?'

이 세상엔 휴지라는 게 없다. 비데도 당연히 없다. 그러다 보니 볼일을 보고 이를 위생적으로 처리할 수 없다.

겨울이라 목욕도 자주 안 할 것이다.

그럼에도 용변 후 그냥 눈에 뜨이는 것으로 문질러 닦거나, 아니면 그냥 일어서야 한다. 그런데 빨래비누가 없다.

그러니 얼마나 냄새가 심하겠는가!

"세실리아, 너 아무래도 목욕 좀 해야 할 것 같은데?"

"이잉… 저저번 달에 했는데 또요?"

"뭐어……? 여관 집 딸이면서 목욕한 지 석 달이나 되었어?"

"아빠가 목욕 자주하면 병난다고 해서 넉 달에 한 번씩 한단 말이에요."

'어휴! 더러워…….'

차마 말을 할 수 없던 현수는 고개만 절레절레 흔들었다.

"그랬구나. 하지만 오늘 좀 씻으면 안 될까?"

"알았어요. 잘 생긴 아저씨가 씻으라니까 씻을게요."

세실리아는 뽀르르 달려가서 나무토막들을 주워온다.

"그건 뭐하게?"

"물을 데우려면 불을 때야 하잖아요."

"그렇게 해서 언제 씻어?"

"이따 저녁 때……!"

여관 뒤뜰엔 무쇠로 만든 커다란 통이 있다.

짐작으로 보아 2톤 가량 물이 들어갈 것 같다. 여기에 물을 붓고 하루 종일 불을 때야 비로소 따뜻해지는 모양이다.

그러고 보니 이곳 사람들은 아침에 씻질 않는다고 했다.

하루에 딱 한 번 잠자기 전에 대강 먼지나 털어내는 게 전부이다. 이빨은 당연히 안 닦는다.

비위생의 극치이다.

'흐음, 여기 있는 동안엔 계속해서 쫓아다닐 텐데 어쩌지? 에라, 모르겠다.'

현수는 지구 문물의 혜택을 쓰기로 마음먹었다. 안 그러면 세실리아의 악취를 견뎌내야 하기 때문이다.

"세실리아, 목욕하려면 어떻게 하지?"

"여기서 더운 물을 만든 다음에 길어다 써요."

"그래? 그럼 이렇게 하자."

현수의 말에 세실리아는 귀를 쫑긋 세운다. 그런데 말해놓고 보니 조금 이상하다. 자신이 쓰는 방에 딸린 작은 목욕통에 물을 부어넣고 거기서 씻으라고 한 것이다.

잘못 들으면 로리타 성향으로 오해받을 수 있다.

그래서 방향을 바꿨다. 세실리아 가족만이 사용하는 목욕통을 사용하기로 한 것이다.

목욕 중에 세실리아의 부모가 오면 안 된다. 낯선 손님이 나이 어린 딸을 목욕시키는 장면을 어찌 보겠는가!

다행히 이들 둘은 손님들이 아침을 모두 먹기 전까지는 주방과 홀을 벗어나지 못한다고 한다.

목욕통이란 걸 보았을 때 현수는 기함할 뻔했다.

때가 덕지덕지 묻은 지저분한 나무통이었기 때문이다. 먼저 철수세미를 꺼내 오물들을 긁어냈다.

그리곤 찬물을 부어 여러 번 헹궜다. 그제야 말끔해진다.

다시 물을 부어넣고 히팅 마법으로 데웠다. 세실리아의 의심을 피하기 위해 불을 때고 있던 중이라 별일 없었다.

물이 가득 차자 허브 중에서도 상쾌한 향이 나는 라벤더향 거품 입욕제를 넣었다. 그리곤 혼자서 씻도록 했다.

어린 아이지만 때까지 밀어줄 수는 없지 않은가!

세실리아가 목욕하는 동안 벗어놓은 옷은 세탁비누로 세탁을 했다. 그런데도 냄새가 쉽게 제거되지 않는다.

악취에 찌든 때문이다. 히팅 마법으로 말려보니 여전히 풍기는 괴상한 냄새 때문에 눈을 찡그려야 할 정도였다.

그래서 행구는 물에 락스를 조금 넣고 헹구어냈다.

과연 탁월한 효과이다. 게다가 갈색이었던 옷이 원래 색인

아이보리 색으로 변해 있다.

이걸 말렸다. 이번엔 악취가 확실히 덜하다.

하나 완전히 사라진 것은 아니다. 헹구는 시간이 짧았고, 워낙 악취에 찌들어 있었던 때문이다.

문득 페브리즈를 생각해 냈다. 악취를 없애는 한편 좋은 냄새가 나게 해준다는 것이다. 게다가 곰팡이나 바이러스 같은 세균들을 박멸해 준다고 광고했던 제품이다. 즉시 아공간을 뒤져 이것을 찾았고, 뿌리니 진짜 좋은 냄새가 나기는 한다.

좋아할 세실리아를 떠올린 현수는 흐뭇한 기분이 되었다. 하여 잘 말린 옷을 욕실 앞에 놓고 나왔다.

새벽의 공기는 신선하면서도 상쾌했다.

기지개를 켜고 관절을 풀어주는 몸 풀기를 마친 현수는 천천히 걸었다. 산책하는 기분으로 테세린의 이모저모를 보고 싶었던 것이다. 영화에서만 보던 중세 유럽의 풍경이 새삼스레 다가온 때문이다.

새들만 지저귀는 새벽의 테세린은 모든 것이 고요하다.

그런데 문득 아침 짓는 연기 냄새가 희미하게 풍긴다.

어린 시절 시골 외가집에서나 맡을 수 있었던 아련한 추억 같은 그 내음이다.

기분이 좋아진 현수는 천천히 걸었다. 그런데 꼬리가 붙어 있다. 어제 그 녀석들인 모양이다.

'여길 뜰 때까지 따라다닐 건가? 그럼 조금 불편한데.'

이곳은 현수의 목적지인 아드리안 공국과 현재 적대 관계가 형성된 미판테 왕국의 영토이다.

따라서 자신의 행적이 드러나면 날수록 불편할 수밖에 없다.

자칫 국경을 넘을 때까지 어쎄신들의 끊이지 않는 추격을 받을 수도 있기 때문이다.

어제 저녁, 저잣거리엔 엘리터를 단칼에 베어버린 자유기사 하인스에 관한 소식이 파다하였다.

백성들이 아는 것은 이것뿐이다. 하나 테세린의 영주인 로니안 자작에겐 보다 상세한 정보가 전해졌다.

자유기사 하인스가 본시 코리아 제국이란 곳의 백작이며, 수행원 없이 당도한 것으로 보고되어 있는 것이다.

입국 목적은 알려진 바 없다.

이에 로니안 자작은 미행을 붙였다.

제국의 백작씩이나 되는 고위 귀족이 아무런 이유도 없이, 그것도 혼자서 다른 나라를 여행하겠는가!

현수는 천천히 걸으며 향후의 계획을 정리했다.

"흐음! 이대로 계속되면 불편하겠군. 후후, 할 수 없지."

짧은 시간이지만 마음을 정한 현수는 천천히 뒤로 돌았다. 따라오던 인영들은 즉시 은신할 곳을 찾아 숨어들었다.

"너희 넷은 이곳 영주가 보냈는가?"

"……!"

대답이 없다. 현수는 그냥 말을 이었다.

"그대들의 영주가 면담을 하고 싶은 모양이군. 좋다. 만나

줄 용의가 있으니 내 뜻을 전하고 그 답을 가져오게."

"……!"

"아다시피 난 세실리아네 여관에 있네. 내 아침 산책을 방해 받고 싶지 않으니 물러가 주게."

"……!"

미행자들은 여전히 대답이 없다. 하나 현수는 안다.

잠시 머뭇거리다 모두 물러섰다는 것을……!

"흐음! 그럼 이제부터 천천히 둘러볼까?"

한 식경 동안 테세린의 저잣거리를 돌아다닌 현수는 많은 것들을 알아낼 수 있었다.

아르센 대륙은 중세 유럽의 문명 이상을 넘지 못했다. 과학 이라는 것은 태동 단계에도 못 미쳐 있다. 대신 마법만은 상당 히 발전되어 광범위하게 이용되며, 응용되고 있다.

마법 무구나 스크롤을 파는 마법 상점이 상당히 여러 곳 있 었기에 알아차린 것이다.

경쟁이 치열하다보니 나름대로 홍보라는 것을 한다. 마법 물품을 취급하는 상점 벽에 그림을 그려서 시선을 끄는 것이 다.

이를 보고 추측해 낼 수 있었던 것이다.

여관으로 돌아온 현수는 세실리아 부모가 만든 음식을 맛보 았다. 사슴과 비슷한 동물의 고기로 만들었다는 스튜가 주메 뉴였다. 맛은 괜찮았지만 누린내가 난다.

현수는 이럴 걸 대비하여 가방에 넣어두었던 후춧가루를 꺼냈다. 적당량을 뿌리니 한결 먹을 만해진다.

하여 막 먹으려는데 다른 사람들이 재채기를 한다. 미안한 마음이 들었지만 애써 모르는 척하고 먹었다.

거의 다 먹었을 즈음이다.

"저어… 기사님!"

"왜 그러는가?"

자신보다 나이가 많아 보였지만 현수는 부러 말을 놓았다.

그게 아르센 대륙의 예법이기 때문이다.

"한 가지 궁금한 것이 있는데 제가 감히 기사님께 여쭤봐도 되겠는지요?"

사내는 상당히 조심스러워 한다. 그도 그럴 것이 평민과 기사 사이엔 넘을 수 없는 신분 격차가 있기 때문이다.

기사의 심기를 잘못 건드렸다간 단칼에 목이 베여 죽을 수도 있다. 그렇기에 머리를 조아리며 말을 건 것이다.

"물어봐? 내게……? 좋아, 그게 뭐지?"

"네, 조금 전에 기사님께서 스튜에 넣으신 그 가루가 뭔지 알고 싶은데 혹시 말씀해 주실 수 있는 건지요?"

"아, 이거……? 후춧가루라는 거네."

"후춧가루요……?"

"그렇네. 내 고향에서 쓰는 건데 음식에서 냄새가 날 때 이걸 조금 넣으면 그 냄새가 많이 완화되지."

"저어, 죄송하지만 제가 그걸 조금 맛볼 수 있을까요?"

30대 중반쯤 된 사내는 세실리아의 아빠인 듯하다. 현수는 이 사내가 왜 이러는지 의아했지만 흔쾌히 들어주었다.

"그러지. 가서 자네 스튜를 가져오게."

"네, 감사합니다. 잠시만요."

후다닥 갔다 온다. 조금 웃겼지만 현수는 아무렇지도 않다는 듯 후춧가루를 쳐줬다.

후르르르릅! 쩝쩝, 후르릅! 쩝쩝, 후르르르릅! 쩝쩝쩝!

"햐아, 정말……!"

음식을 만드는 사람은 만드는 동안 나는 냄새에 질리게 마련이다. 하여 자신이 만든 걸 잘 못 먹는다.

그런데 냄새가 바뀌자 맛도 달라진 듯하다.

한 그릇을 마파람에 게 눈 감추듯 후딱 해치운 세실리아의 아빠는 현수의 식탁에 놓인 후춧가루 병을 보았다.

위는 노란색이고, 아래엔 붉은 색 바탕에 흰색 문자 비슷한 게 보인다. 그 아래엔 나뭇잎사귀 그림이 그려져 있다.

오뚜기식품에서 만든 20g들이 후춧가루 병이다. 식료품점에서 1,000원 주면 살 수 있는 것이다.

"저, 기사님……! 말씀드리기 외람스럽지만 혹시 이거 더 있으시면 제게 팔지 않겠습니까?"

사내는 말을 하면 무릎까지 꿇는다. 그만큼 간절하다는 뜻일 것이다.

"이걸 팔아? 자네에게……?"

"네. 사실 저희 집사람이 아기를 가졌는데 요즘 음식을 통 못 먹습니다요. 먹으려 하면 냄새가 난다고 해서요."

세실리아에게 동생이 생길 모양이다.

한국에서도 임신한 여자들이 입덧을 심하게 하면 음식을 잘 못 먹는다는 이야길 들은 바 있다.

사실 현수에게 있어 후춧가루는 널리고 널린 평범한 물건이다. 그렇기에 까탈스럽지 않게 대꾸했다. 하나 약간의 장난기를 섞었다.

"좋네, 팔지! 한데 값은 얼마나 쳐주겠나? 이건 내 고향에서만 나는 특산물인지라 여긴 이런 게 없을 텐데……."

짐짓 해보는 소리였다.

"네에, 저도 생전 처음 보는 물건 맞습니다. 그런데 얼마를 쳐드려야……. 제가 넉넉하지 못해서 그러는데 혹시… 10실버쯤 드리면……. 아, 아닙니다. 기사님께서 값을 부르십시오."

현수는 케이상단의 알론과의 대화를 통해 이곳의 화폐 가치에 대한 생각을 정리해 둔 바 있다.

이곳에서 1쿠퍼는 한국에서 약 100원이다.

100쿠퍼가 1실버이니, 1실버는 1만 원 가치가 있다.

이런 실버 100개가 있어야 1골드가 된다. 따라서 1골드는 100만 원의 가치가 있다.

현수의 아공간에 원래부터 있던 금화는 10골드짜리였고, 은화 역시 10실버짜리이다.

이곳은 1쿠퍼, 10쿠퍼, 1실버, 10실버, 그리고 1골드, 10골드짜리 화폐가 통용되는 세상인 것이다.

세실리아의 아빠인 얀센은 후춧가루 한 병에 10실버, 한화로 약 10만 원을 불렀다.

1,000원의 딱 100배 정도 되는 값을 부른 것이다.

"흐음! 10실버라……."

고민하는 척하자 몸이 달아오른 얀센이 값을 올린다.

CHAPTER 03
하인스상단을 만들다

전능의팔찌
THE OMNIPOTENT
BRACELET

　"더 달라면 더 드리겠습니다. 15실버… 아니 20실버 어떻겠습니까? 제 아내에게 꼭 필요한 물건인 것 같습니다. 이걸 제게 팔아주시면 안 되겠습니까?"

　"이름이……?"

　"얀센입니다, 기사님!"

　"좋아, 얀센! 우리 따로 이야기할까?"

　사람들의 시선이 몰려 있기에 불편했던 것이다.

　얀센은 즉시 내실로 안내했다.

　"먼저, 이곳에서 여관을 시작한 지 얼마나 되었나?"

　"네……? 그건 왜……?"

　"그냥 궁금해서 묻는 것이네."

"아, 네에. 다음 달이 되면 딱 2년이 됩니다."

"전엔 무엇을 하였지?"

"스페른상단의 지부에서 일을 했습죠."

스페른상단이란 미판테 왕국 전역에 걸쳐 영업을 하는 거대 상단의 명칭이다.

'역시……!'

현수는 자신의 생각이 맞다는 생각을 했다. 얀센은 아무리 보아도 식당 주인을 할 얼굴이 아니라 생각되었던 것이다.

"게서 무슨 일을 했는가?"

"저는 지부 서기였습니다. 상단 지부의 대소사를 다 맡아서 처리하는 업무를 맡았습죠."

"그런데 왜 그만두었지?"

"아이가 태어나서……. 그리고 지부에 있으면 늘 상행을 나가야 하기에 자주 집을 비우곤 했습니다. 그래서 그랬는지 불한당 하나가 아내에게 자꾸 집적거려서……."

"흐음! 그랬군. 어쨌거나 자네는 이 후춧가루 한 병의 가치가 어느 정도라 생각하나?"

현수가 후춧가루 병을 내밀자 얀센은 새삼스레 이모저모를 자세히 살폈다. 병의 재질은 보석인 유리이다.

노란색 뚜껑은 무엇으로 만들었는지조차 알 수 없다. 톡 쏘는 냄새를 맡아보니 이게 아까 그건가 싶다.

하지만 확실히 음식에서 나던 냄새가 사라졌다.

"흐음! 솔직히 말씀드려 이건 값을 매길 수가 없습니다."

"그런데 조금 전엔 20실버까지 내겠다고 하지 않았나?"

"그건 제가 가진 게 그거밖에 없었기 때문입니다."

"그래? 그건 그렇고, 자네가 보기에 이 물건의 가치는?"

"이건 한 번도 보지 못한 물건입니다. 그런데 이를 포장한 용기가 유리로 되어 있습니다. 혹시 귀족이십니까?"

얀센은 어찌 평민이 이처럼 귀한 물건을 들고 다니겠는가 싶었다. 하여 말투가 보다 정중해졌다.

현수는 대답 대신 말을 약간 더 낮췄다.

"그럼 이것은 얼마만 한 가치가 있지?"

이번에 꺼낸 것은 양철통으로 만들어진 네모진 후춧가루 통이다. 역시 대한민국의 오뚜기식품에서 만든 것이다.

"이건……?"

"통의 재질은 얇은 철판이네. 내용물은 방금 전에 본 것과 똑같은 것이지. 하나 양은 약 5배가 들었네."

얀센은 현수의 말에 자세를 바로 잡았다. 단순히 하나를 팔려는 것이 아님을 느낀 것이다.

"기사님……!"

"그걸로 장사를 해볼 생각 없나?"

"저어, 죄송하지만 이 여관을 사느라 돈을 다 써서 제게 여유가 없습니다."

욕심은 나지만 잘못되면 패가망신한다는 것을 알기에 얀센은 솔직하게 말한 것이다.

"그럼, 이렇게 하면 어떻겠나? 물건은 내가 대주지. 팔리면 그때 이익금을 나누는 것으로 하면 어떤가?"

"하면……!"

얀센의 표정은 금방 상기되었다. 침체되어 있던 얼굴에 생기가 도는 듯한 느낌이다.

"얀센이라 했지?"

"네. 기사님!"

"자네가 값을 매겨보게. 자넨 이걸 얼마에 팔 텐가?"

"먼저, 이 유리병에 든 것의 가격은 50실버, 아니, 1골드까지는 받을 수 있을 겁니다. 더 큰 이것은 4골드가 적정하구요."

"귀족들이나 쓸 수 있다 생각하는가?"

"그렇습죠. 우리 같은 평민에겐 과분한 물건이지요."

얀센의 표정은 어느새 차분해져 있었다.

'흐음! 한 병에 1골드라……. 1,000배 장사군. 아니다! 도매로 사면 훨씬 저렴할 테니 더 많이 남겠군.'

현수는 갑자기 왜 장사할 생각이 났는지 알 수 없지만 괜스레 기분이 좋아졌다.

천지건설에 왜 다닌 것인가?

혹자는 성취감을 이루기 위해 직장에 다닌다고 할 것이다. 하나 현수는 순전히 돈 벌기 위해 회사를 다녔다.

목구멍이 포도청만 아니었다면 남의 밑에서 굽실거리며 회사를 다닐 이유가 없다. 박진영 대리의 말도 안 되는 트집을 참아낸 것도 매달 받는 월급 때문이다.

그렇기에 돈을 버는 이야기만으로도 기분이 좋아진 것이다.

게다가 킨샤사에 머무는 며칠 동안 돈을 벌어볼 생각을 했다. 마땅한 것이 없어 그러지 못했을 뿐이다.

"얀센……! 내가 자네를 믿어도 되나?"

현수의 물음에 얀센은 즉각 고개를 숙였다.

"물론입니다. 믿고 맡겨주십시오. 최선을 다하겠습니다."

"일단 자네를 시험해 보겠네. 그래도 좋은가?"

"네, 얼마든지……."

"좋네, 일단 똑같은 것으로 100개씩 맡겨보지."

"네에……? 100개씩이나요?"

500골드면 5억 원이다. 한국에서도 큰돈이지만 미판테 왕국에선 더 크게 느껴지는 액수일 것이다.

그렇기에 얀센의 얼굴에 놀란 표정이 어려 있는 것이다.

"이걸 다 팔았다고 가정할 때 내가 자네에게 얼마를 지불하면 흡족하겠는가?"

"이, 이걸 전부……! 으으음, 소인에겐 매출 총액의 5% 정도면 적합합니다."

총액의 5%면 25골드이다. 한국돈 2,500만 원이다.

얀센의 계산법은 이렇다.

물건은 현수가 댄다. 자신이 투자하는 돈은 한 푼도 없다. 하지만 이것에 대한 홍보는 자신의 식당에서 한다.

손님 가운데 귀족가와 관련있는 자들이 오면 스테이크나 스튜에 조금씩 뿌려주면 된다.

당연히 입소문이 날 것이다.

다음엔 귀족가로부터 구매 의사가 타진될 것이다. 이때 직접 물건을 들고 귀족가를 방문하여 특장점을 소개한다.

물론 갈 때는 귀족들의 마음을 사로잡을 적당한 선물이 준비되어야 할 것이다. 이 작전이 성공하면 다음부터는 순항이다. 그야말로 날개 돋친 듯 팔릴 것이다.

이렇게 각기 100병을 파는 데 걸리는 시간은 아무리 길어도 한 달은 넘지 않으리라 예상된다. 한 번에 하나씩 사는 게 아니라 귀족 특성상 뭉텅이로 달라 할 것이기 때문이다.

어쩌면 하루에 다 팔릴 수도 있다.

아무튼 판매하는 동안 발생되는 비용은 모두 얀센이 부담하여야 할 것이나. 귀족들을 만나려면 시종 등에게 석지 않은 뇌물을 뿌려야 하기 때문이다. 그래도 그게 어딘가!

선물 비용을 제하고도 1,000~1,500만 원 정도의 수입이 발생된다.

이것은 한국에도 어려운 일이다. 그렇기에 혹시 거절당하면 어쩌나 하는 심정으로 의견을 내놓은 것이다.

한편, 현수의 계산은 이렇다.

유리병의 원가는 소매가 1,000원의 40% 수준인 400원, 양철통은 3,400원의 40%인 1,360원을 잡았다.

합쳐서 1,760원씩 100병이면 원가는 17만 6천 원이다. 이걸 5억 원에 판다. 약 2,840배가 남는 장사이다.

"욕심이 적군. 좋아! 좋은 자세야. 내 그에 대한 보상을 하지. 자네에게 판매총액의 10%를 주겠네."

현수는 인터넷에 떠도는 어떤 이야기를 읽은 적이 있다.

당사자가 아니기에 사실인지 여부는 확인할 수 없는 루머일 수도 있지만 흥미롭게 읽었기에 기억하고 있는 것이다.

한국의 이전 대통령 가운데 J와 N이라는 사람들이 있다.

J는 재임 기간 동안 부하들에게 인심을 잃지 않았다.

부하들이 공직에서 물러나게 되면 소위 전별금이라는 것을 하사하여 마음을 달래주었다.

그런데 물러나는 사람들이 생각했던 것보다 끝자리에 '0'이 하나 더 붙은 금액을 주었다고 한다.

그래서 퇴임 후 곤경에 몰렸을 때에도 부하들이 끝까지 의리를 지켜주었다고 한다.

반면, N은 제 욕심만 채우느라 그러지 못했다.

그 역시 전례에 따라 공직에서 물러나는 부하들에게 전별금을 주었다. 그런데 그 금액은 물러나는 이들이 생각하는 것보다 0이 하나 적었다고 한다. 이전 정부에서 받은 전별금에 대한 소문이 있었기에 부하들의 기대치가 높았던 때문이다.

그 결과 퇴임 후 곤경에 처했을 때 거의 모든 부하들이 모른 척하여 어려움을 겪었다고 한다.

현수에게 있어 아르센 대륙에 아는 사람은 손으로 꼽을 만하다. 알베제 마을 사람 가운데 일부와 케이상단의 알론과 몇

몇 용병이 전부이다.

이런 곳에서 아드리안 공국의 위기를 구하는 중차대한 일을 해야 한다. 아무리 이실리프 마법사라고 하더라도 혼자서 어찌 그 일을 다 할 수 있겠는가!

따라서 지지해 주는 사람들이 필요하고, 자신의 명령에 따라 일을 해줄 세력도 필요하다.

그런데 얀센은 제법 괜찮은 사람으로 보인다.

만난 지 얼마 안 되었기에 잘못된 판단일 수도 있지만 일단 인상이 괜찮아 보인다.

하여 내 사람으로 만들어볼 생각을 한 것이다.

그러기 위해선 넉넉하게 베풀어야 한다. 하여 원하는 것보다 더 많이 주겠다고 한 것이다.

"네에……? 저, 정말이십니까?"

"그렇네. 이제 얀센상단을 만들 일만 남았나?"

"아이고, 무슨 말씀이십니까? 상단의 이름은 얀센이 아니라 하인스가 되어야 합지요."

"하인스상단?"

"네. 기사님의 이름을 따야 장사가 더 잘 될 겁니다. 그러니 상단의 이름은 하인스가 더 좋습니다."

"좋네, 그럼 그렇게 하게."

현수는 생각보다 얀센의 상재가 더 좋다는 느낌이었다.

일개 평민보다는 기사, 기사보다는 귀족의 이름을 파는 것이 더 장사하기 쉽다.

그런데 장사가 잘 되면 파리가 꼬이는 법이다. 되먹지 못한 뒷골목 주먹들이 그런 놈들이다.

하지만 귀족이, 그것도 작위가 높은 귀족이 상단을 운영할 경우 감히 건드려 볼 생각조차 못 한다.

몇 푼 벌려다 목숨을 잃을 수도 있기 때문이다.

그래서 이런 판단을 내렸음을 알아차린 것이다.

"계약서를 작성할까?"

"아이구, 아닙니다요. 이제부터 전 하인스상단의 서기입니다. 하인스상단주님! 스페른상단의 일개 지부 서기였던 저를 본점 서기로 승진시켜 주신 점 감사드립니다."

말을 마친 얀센은 충성을 뜻하는 절을 하였다.

한국처럼 엎드려 고개를 조아리는 게 아니라 한쪽 무릎을 땅에 대고 정중히 고개 숙이는 예절이다.

"좋아, 내가 물건을 보관한 곳에 다녀와 자네에게 넘기지."

현수가 아공간에 있는 물건을 꺼내지 않고 이런 말을 한 것엔 이유가 있다. 이상하게도 지구로 귀환해야 한다는 생각이 아까부터 든 때문이다. 어떤 이유 때문인지는 알 수 없지만 막연히 그런 생각이 계속해서 떠올랐던 것이다.

"네에."

"그럼, 말 나온 김에 갔다 오겠네. 시간이 좀 걸릴 수 있네."

지구로 귀환하여 얼마 있을지 어찌 알겠는가!

하여 이런 말을 한 것이다.

"네에, 조심해서 다녀오십시오."

"참, 그 안에 이곳 영주로부터 전갈이 있을 수 있네. 그럼 조만간 돌아온다고 해주게."

"네에, 걱정 마십시오."

잠시 후, 현수는 세실리아 주점을 벗어나 올테른 외곽으로 이동했다. 그곳에서 좌표를 확인했다.

이곳은 미판테 왕국의 서단에 자리한 마을이다.

강만 건너면 테리안 왕국이다. 그렇기에 테리안 왕국과 미판테 왕국 간의 문물이 교류되는 지점이다.

그렇기에 좌표를 확인한 것이다.

현수는 아르센 대륙으로 와서 사흘을 지냈다.

매일 밤 마나 집적진 위에서 잠을 잤다. 그 결과 급속도로 마나가 충진되어 다시금 차원 이동을 할 수 있게 되었다.

이 시점에서 킨샤사로 돌아가야 할 이유가 두 가지가 있다.

첫째는 이곳과 지구의 시간차에 대한 것을 확인해야 한다.

전능의 팔찌를 설명해 놓은 부분을 보면 지구에서 출발은 2월 13일에 했다. 오늘로서 사흘째이니 그냥 돌아가면 2월 15일이 되어야 한다.

그런데 2월 14일로 돌아갈 수 있는지 확인하려는 것이다.

둘째, 아무래도 천지건설 본사에서 예상보다 빨리 사람들이 들이닥칠 것 같다.

그때 자신이 없으면 문제가 발생될 수도 있기에 불과 며칠도 머무르지 못하고 되돌아 갈 생각을 한 것이다.

\*      \*      \*

"트랜스퍼 디멘션! 마나여, 나를 킨샤사로 데려다 다오. 2013년 2월 14일로!"

스르르르르릉—!

눈을 뜨니 은색 랜드로버가 보인다. 그리고 엄청 덥다. 그렇다면 제대로 온 것이다. 현수는 얼른 옷을 갈아입었다.

"제기랄, 괜히 왔나?"

조금 전에 비가 내렸는지 푹푹 찐다. 옷을 갈아입는 동안 나온 땀 때문에 끈적거리는 것이 불쾌하다.

당연히 시원한 아르센 대륙이 떠오른다.

"다시 돌아가? 참, 안 되지?"

전능의 팔찌를 보니 검은색이 또 회색으로 변해 있다.

당분간은 아르센 대륙으로 갈 수 없음을 의미한다.

딸깍!

차 문을 열어보니 이건 한증막과 다를 바 없다. 뒷좌석에 있던 노트북을 만져보니 뜨끈뜨끈하다.

마투바의 동생들에게 게임을 하라고 꺼내 놓았던 것이다.

'이제부턴 항상 아공간에 넣고 다녀야겠군.'

"흐음, 오늘 날짜부터 확인해 보자."

현수는 전능의 팔찌로 차원 이동을 할 때 지구 시간으로 2013년 2월 14일이 되도록 타임딜레이 구현 마나석에 손을 댄 채 마나를 불어넣었다.

"어디 보자. 흐으음⋯⋯! 에이, 너무 느려. 한국에 가면 속도 빠른 놈으로 바꿔야지."

노트북이 부팅되는 동안 주변을 둘러보았다.

"조심해서 손해 볼 거 없지. 와이드 센스!"

기감을 넓혀 보니 큰 이상은 없다.

현수가 있는 곳은 킨샤사 외곽을 살짝 벗어나 콩고강에 가까운 곳이다.

아무데나 차를 몰고 갔기에 이곳에 당도한 것이다.

그리고 남들의 이목으로부터 차를 보호하기 위해 일부러 숲 속 깊숙한 곳에 주차해 두었다.

그래서 현재 있는 이곳은 수림이 울창한 곳이다. 세상에선 이곳을 콩고우림이라 부른다.

도시에서 얼마 떨어지지 않은 곳이지만 원시에 가까운 숲이 존재하는 것이다. 당연히 짐승과 곤충들이 많을 것이라 생각했지만 의외로 움직임이 없다.

하여 마법을 거두려는 순간 이상한 움직임이 감지된다.

"뭐야, 이건⋯⋯?"

바닥에서 뭔가가 기어온다. 그런데 크기가 장난이 아니다.

"아나콘다인가?"

현수는 동물의 왕국에서만 보았던 아나콘다가 다가오자 뇌리를 뒤져 마법을 찾아냈다.

열대우림이기는 하지만 불이 나면 걷잡을 수 없을 수도 있다. 하여 윈드 블레이드를 시전하려 했으나 이것도 포기했다. 멀쩡한 나무들까지 베어질 수 있기 때문이다.

본닛을 딛고 차의 지붕에 올라간 뒤 놈의 종적을 느껴보았다. 생각보다 빠르다. 제법 멀리 있었는데 어느새 눈으로 볼 수 있을 정도로 가까이 온 것이다.

일부러 모르는 척하며 차 위를 왔다갔다하는 동안 밀림 속으로 쏙 사라진다.

이제부턴 천천히 조심스럽게 움직일 것이다. 그리다 어느 순간 쏜살처럼 아가리를 벌린 채 다가올 것이다.

'짜식아, 넌 상대를 잘못 골랐어.'

현수는 악동의 웃음을 짓고는 놈이 있는 곳을 노려보았다.

그러자 먹잇감이 자신의 존재를 눈치챘다는 것을 안다는 듯 내놓고 다가온다.

언뜻 보니 길이가 10m는 넘는 것 같다. 몸통도 엄청 굵다. 사람 정도는 한 입에 집어삼킬 정도로 큰 놈이다.

"뭘 잡아먹어서 그렇게 컸는지 모르지만 오늘로 끝이다. 난 뱀이랑 악어, 그리고 모기와 쥐를 아주 싫어하거든."

나직이 중얼거리며 가까이 다가온 놈을 노려보았다.

현수를 한 입에 먹어치우기 위해 달려들려는 듯 대가리가 뒤쪽으로 쏠려 있다.

"짜식아! 어림도 없어. 마나여, 저 녀석을 단숨에 얼려라. 블리자드(Blizzard)!"

휘이이이잉―!

남극에서나 볼 수 있는 눈보라가 휘몰아쳐 간다. 대상 마법으로 구현시켰기에 모든 냉기는 아나콘다에게만 집중되었다.

그 결과 재수없는 아나콘다는 그 자세 그대로 얼어붙었다.

멀린의 마법답게 냉기가 단숨에 뇌까지 침투하였기에 1초도 안 걸리는 시간 만에 목숨을 잃은 것이다.

"짜식! 별것도 아닌 것이……. 근데 크기는 엄청 크네."

죽은 아나콘다의 몸통 대부분은 우거진 수풀 속에 있다. 하여 수풀을 들춰가며 확인해 보니 길이가 12m를 넘는 것 같다.

"어라……? 이 자식이 뭘 처먹은 거지?"

현수는 고개를 갸웃거렸다. 몸통의 한 부분이 불룩하게 튀어나와 있음에도 사냥을 한 것이 이상했던 것이다.

"대체 뭘 잡아먹은 거야? 잠깐, 먼저 날짜부터 확인하고."

다시 자동차로 되돌아온 현수는 노트북으로 오늘의 날짜를 확인했다.

"뭐야? 2월 14일이 아니고 2월 16일? 왜 이러지? 분명 타임 딜레이 마나석에 손을 대었는데……."

하루 일찍 도착하려 했는데 오히려 하루 늦게 도착한 것이다. 현수는 고개를 갸웃거렸지만 이실리프 마법서를 펼치진 않았다. 언제 비가 올지 모르는데 괜히 적시기 싫은 때문이다.

"흐음, 이건 나중에 확인해 봐야겠군. 그나저나 저놈은 뭘 먹었지?"

뒷좌석의 칼을 꺼내 아나콘다의 배를 갈랐다.

푸욱!

스스스스슥!

"허억……!"

갑자기 튀어나온 손을 보고 화들짝 놀라 뒤로 물러섰다.

몬스터의 사체는 여러 번 보았기에 괜찮으나 사람의 손이 뱀의 사체에서 튀어나오니 놀란 것이다.

배를 완전히 갈라 꺼내놓고 보니 원주민 남자아이인 것 같다. 그런데 먹힌 지 얼마 안 되는 모양이다.

"에이, 어쩌다가……! 묻어줘야겠구나. 디그(Dig)가 좋겠지?"

마법을 써서 땅을 파려는 순간 사방으로부터 인기척이 느껴진다. 와이드 센스 마법을 구현해 보니 대략 20여 명이 활과 창으로 무장한 채 조심스럽게 다가오는 중이다.

현수는 움직임을 멈춘 채 이들이 다가섬을 기다렸다.

다가온 사람들 모두 상의는 벗은 채였고, 하의는 반바지 차림이다. 머리는 짧으며, 신발은 모두 신지 않았다.

'이곳 원주민인가?'

콩고민주공화국에는 200여 종족이 살고 있다. 후투족, 투치족, 피그미족 등이 그들이다.

사람들이 다가오자 현수는 전능의 팔찌에 마나를 모았다. 그들 일행 중 가장 나이 많은 자가 묻는다.

"네가 왕뱀을 죽였는가?"

"그렇다."

"죽은 아이의 시체를 네가 꺼냈는가?"

"그렇다."

"그 아이의 시체를 우리에게 넘겨줄 수 있는가?"

"너희 종족이라면 기꺼이 그렇게 하겠다."

"저 왕뱀의 시체도 줄 수 있는가?"

"필요하다면 가져가라."

"고맙다. 나는 므와섬이라 한다. 네 이름은 뭐냐?"

"난 김현수라 한다. 너희는 무슨 종족이냐?"

"우리 말을 하면서도 우리가 무슨 종족인지 모른다는 거냐?"

현수는 상대와의 대화가 아프리카 고유어인 반투어로 이루어짐을 모르고 있었다. 하긴 어찌 반투어를 알겠는가!

"그렇다. 가르쳐 줄 수 있는가?"

"우린 후투족 전사들이다."

"좋다. 아이의 시체를 가져가라."

"고맙다."

말을 마치고 손짓을 하자 곁에서 지켜보고 있던 흑인들이 우르르 달려들어 아이의 사체를 수습한다.

사람 팔목 정도 되는 굵기의 나무줄기를 베어내고, 그 위에 넓적한 잎사귀를 어찌하는가 싶더니 금방 들것 비슷한 것을 만들어낸다. 아이의 사체를 올려놓고 나뭇잎사귀로 덮는다.

같은 시간 동안 아나콘다의 사체를 십여 토막으로 잘라낸다.

　비릿한 피 냄새가 났지만 현수는 눈도 안 깜박이고 작업을 구경했다. 리얼 야생이다. 어디서 이런 구경을 하겠는가!

　일련의 작업이 끝나는 데 불과 10분 정도 걸렸을 뿐이다.

　"고맙다. 보답하고 싶으니 우리 마을까지 동행해 다오."

　"아니다. 나는 괜찮다."

　"은인을 그냥 보낼 수는 없다. 우리와 동행해라."

　몇 번의 실랑이 끝에 현수는 후투족 마을까지 동행하기로 했다. 야생으로 사는 듯한데 그들이 사는 모습을 보고 싶었던 때문이다.

　후투족은 현수가 차를 몰고 따라가기 쉽게 비교적 평탄한 곳을 골라 정글 속으로 들어갔다.

　가는 동안 소나기가 한번 내렸다. 그러다 습지 부근을 지나게 되었는데 악어 한 마리가 어슬렁거리며 다가온다.

　후투족 전사들은 즉시 산개하였고, 창을 들고 놈을 약올려 시선을 빼앗은 뒤 다른 쪽에서 찔러 잡았다.

　현수는 흥미로운 장면을 디카로 찍으면서 보았다. 보아하니 능숙한 사냥꾼들인 것 같았기 때문이다.

　악어가 죽자 일행의 리더가 현수에게 말을 건다.

　"악어를 차에 실어서 운반해 주지 않겠는가?"

　"어려울 것 없다. 지붕에 얹어라."

　"고맙다."

현수는 앞 유리 창 한쪽에 축 늘어진 악어 꼬리 부분을 보면서 일행의 뒤를 따랐다. 그렇게 대략 1시간 반을 이동했다.

그런데 차가 움직이니 악어의 사체가 자꾸 한쪽으로 미끄러진다. 하여 조수석과 운전석 뒤쪽에 두 명의 후투족 전사들이 탄 채 이동했다.

이동하는 동안 어찌된 영문인지를 알 수 있었다.


오래전, 콩고민주공화국은 벨기에의 식민지였다.

그때부터 1950년대 말까지 후투족은 투치족의 지배를 받았다. 벨기에가 그렇게 하도록 한 것이다.

1962년에 '콩고민주공화국'의 옛 이름인 '자이르'가 독립하자 후투족이 이러한 지배 구조에 반발하여 폭동을 일으켰다.

이것은 종족간 대규모 유혈 사태로 인접국인 르완다마저 내전으로 몰아갈 정도였다. 강경파 후투족이 온건파 후투족과 투치족을 수십만이나 대량 학살한 사건이 벌어진 것이다.

이 내전의 결과 투치족이 승리하였고, 후투족은 주변 국가로 뿔뿔이 흩어졌다.

이웃나라인 부룬디는 투치족이 지배하는 구조였다. 하지만 벨기에로부터 독립한 직후엔 후투족이 집권하였다.

하나 곧 투치족이 쿠데타를 일으켜 정권을 빼앗았다.

하지만 1993년엔 후투족 출신이 대통령으로 선출되었다. 그러나 투치족이 또 다시 쿠데타를 일으켜 정권을 장악했다.

1993년 이후 양 부족간의 격돌로 약 15만 명이 사망하였다.

어쨌거나 현재 콩고민주공화국의 대통령인 조제프 카빌라는 투치족이다. 이후 후투족에 대한 탄압이 시작되었다.

힘을 잃었기에 후투족들은 일부는 도시 빈민으로, 또 다른 일부는 뿔뿔이 흩어져 정글 속으로 들어갔다.

나머지 일부가 반군으로 활동 중이다.

아나콘다에게 목숨을 빼앗긴 소년은 후투족이다.

정부의 탄압을 피해 정글 속에 부락을 형성한 온건파 후투족의 자손이다.

길조차 없는 정글 속에 마을을 형성하였기에 정부로부터의 탄압은 없었으나 문제가 있었다.

마을 근처에 아나콘다 서식지가 있었던 것이다.

마을 사람 몇이 희생된 이후 후투족 전사들은 아나콘다 사냥에 나섰다. 그 과정에서 십여 명이 죽었다.

아나콘다 역시 대부분이 죽었다. 오늘 소년이 마지막 아나콘다에게 희생되자 즉시 그 뒤를 쫓아온 것이다.

후투족은 은원이 분명한 민족이다. 다시 말해 은혜를 입으면 보답을 하고, 원수가 있으면 반드시 죽인다.

현수가 아나콘다를 죽이고, 소년의 사체를 내주었다. 이것은 은혜에 해당된다. 하여 마을까지 초대한 것이다.

물론 현수의 외모를 보고 외국인이라는 것을 알기 때문이기도 하다. 흑인이었다면 투치족의 끄나풀일 수도 있지만 그게 아닐 것이기에 경계심이 많이 누그러진 것이다.

마을에 도착하자 먼저 소년의 시신을 매장했다. 그리곤 잔치가 벌어졌다. 음식은 아나콘다의 살로 만들어졌다.

이곳에선 사람이 사람을 잡아먹기도 한다.

콩고민주공화국 동북부 이투리 삼림지대와 키부 지역에는 약 60만 명의 피그미족이 문명과 떨어져 사냥과 채집을 하며 살고 있다.

피그미족은 성인의 신장이 120~140㎝ 정도밖에 되지 않는 왜소한 종족이다.

한편, 콩고 북부 대부분을 장악하고 있는 콩고해방운동(MLC)과 콩고민주연합(RCD)은 2002년과 2003년에 이투리 지대 피그미족을 대상으로 무차별 학살을 자행했다.

이들은 피그미족을 '인간 이하의 존재'로 여기고 있으며, 피그미족의 살이 주술적 힘을 준다고 믿고 있다.

또한, 피그미족 여인과 관계를 가지면 통증을 가시게 한다는 미신이 팽배되어 있기도 하다.

다시 말해 콩고 일부 지역에선 피그미족에 대한 식인과 강간이 정당화되어 있다.

후투족도 이전엔 인육을 먹었다. 그렇다 하여 식인종은 아니다. 사람을 잡아먹되 원수의 살만 먹었다.

현수가 잡은 아나콘다는 후투족의 원수가 분명하다. 그렇기에 그 고기로 잔치를 벌인 것이다.

현수는 뱀 고기를 먹는 것이 저어되었다. 대강 대강 익힌 듯하여 기생충이 염려되었기 때문이다.

뱀의 몸속에 기생하는 기생충 가운데에는 뱀술을 담가도 죽지 않는 놈이 있다고 한다. 또한 뱀 고기는 잘못 먹으면 기생충이 뇌까지 올라가는 경우가 있다고 한다.

하여 머뭇거리자 촌장인지 추장인지 하는 므와섬이 계속해서 권한다. 내키지 않았으나 어쩌겠는가!

뱀 고기 꼬치를 손에 든 현수는 나직이 중얼거렸다.

"오거니즘 익스터미네이션(Organism Extermination)!"

어떤 생명체의 완전한 말살을 구현시키는 대상 마법을 한낱 꼬치에 구현한 것이다. 이 마법은 6써클로서 제법 마나가 많이 소모된다.

'으이그, 마나가 아깝다. 겨우 이런 꼬치에다 대고……. 그래도 나중에 치매 걸리는 것보다는 낫겠지?'

마법을 구현시켰음에도 꺼림칙하다. 하여 아주 조금씩 떼어 먹었다. 다행인 것은 더 권하지 않았다는 것이다.

그럼에도 고역이다. 맛도 없는데 은인이며 손님이라고 꼬치 중에서도 제일 큰 놈으로 골라온 때문이다.

잔치가 벌어지는 동안 후투족 추장은 현수에 대해 이것저것을 물어보았다. 현수 역시 이들에 대해 물었다.

이들은 정부군에 의해 밀려난 것이지 원래부터 이곳에서 원시적인 삶을 살던 부족이 아니라고 한다.

본시 킨샤사에서 살았는데 정부군의 무기에 대항할 힘이 없어 할 수 없이 은신한 채 사는 중이라 한다.

언젠가는 원수 같은 투치족을 물리치고 다시 정권을 쥘 것이라 생각하고 칼날을 갈고 있다고 했다.

　저녁나절이 되어서야 잔치가 끝났다. 후투족은 하룻밤 자고 가라고 했지만 꼭 가야 한다 말하고 출발했다.

CHAPTER 04
의문의 저격자

"아이고, 그렇지 않아도 자네를 어디서 찾을 수 있을까 했는데 정말 잘 왔네. 정말 잘 왔어."

이춘만 과장은 현수의 출현에 환호작약한다.

그도 그럴 것이 오늘 오후에 사장과 전무, 그리고 몇몇 이사진들과 해외영업부장이 실무진들과 함께 들이닥쳤다.

예고에도 없던 느닷없는 방문이다.

한편 이해는 된다. 45억 달러짜리 공사를 땄다.

그것도 직원이라곤 달랑 두 명뿐인 지사에서……!

이 지사를 유지시키기 위해 본사에서 하는 일이라곤 두 사람의 급여를 지불하는 것, 그리고 지사 사무실 유지비뿐이다.

그리곤 아예 위리안치를 시킨 죄인 취급하려는 듯 무관심으로 일관했다. 그런데 사고를 쳤다. 그것도 보통 사고가 아니다. 어마어마한 초대형 사고를 쳤다.

해외영업부 직원 전체가 일 년 이상 꼬박 매달려야 하고, 심혈을 기울여 세계 유수의 건설사들과 수주전쟁을 치러도 딸까말까 한 공사를 만화처럼 땄다고 한다.

그러니 만사 제치고 오는 것이 어쩌면 당연하다.

하나 당하는 사람 입장에선 여간 곤욕스러운 것이 아니다.

어젯밤, 이춘만 과장은 여느 날과 마찬가지로 마투바와 더불어 술을 마셨다. 하여 빈 맥주 깡통이 여기저기 굴러다닌다. 마투바 역시 대취했던 때문이다.

사실 마투바는 술을 마실 줄 모르는 여인이었다. 이춘만 과장이 아주 잘 가르쳐서 술꾼 중에서도 상술꾼이 된 것이다.

어쨌든 사무실 내부는 개판이고, 몰골은 세수도 하지 않아 엉망이다.

그런데 사장 일행이 들이닥쳤으니 얼마나 당황되겠는가!

그리곤 일등 공신인 현수를 찾는데 휴가를 줬다는 말을 못했다. 어쩌다 보니 그렇게 된 것이다.

사장은 다행히 개판인 사무실에 대해 한마디도 하지 않았다. 그리곤 시내의 호텔에 짐을 풀겠다고 갔다.

떠나면서 현수가 돌아오는 대로 같이 오라고 했다.

하여 이춘만 과장은 똥 마려운 강아지처럼 전전긍긍하고 있었다. 열흘을 기약하고 떠난 현수를 어디에서 찾겠는가!

하여 어찌할까를 고심하느라 다크서클이 점점 짙어지는 중이었다. 그런데 장본인이 나타났으니 얼마나 기쁘겠는가!

"네에……? 사장님이 오셨다고요?"

현수도 경영진의 방문에 화들짝 놀라는 표정을 지었다.

오리라곤 생각했지만 예상외였던 것이다.

한편으론 안도의 한숨을 쉬었다. 아르센 대륙에서 지구로 귀환하길 정말 잘했다는 생각이 든 것이다.


'멤링(Memling) 킨샤사 호텔'은 5성급 호텔이다.

사장 일행은 비싸기로 이름난 이 호텔에 짐을 풀었다.

이 과장은 자신이 경영진의 안전을 위해 그곳에 머물도록 추천했다고 한다.

호텔에 발을 들여놓자 시원한 에어컨 바람이 불어온다. 곧 장 사장과 일행이 머무는 7층으로 올라갔다.

"자네가 김현수 사원인가?"

"네, 사장님!"

"수고가 많았네. 이 과장으로부터 대략적인 이야긴 들었으나 자네로부터 다시 한 번 듣고 싶은데 말해줄 수 있겠는가?"

"물론입니다."

이때부터 사장을 비롯한 일행은 현수의 말에 귀를 기울였다.

이야기의 시작은 이춘만 과장이 새로 전입한 자신을 위해 킨샤사 안내를 한 것으로 했다.

자신이 세운 공은 아무리 많이 깎아내리려고 해도 부인하지 못할 만큼 큰 공이다. 그러니 상사인 이 과장이 큰 도움을 주었다 해도 되기 때문이다.

어떤 사람에게 좋은 일이 생기면 우스갯소리로 전생에 나라를 구했느냐는 말을 한다.

회사 입장에선 그럴 만큼 큰 공이다.

지난 수년간 도급 순위 5위를 벗어나지 못했다. 4위와의 격차가 제법 있었기 때문이다.

그런데 단숨에 2위 내지는 3위로 올라갈 수 있게 되었다. 어쩌면 사상 처음 도급 순위 1위가 될 수도 있다.

이는 회사 가치의 급격한 상승을 의미한다.

확실하게 확인된 것이 아니기에 아직 공시[2]하지 않았다. 만일 진짜로 본계약을 체결하게 된다면 즉시 상종가를 치게 될 것이다. 이는 주주들에게도 몹시 행복한 소식일 것이다.

사장 일행은 현수로부터 이야기를 들으면서 연신 탄성을 냈다. 폴이란 아이를 구해내는 과정에선 다친 데 없었느냐는 말까지 들었다.

예전 같으면 그런 건 물어보지도 않았을 것이다.

경찰청장을 만나서 했던 이야길 리바이벌했다.

공사가 잘못되거나, 제대로 진척되지 못하여 권력자에게 누

_____

2) 공시(Disclosure): 사업 내용이나 재무 상황, 영업 실적 등 기업의 내용을 투자자 등 이해 관계자에게 알리는 제도. 주식 시장에서 가격과 거래에 영향을 줄 수 있는 중요 사항에 관한 정보를 알림으로써 공정한 가격 형성을 목적으로 함. 공시 제도는 기업으로 하여금 이해 관계자(주주, 채권자, 투자자 등)를 위해 해당 기업의 재무 내용 등 권리 행사나 투자 판단에 필요한 자료를 알리도록 의무화하는 제도이다.

가 될 수 있어 끈을 대는 영업은 하지 않았다는 말에 아주 잘했다는 칭찬을 들었다.

그 과정에서 이춘만 과장이 분위기 조성을 아주 잘했다는 이야길 했다. 그래서 나쁠 게 전혀 없기 때문이다.

곁에서 이야길 듣고 있던 이 과장은 현수가 연신 자신을 띄워주자 내심 미안한 기분이 들었다. 그러나 어쩌겠는가!

현수는 임원들에게 둘러싸여 무용담을 펼치는 중이다.

"그래서 우리 회사와 같이 일을 하고 싶다고 한 겁니다."

내무장관 가에탄 카구지가 한 말을 끝으로 이야긴 끝났다.

사장을 비롯한 임원들은 한바탕 소설을 읽은 기분이 되었다. 우연과 행운이 겹쳐서 최상의 결과를 야기시킨 때문이다.

"잘 했네. 조만간 포상을 하지. 그건 그렇고 콩고민주공화국에 왔으니 내무장관님과 만나서 인사라도 하고 싶은데 가능하겠는가?"

"네, 그렇지 않아도 그쪽 비서실에 연락을 해두었습니다. 아마 이쪽으로 연락을 주실 겁니다."

현수가 막 말을 끝냈을 때 문이 열린다. 흰색 반팔 와이셔츠에 나비 넥타이, 그리고 검은색 바지를 입은 사내가 들어온다.

연회장 담당 매니저이다.

몇 번 노크를 했음에도 반응이 없자 들어온 모양이다.

하긴 이곳은 세미나실 용도로 쓰이는 곳이다.

100명 이상도 사용할 수 있을 정도로 널찍하기에 밖에서 노크를 했는데 들리지 않았던 것이다.

담당 매니저는 정중히 고개 숙인 후 프랑스어로 묻는다.

"Qui est Kim hyun soo?" "어느 분이 김현수 씨이십니까?"

"Oui, c'est moi." "네! 접니다."

"Ministère de l'Intérieur Bureau est arrivé à le scorpion venus de." "내무부 장관실로부터 온 전갈이 도착했습니다."

"Vraiment? S'il vous plaît venez." "그래요? 이리 주십시오."

"Ici, il est." "여기 있습니다."

"Merci beaucoup." "대단히 감사합니다."

"Avez−vous une chose mal à l'aise en utilisant les installations?" "시설을 사용하시는 데 불편한 점은 없습니까?"

"Oui, je suis satisfait de tout." "네 모든 게 만족스럽습니다."


현수와 매니저의 대화를 들은 사장 및 임원들은 눈을 크게 떴다.

영어를 잘하는 직원들은 많다.

초등학교 다닐 때부터 얼마나 극성맞게 가르치는가!

중고등학교 다닐 때 시험을 봐서 국어를 95점 받고, 영어를 72점 받으면 욕을 먹는다. 하나 국어를 72점 받고, 영어를 95점 받아오면 먹고 싶은 게 뭐냐고 물으며 칭찬을 한다.

국어 잘하라고 과외 시키는 부모는 드물지만, 영어 잘하라고 과외며 어학원을 보내는 부모는 널리고 또 널려 있다.

그것으로도 모자라 많은 비용과 시간을 들여 외국으로 어학 연수까지 보낸다.

그래서 영어를 잘하는 직원들이 널린 것이다.

하나 프랑스어를 모국어처럼 말하는 직원은 거의 없다.

사장은 이곳에 오기 전 현수의 신상 기록에 대한 것을 세세한 부분까지 읽어보았다.

대체 어떤 녀석인지 궁금했던 것이다.

예를 들자면, 일본과 맞붙은 World Baseball Classic 결승전에서 4대 1로 뒤지고 있던 9회말 2아웃, 주자 만루 상황에서 역전 홈런을 친 녀석이다.

축구를 예로 들자면, 어렵게 올라간 월드컵 결승전에서 한국은 강호 브라질과 맞붙었다.

상대의 실책을 틈타 한국이 먼저 한 골을 넣었다. 하나 2분 만에 동점골을 허용했고, 다시 5분 만에 역전골까지 내주었다.

심기일전한 한국팀 스트라이커가 후반전이 시작되자마자 한 골을 넣어 2대 2, 동점으로 만들었다.

이후 브라질의 파상 공세에 밀려 한국팀의 골 점유율은 불과 10%대에 머물렀다. 변변한 공격 한번 못해보고 쩔쩔 매는 상황이 후반전 내내 계속되었다. 보는 이로 하여금 가슴 조마조마한 기분이 들게 하는 위기 상황의 연속이다.

그러던 어느 순간 상대의 공을 가로챈 섀도우 스트라이커가 센터서클에서 슛을 했다. 무회전으로 허공을 가르며 상대의 골대로 다가간 공은 골기퍼의 손을 피해 골망을 뒤흔들었다.

후반 44분 55초에 2대 2로 비기고 있던 상황을 3대 2로 만든 것이다.

다시 센터서클로 온 공에 브라질 선수가 발을 대는 순간 심판의 휘슬 소리가 요란하게 터져 나왔다. 경기가 끝난 것이다.

현수가 세운 공은 어쩌면 이보다 더 극적일지도 모른다. 그렇기에 현수에 대한 자료를 찾아 읽은 것이다.

인사 카드엔 서울 소재 삼류 대학 수학과 출신이라 기록되어 있다. 이 대목에서 사장은 고개를 갸웃거렸다. 삼류 대학 출신이 어떻게 서류 전형을 통과했는지 알 수 없었기 때문이다.

하여 인사부장은 물론이고, 인사과장까지 불러들였다. 혹시 누군가의 인사 청탁이 있었는지를 확인할 생각이었다.

사실 천지건설엔 설립 이래 현수가 졸업한 삼류 대학 출신이 존재해 본 역사가 없다.

워낙 입사 경쟁률이 높기에 발붙일 수 없었던 때문이다. 그럼에도 사원으로 등록이 되어 있으니 궁금했던 것이다.

인사부장은 서류 전형 통과에 대한 이야기는 하지 않았다. 대신 현수의 영어 성적을 공개했다.

돈 몇 푼 벌자고 끙끙대며 했던 알바 덕분에 운 좋게 빈 줄 채워넣기를 했던 영어 시험 결과이다.

당시 입사지원서를 제출한 사람 숫자는 12,000명이다.

이중 서류 전형을 통과한 사람이 1,200명이고, 영어와 상식 시험은 600명이 통과했다. 최종적으로 면접 시험까지 통과하여 천지건설에 재직하고 있는 현수의 동기는 200명이다.

60대 1의 경쟁률을 뚫고 입사한 것이다.

말이 60대 1이지 실제는 11,800대 1이다.

11,800명이 탈락하고 붙은 것이기 때문이다.

아무튼 현수의 영어시험 성적은 A⁺로 최고였다. 신입사원 연수 성적은 그저 그렇다. 자재과에 배치된 이후 평가된 항목을 보면 모든 것이 평범하다.

자재과에서 매긴 점수는 C등급이다. 업무지원팀에서 매긴 고과 역시 C등급이다. 업무 협조 관계가 있는 구조계산팀에서 매긴 점수는 최하인 F등급으로 기록되어 있다.

그 밖의 특기사항 어딜 봐도 프랑스어를 이처럼 잘한다는 내용이 없다.

그런데 너무도 자연스럽게 대화하고 있으니 놀란 것이다.

더구나 현수는 이과 출신이다. 고등학교 재학 시절 프랑스어를 제2외국어로 공부했다 하더라도 이처럼 잘 할 수는 없다.

사장이 휘둥그래진 눈으로 임원들과 시선을 마주치자 그들 역시 대단히 놀라고 있다는 표정을 짓고 있다.

그러고 보니 이곳 킨샤사 지사에 와서 통역을 보지 못했다.

대부분의 지사엔 한국어 내지는 영어를 잘하는 현지인을 고용하여 통역 업무를 돕도록 한다. 그런데 이춘만 과장과 허드렛일을 하는 마투바, 그리고 현수 딱 셋뿐이다.

아무튼 일행은 현수가 봉투 속에 든 종이를 꺼내 읽는 것을 지켜만 봤다. 프랑스어로 쓴 것을 읽을 능력을 가진 사람은 없었기 때문이다.

"사장님! 내일 오전 8시에 내무장관실로 와달라는 전갈이 왔습니다. 참석 인원은 사장님과 저, 그리고 실무진 5명 이내로 한정한다는데 괜찮으시겠습니까?"

"아, 물론이야. 당연하지."

사장은 기분 좋은 미소를 지었다.

임원들 역시 환한 웃음을 지었다. 회사의 성과가 좋으면 더 많은 보너스가 기대되기 때문이다.

"말씀드리기 죄송하지만 이곳은 뇌물이 만연한 곳입니다. 내무장관의 마음에 들 만한 물건을 혹시 준비하셨는지요?"

"마음에 들 물건······?"

사장은 당황스럽다는 표정을 지었다.

"이런! 그 생각을 미처 못 했네. 워낙 급히 서둘러서 오는 바람에······. 이제라도 준비하면 되지? 그나저나 뭘 준비하면 되겠는가? 이곳에도 백화점은 있지?"

"있기야 있지만 평범한 것으론 마음에 차지 않을 텐데······. 지사장님, 혹시 좋은 생각 있으신가요?"

"나······?"

느닷없는 말에 이춘만 과장은 잠시 침묵했다. 그러다 문득 떠오르는 생각이 있었다.

얼마 전 통관해 온 텔레비전 가운데 이 과장 본인이 사용하려고 들여온 것이 있다.

이 과장 입장에서 콩고민주공화국은 유배지나 마찬가지이다. 행동에 제약이 없기는 하나 아무것도 재미있는 것이 없다.

그래서 고심 끝에 본인을 위한 선물을 사기로 했다.

LG전자에서 만든 3D Full HD 65인치 LED 스마트 텔레비전이 그것이다. 영화 감상을 좋아하기에 DVD 플레이어와 써라운드 스피커 세트까지 갖췄다. 그리고 고장 나면 A/S 받는 것이 어려워 3D 전용안경 네 개를 추가로 더 구한 것이다.

그런데 이 과장은 그간 바쁜 일이 많았다.

하루에도 몇 번씩 본사로부터 전화가 걸려와 이것저것 지시를 했다. 게다가 기술진들이 들어오면 묵을 호텔도 알아봐야 했고, 음식과 음료까지 신경 써야 했다.

하여 아직 포장조차 뜯지 못한 채 곱게 모셔놓고 있다.

"사장님, 마침 제게 포장도 뜯지 않은 텔레비전 한 세트가 있습니다. 그거면 어떨까요?"

"그거 좋습니다. 여긴 우리나라 가전업체들의 활동이 미미하여 최신형 텔레비전이 없는 곳입니다."

"네, 아마 받으면 되게 좋아할 겁니다."

현수와 이 과장은 시선을 마주치며 빙그레 웃었다. 죽이 척척 맞았기 때문이다. 사장도 이견은 없는 듯하다.

"그런가? 그렇다면 그게 좋겠군. 이 과장의 그 텔레비전 세트로 하지. 귀국하면 그거와 똑같은 걸로… 아니, 그거보다 훨씬 더 좋은 놈으로 부쳐주겠네."

"네, 그렇게 하십시오."

이렇게 해서 내무장관에게 줄 선물 준비가 마쳐졌다.

사장 입장에선 뭔가 이가 딱딱 맞물려 떨어지는 듯한 느낌이다. 다시 말해 만사가 순조롭다는 생각이 든 것이다.

"오늘 저녁은 내가 사겠네. 이 과장, 여기서 제일 괜찮은 곳으로 안내하게."

"알겠습니다."

지사로 되돌아 온 현수와 이 과장은 텔레비전 세트를 잘 포장해서 차에 실어두었다.

"고맙네."

"네? 뭐가요?"

"자네 혼자 다 한 일인데 내가 꼽사리 껴서 자네 공을 뺏는 거 같아서 하는 말이네."

"아! 그거요? 이 과장님 공이 왜 없습니까? 그날 거기까지 절 데려가 주신 분이시잖아요."

"그렇긴 해도……. 그거야 내 볼일 보러 가다 그런 거잖아."

"그래도 데려다 주신 것은 맞잖아요."

"자네에게 미안해서 그래."

"에이, 괜찮아요. 지사장님! 그리고 이럴 때 진급하셔야죠. 만년 과장이라고 푸념하셨잖아요."

계면쩍어 하는 것을 보면 이 과장은 양심이 있는 사람인 것이 분명했다. 하여 현수는 빙그레 미소 지었다.

착한 사람이니 잘 살아야 한다는 생각이 든 때문이다.

한국 사회를 예를 들자면 착한 사람보다 나쁜 사람들이 더 잘 사는 경향이 있다. 마음씨 곱지 못한 사람들은 선량한 사람들의 착한 마음을 악용하여 이용해 먹는다.

그렇게 번 돈으로 또 착한 사람들을 고용하고, 그들이 뼈 빠지게 일한 결과의 대부분을 삼킨다.

홍수나 가뭄으로 재난당한 사람들을 돕자는 모금운동을 하면 십시일반의 정신으로 조금씩 갹출해서 거액을 만든다.

이 돈은 거의 모두 서민들의 얇은 지갑에서 나온 것이다.

반면 돈 많은 이들은 이런 모금운동을 거들떠도 안 본다. 오히려 모금운동을 하는 과정에서 돈 벌 궁리만 한다.

이는 결코 정의로운 사회의 모습이 아니다.

또 하나의 예를 들자면, 낡은 집들이 모여 있는 곳을 새롭게 정비하여 살기 좋은 환경으로 만든다는 재건축이나 재개발사업도 그러하다.

사업 의도는 그럴듯하다. 하나 본래 그곳에서 살던 가난한 사람 대부분은 몇 푼 안 되는 보상금을 받고 타지로 살 터를 찾아 떠나야 한다. 새 아파트를 소유하기 위한 추가 부담 금액을 도저히 감당할 수 없기 때문이다.

그들이 떠난 곳엔 부동산 투기를 일삼는 욕심 사나운 놈들만 남는다. 그리곤 한 푼이라도 더 이득을 보려고 우글거리는 소굴로 변모한다.

본래의 그럴듯하던 취지는 사라지고 오로지 금전적 이득만 추구하는 추악한 재개발 또는 재건축사업이 되는 것이다.

이 과장이 킨샤사에 있는 것도 따지고 보면 악랄한 놈들의 음모에 놀아난 것이다.

천재지변에 가까운 일 때문에 생긴 사고를 빌미로 아무도 가지 않으려는 곳으로 보낸 놈들이 있다. 자신은 가기 싫고, 남은 가도 된다는 못된 심보의 소유자들이다.

이용당한 이 과장은 세상을 선량하게 살았을 것이다. 그간의 대화만으로도 충분히 짐작된다.

그러니 이젠 복을 받아도 된다. 그렇기에 적극적으로 이춘만 과장의 공을 부풀린 것이다.

"고맙네. 자네의 은혜 잊지 않겠네."

"은혜라니요. 말씀이 과하십니다. 별일도 아닌데요. 아무튼 이거 내일까지 잘 보관하세요."

"물론이네."

저녁나절 현수와 이 과장은 사장이 베푸는 리셉션[3]에 참석했다. 그 자리에서 둘의 공에 대해 칭찬을 했으며 계약이 확정될 경우 진급 및 포상할 것이란 약속을 받았다.

현수는 두 계급 특진하여 과장이 되고, 이춘만 과장은 꿈에도 그리던 차장으로 진급하게 될 것이란 언급을 들었다.

현수에겐 보너스 2,000%가, 이 지사장에겐 1,000%의 보너스가 주어질 것이란 말도 있었다.

세운 공에 비하면 너무 작은 돈이지만 어쩌겠는가!

월급쟁이이니 그러려니 하고 넘어가라는 위로를 들었다. 물론 이 과장이 한 말이다.

---

3) 리셉션(Reception):어떤 사람을 환영하거나, 어떤 일을 축하하기 위하여 베푸는 공식적인 모임.

                    *           *           *

 "안녕하십니까, 장관님! 이쪽은 저희 회사 사장님이신 신형
섭 대표이사입니다. 이쪽은 기술진 대표이신 박준태 전무이사
이고, 이쪽은 토목관련 기술……."

 현수의 소개에 따라 차례로 인사를 했다.

 내무장관의 곁에는 차관을 비롯한 관계자들이 배석해 있었
다. 곧이어 댐 및 수력발전 건설에 대한 이야기들이 오갔다.

 이날 내려진 결론은 내일 중으로 MOU 체결을 하자는 것이
다. 연후에 댐과 수력발전소가 자리 잡을 곳을 실사한 후 구체
적인 공사비 흥정을 하게 될 것이다.

 차관 등을 내보내고 장관과 사장, 그리고 현수만 남았을 때
가에탄 카구지 내무장관이 대놓고 이야기한다.

 "내가 이 공사를 천지건설에 일임하려는 것은 귀사의 사원
인 김현수 씨의 희생정신과 정직한 자세를 높이 산 때문입니
다. 사원이 이러하니 회사 또한 제대로 되었을 것이란 신뢰가
생긴 거지요."

 장관의 말에 사장은 허리를 곧추 세우고 귀를 기울였다.

 "따라서 귀사에서 공사를 하게 되겠지만 국내 사정이 그리
좋지 않으니 최대한 절약하는 공사가 되도록 하여주십시오."

 현수가 장관의 말을 통역하자 사장이 깊숙이 고개 숙인다.

 "물론입니다. 반드시 그렇게 하도록 하겠습니다. 그리고 저

희 회사를 선택해 주신 것을 결코 후회하지 않도록 노력하겠습니다. 믿어주셔서 감사합니다."

사장은 상기된 얼굴이다.

콩고민주공화국의 내무장관이자 실세인 가에탄 카구지가 자신의 입으로 직접 공사를 주겠다는 뜻을 분명히 했다.

다만 공사비가 부풀려지지 않도록 해달라고 한다. 세상에 이런 공사가 어디에 있는가!

기업의 수장으로서 신형섭 대표이사는 솟구치는 환희를 느끼고 있다. 하여 그의 얼굴은 붉게 상기되어 있었던 것이다.

국제 관례를 보면 MOU를 체결했다가도 어그러지는 경우가 종종 있었다. 따라서 양해 각서를 작성한다 하더라도 마냥 안심만 할 것은 결코 아니다.

하여 지극히 조심스럽게 접근해야 한다고 생각하고 왔다. 그런데 현장에 와보니 이건 아예 MOU도 필요없는 상황이다.

형이 건설사 하는 동생에게 모든 일을 일임하고 은행 통장과 도장을 준 것이나 다름없다.

사장은 준비한 텔레비전을 선물로 주었다. 한국에서도 최신형에 속하는 3D 스마트 TV라는 말에 장관은 흡족해했다.

천지건설 기술진들이 이걸 설치하느라 한바탕 난리가 벌어졌다. 그리곤 준비된 DVD로 입체영화를 보았다.

시연된 것은 하지원이 주연을 한 '7광구' 라는 영화였다.

장관은 물론이고 차관과 관료들의 입에서 탄성이 터져 나온다. 물론 실제처럼 너무도 생생한 입체영상 때문이다.

사실 공사 규모에 비하면 너무도 약소한 선물이다. 하나 장관은 어린아이처럼 좋아했다.

다음날, 토요일임에도 불구하고 예정대로 MOU가 체결되었다. 신형섭 사장은 가슴 벅찬 기쁨을 나누려 다시 한 번 리셉션을 베풀었다.

이번엔 전과 달리 매우 성대했다. 주 콩고민주공화국 대사와 교민들까지 모두 초대한 때문이다.

교민이라고 해봤자 다 해서 150여 명뿐인 곳이다.

이런 척박한 곳에서 무려 3조 7천억 원짜리 공사에 대한 우선협상 대상자가 되었다는 사실에 모두가 놀랐다.

사실 그 공사는 지금껏 지나가 공을 들이던 것이다.

많은 뇌물이 오갔고, 많은 비밀스런 접촉이 있었다.

하여 외교가에선 공공연하게 지나의 수주가 거의 확실하다는 소문이 나돌았다.

그렇기에 최대 경쟁자였던 벨기에 최고의 건설사인 시베트라가 공공연하게 손을 떼겠다는 발표를 했던 것이다.

사실 천지건설은 그동안 아무런 움직임도 보이지 않았다. 그런데 전격적으로 우선협상 대상으로 선정되었다 하니 어찌 놀라지 않겠는가!

호텔에서 리셉션이 벌어지는 동안 지나 대사관과 지나 건설사의 킨샤사 지부에선 한바탕 난리가 벌어졌다.

온갖 공을 들여 밥을 지었는데 생각지도 않았던 놈이 뚜껑 열고 날름 집어삼켰으니 어찌 난리가 벌어지지 않겠는가!

즉각 관계자들과의 접촉을 시도했으나 이는 시도로만 그쳤다. 만날 수 없기 때문이다. 이전 같으면 면담 신청만 하면 쪼르르 내려와서 준비해 간 뇌물을 잘도 처먹던 놈들이다.

그런데 관계자 전원이 외근 중이라는 전갈만 있었다.

이곳은 지나가 아무리 강대한 경제대국이 되었다 하더라도 입김이 미치지 못하는 곳이다.

군사력은 물론이고 경제 분야에서도 전혀 힘을 쓸 수 없다. 그렇기에 홀로 분통만 터뜨려야 했다.

결국 리셉선장으로 사람을 파견하여 어찌된 영문인지를 알아보는 게 전부였다. 전후사정을 파악한 지나의 관계자들은 노발대발하며 집기까지 부수는 난동을 부렸다.

그러나 어쩌겠는가!

내무장관은 이미 현수의 사람이 되었다. 현수가 아무리 못된 짓을 해도 좋게만 해석하려는 사람이 된 것이다. 그러니 중간 결정권자에게 선을 대봐야 아무런 소용도 없는 일이다.

그렇기에 내무장관과의 만남을 시도했다. 어찌된 영문인지를 직접 들어보려는 요량이다. 한데 그마저도 여의치 않았다.

천지건설이 개최한 리셉선장에 내무장관을 비롯하여 내무차관 진저엘 두림바, 내무부 건설국장 조셉 투윙크, 그리고 광업부장관 마틴 카베루루와 광업개발권관리청 뮤판데 청장까지 참석해 있었기 때문이다.

물론 이들의 수행원들도 참석해 있었다.

이번 공사와 관련된 실세 전부가 방문한 것이다. 신형섭 사장은 대단한 영광이라면서 밤늦도록 연회장을 떠나지 않았다.

다음날, 천지건설의 대표이사를 비롯한 임원들은 심각한 표정으로 회의를 했다.

공사를 하게 될 잉가강까지 실사단을 파견하는 것 때문이다.

헬기를 대절하여 쉽게 가는 방법이 있기는 하다.

하지만 실사를 하려면 진입 도로라든지 자재 운반 과정까지 세심하게 따져보아야 한다.

다시 말해 육상으로 이동하여야 한다는 뜻이다.

그것도 위험 사항이 없는지 주변 상황까지 모두 파악하며 가야 한다. 그래야 차질이 빚어지지 않을 것이기 때문이다.

그래서 이번 공사엔 댐과 수력발전소 건설 이외에도 도로 개설, 터널 굴착 등이 포함되어 있다.

문제는 울창한 밀림 속에 뭐가 있을지 모른다는 것이다. 아나콘다가 있을 수도 있고, 악어 떼가 습격할지도 모른다.

아예 미지의 생명체로부터 공격받을 수도 있다. 멸종된 것으로 알려진 식인종의 습격이 있을 수도 있다.

격론 끝에 일부만 가기로 했다.

그런데 현수도 그 일부에 끼어 있다. 현수가 가야 관료들로부터 최대한의 협조를 얻어낼 수 있다는 게 그 이유이다.

이번 탐방에는 건설국장 조셉 투윙크가 동행한다. 그에겐 업무에 협조하라는 내무장관 명령문이 주어지게 될 것이다.

그것을 들이밀면 어디든 업무 협조를 받게 된다. 만일 반군과 조우할 경우 그것을 이용하여 군부를 움직일 수도 있다.

옛날로 치면 암행어사의 마패 같은 역할을 하는 것이다.

결국 콩고민주공화국 쪽의 인사 13명과 천지건설의 기술진 37명, 그리고 현수가 떠나기로 했다.

총인원 51명이다. 차량은 콩고민주공화국에서 제공하기로 했다. 랜드로버 12대와 2.5톤짜리 트럭 6대이다.

트럭엔 각종 기자재와 식량, 그리고 연료와 취사도구, 야영 도구 등이 실린다. 물론 유사시를 대비한 무기도 있다.

분주한 가운데 준비가 진행되었다.

그러는 동안 현수는 내무장관의 집을 방문했다. 초대를 받았던 것이다. 그의 가족 모두 열렬한 환영을 했다.

현수가 좋아서가 아니라 LG 텔레비전 때문이다.

그 자리엔 후조토 구아레 킨샤사 경찰정장과 그의 가족들도 있었다. 웃는 낯으로 텔레비전을 가리키며 얼마짜리냐고 묻는다. 어찌 무슨 뜻인지 모르겠는가!

현수는 사장에게 연락하여 경찰청장을 비롯하여 내무차관과 건설국장에게도 적당한 선물이 필요하다는 메시지를 보냈다.

당연하게도 긍정적인 답변이 왔다.

사장의 뜻을 전하자 하얀 이를 드러내며 환히 웃는다.

이런 사람이 어떻게 경찰들의 총수가 되었는지 궁금할 정도로 천진난만한 웃음이었다.

아무튼 그들과 단란한 한때를 보내곤 숙소로 돌아왔다.

삼 일 후, 드디어 대장정의 길을 시작했다.

랜드로버가 앞장서고 트럭이 뒤를 따랐다. 선두 차량엔 콩고민주공화국 인사와 호위를 맡은 군인들이 탔다.

특수훈련을 받은 용사들이라는데 모두 11명이다. 다시 말해 건설국장과 그 비서를 제외한 전원이 군인이다.

현수는 건설국장과 같은 차를 탔다. 그쪽에서 요청한 때문이다. 두 번째 차는 박준태 전무와 일행이다.

처음엔 곧게 뻗은 도로를 이용했다.

비포장이란 것만 빼면 나름대로 괜찮은 여행이었다. 가는 길목마다 마을이 있어 먹고 자는 것도 별 문제가 아니었다.

세세하게 이것저것을 따지며 이동했기에 시간은 제법 많이 걸렸다. 그렇게 닷새를 보냈다.

그리고 드디어 제대로 된 길도 없는 곳에 당도하였다.

콩고민주공화국 군인들이 앞에서 길을 트고 천지건설 직원들이 조심스럽게 뒤를 따랐다.

각종 기기 및 야영에 필요한 것들까지 한 짐씩 진 채이다.

길은 열렸지만 정글 속의 동물들까지 제거된 것은 아니다.

현수는 일부러 맨 뒤에 섰다. 그리곤 와이드 센스 마법을 펼쳤다. 기감을 넓히자 주변의 움직임이 느껴진다.

마법을 유지시킨 채 천천히 움직이면서 반경 500m 이내의 모든 움직임을 살폈다.

그렇게 반나절 정도 이동하였다.

작은 폭포가 있고 계류가 있는 곳에 당도하자 누가 먼저랄

것도 없어 옷을 벗고 물속으로 뛰어들었다. 후텁지근한 날씨에 모두들 땀으로 범벅이었으니 그럴 만도 하다.

　미안한 이야기겠지만 현수는 사정이 다르다.

　와이드 센스뿐만 아니라 에어로 후레쉬 마법까지 구현시킨 채 뒤를 따랐던 때문이다. 대기의 온도와 습도가 37°와 71%라면 현수가 느끼는 온도와 습도는 19°와 47%이다.

　그럼에도 현수 역시 땀은 흘렸다. 경량화 마법을 걸면 될 일이지만 신체 단련을 위해 일부러 그런 것이다.

CHAPTER 05
괴생명체 모켈레 무벰베

전능의 팔찌
THE OMNIPOTENT
BRACELET

쏴아아아아아!

첨벙, 첨벙! 텀벙, 텀벙!

"와아아. 시원하다! 하하! 하하하!"

"어휴! 이제 좀 살 것 같네. 안 그런가?"

폭포 쏟아지는 소리와 물장구치는 소리, 그리고 시원함을 말로 표현하는 소리를 듣고 있노라니 기분이 좋아진다.

하여 가늘게 눈을 뜨고 나무 등걸에 등을 기댔다. 그리곤 와이드 센스 마법을 거뒀다. 지금껏 별 이상이 없었기에 긴장이 풀린 것이다. 그렇게 5분쯤 지났다.

그러던 어느 순간이다. 이상한 소리가 들린다.

사실 이 소리는 평범한 사람은 결코 들을 수 없는 소리이다.

너무도 먼 곳에서 나는 소리이기 때문이다.

　그럼에도 현수가 소리를 감지한 것은 이동하는 내내 와이드 센스 마법을 구현시켰기 때문이다. 다시 말해 오감이 극도로 예민해져 있는 까닭이다.

　푸슈! 푸슈! 푸슈!

　"아악! 끄으윽!"

　"헉! 뭐야?"

　갑작스런 비명 소리에 화들짝 놀라 와이드 센스를 구현시켰지만 아무것도 느껴지지 않는다.

　하여 얼른 귀를 기울였다. 또 소리가 들린다.

　푸슈! 푸슈!

　"아아악!"

　"이런……! 퍼펙트 트랜스페어런시!"

　누군가가 저격하고 있다는 것을 깨닫는 순간 황급히 투명화 마법을 구현시켰다. 그리곤 조심스럽게 사방을 살폈다.

　하나 반경 500m 이내엔 아무런 움직임도 없다. 그러는 사이에도 이상한 소리는 이어졌다.

　푸슈! 푸슈! 푸슈!

　"크윽! 아악! 아아악!"

　"이건 분명 소음기를 단 총이야. 어디지?"

　500m 이내에 생명체가 없다는 것은 그 너머 어딘가에 저격병이 있다는 뜻이다.

　대인저격총엔 여러 종류가 있다.

가장 유명한 것은 러시아제 반자동 저격소총인 드라구노프 SVD(Sniperskaya Vintovka Dragunova)이다.

최대 유효 사거리가 1,000m이다.

캐나다의 저격소총 PGW C14 Timberwolf도 유효 사거리가 1,500m에 이른다.

미국이 내놓은 최신형 저격총 Savage 110 BA의 최대 유효 사거리는 1,500m이다. Baret M82는 대인 저격시 1,500m, 대물 저격시 2,000m 유효 사거리를 가진다.

세계 최고의 명중률과 초장거리를 지닌 저격총을 꼽으라면 체이탁 M—20을 빼놓을 수 없다.

저격수를 잡는 저격총이라 불리는 이것엔 탄도계산용 PDA까지 달려 있다. 이것이 있기에 현장에서 기온, 습도, 거리, 풍속, 발사 속도를 자동으로 측정할 수 있다.

최대 2,270m 밖의 목표물을 명중시킬 수 있다.

현수는 상대가 장거리 저격소총을 사용하고 있다면 와이드 센스 마법으로는 감지할 수 없다는 판단을 내렸다.

하여 즉시 와이드 센스 마법을 중지하였다.

"마나여, 내 몸을 띄워라. 플라이!"

보이지 않는 현수의 신형이 둥실하고 허공으로 떠오른다.

그러는 사이에 콩고민주공화국 군인과 천지건설 직원들은 저마다 은폐와 엄폐를 하느라 여념이 없어 보인다.

짧은 시간이건만 벌써 여섯 명이나 당했다. 셋은 즉사, 셋은 중상이다. 현수는 컴플리트 힐 마법을 쓰려다가 멈췄다.

그럴 경우 마나가 바닥나게 된다. 그럼 퍼펙트 트랜스페어런시 마법을 구현시킬 수 없다. 본인도 위험에 노출되는 것이다.

그 이유만으로 힐 마법을 쓰지 않은 것만은 아니다.

지금도 계속되는 저격을 멈추지 않으면 더 많은 희생자가 생길 수 있기 때문에 마나를 아낀 것이다.

아래를 살펴보니 사망자야 어쩔 수 없지만 부상자들은 남은 인원들이 나름대로 구호활동을 하고 있다.

"어떤 개새끼가……!"

눈에 뜨이기만 하면 갈아 마시겠다는 생각이 든 현수는 주변을 선회하며 아래의 상황을 살폈다.

그런데 아무것도 보이지 않는다. 저격병 교육을 받았기에 저격병들의 습성을 알지만 이곳은 낯선 곳이다.

한국에서 배운 교범 내용을 적용시키기 힘든 곳이다.

그렇기에 통상적인 방법으로 저격수를 찾을 것이 아니라는 생각이 스쳤다.

"마나 디텍션!"

이제 조금이라도 마나를 가진 것이 있다면 분명 감지될 것이다. 모든 생명체엔 마나가 깃들어 있기 때문이다.

많고 적은 차이만 있을 것이다.

그렇게 두 가지 마법을 구현시키고 허공을 날아다닌 것만 거의 10분이다.

반경 1㎞를 샅샅이 뒤졌지만 작은 뱀 같은 것 이외엔 아무것도 없다. 하여 현장으로부터 1.5㎞ 떨어진 곳도 살폈다.

그곳 역시 아무것도 없다.

현수는 마나가 점차 고갈됨을 느끼고 속력을 높였다. 이번
엔 현장으로부터 2㎞나 떨어진 곳이다.

이러는 사이에 저격수는 수많은 총탄으로 저격을 시도했다.
하나 상대는 위험을 감지하고 바위 뒤 등으로 피신한 상태이
다. 여의치 않는 상황이 된 것이다.

하지만 아무런 소득도 없었던 것은 아니다. 추가로 2명이
사망했고, 3명이 더 부상당했다.

"대체 어떤 개새끼가……! 응? 이건……!"

사고 현장으로부터 2㎞ 부근을 뒤지던 현수의 감각에 이상
한 것이 잡힌다. 그런데 사람의 크기는 아니다.

살며시 내려가 보니 아무도 없다. 남아 있는 것은 아직 열이
식지 않은 저격소총 한 정뿐이다.

곁에는 아직 사용하지 않은 탄환이 탄통 속에 들어 있다.

따로 망원경도 있다. 최소 2명은 머물렀다는 뜻이다.

하여 인적을 찾았으나 사람은 보이지 않는다. 현수는 다시
플라이 마법을 써서 허공으로 솟아올랐다.

그리곤 사람이 갈 만한 곳을 따라 추적을 시작했다.

그러기 시작한 지 얼마 지나지 않아 그리 멀지 않은 곳에서
은밀한 기동을 하는 사내 둘을 찾아냈다.

복장을 보니 분명한 저격수들이다.

현수는 슬그머니 내려간 이후 퍼펙트 트랜스페어런시 마법

마저 거뒀다. 이제 구현시키려는 마법이 보다 확실하게 걸리게 하기 위함이다.

"홀드 퍼슨! 홀드 퍼슨!"

"헉……! 누, 누구?"

"앗! 누, 누구냐?"

갑작스레 몸을 움직일 수 없게 되어 경악성을 내는 사이 잽싸게 다가가 둘의 허리춤에 끼어 있던 권총을 빼앗았다.

"어, 이건 지나의 03식 포켓형 권총인데? 니들은 뭐냐?"

국방과학연구소 소화기 개발팀에 있는 동안 세상의 거의 모든 권총과 소총을 사용해 봤기에 한눈에 알아본 것이다.

"그걸 알아? 넌 어디 소속이냐?"

둘 다 같은 황인종이다. 그런데 지나제 권총을 들고 있어 광동어로 물었다. 그런데 상대는 북경어로 대답한다.

"니들 왜 총을 쐈지?"

"몰라도 된다."

처음엔 유창한 지나어를 쓰기에 같은 편인 줄 알았는데 적이라는 생각을 한 모양이다.

"몰라도 돼? 니들 맘대로 총을 쏘아놓고 이제 와서 몰라도 된다고? 좋아, 지금부터 내가 하는 행동도 몰라도 된다."

현수는 사내의 허리춤에 달려 있던 정글도를 뽑았다. 그리곤 왼쪽 사내의 어깨를 강하게 내리그었다.

쉬이익! 빠악—!

"아악……!"

즉시 걸치고 있던 의복이 베어지고 쇄골 부위의 골절과 더불어 살이 갈라지면서 선혈이 흘러나온다.

"왜, 왜 이러느냐?"

"몰라도 된다고 했다. 어떤 놈이 총을 쐈냐?"

"그건 말해줄 수 없다."

"그래? 그럼 나도 할 수 없지."

현수는 너무도 뻔뻔한 놈들의 태도에 살심이 피어오름을 느꼈다. 이곳이 서울이었다면 아마도 그런 마음을 애써 다독였을 것이다.

하나 이곳은 서울도 아니고, 상대는 같은 일행을 죽인 놈들이다. 사정 봐줄 이유가 뭐가 있겠는가!

게다가 아르센 대륙에서 오우거, 오크, 고블린 등 수많은 생명체를 죽여본 경험이 있다.

쉐에엑!

퍼억! 와직!

"아아악! 내 손! 아아악! 내 손!"

오른쪽에 있던 놈의 왼손을 잘라 버렸다. 즉각 피분수가 뿜어진다. 하나 현수는 냉정한 시선으로 보고만 있을 뿐이다.

시선을 돌리자 왼쪽에 있던 놈이 부르르 떤다. 그리곤 서둘러 입을 열었다.

"왜 이러느냐? 응……? 우리가 뭘 잘못했다고 이러느냐?"

놈들은 현수가 2km를 날아서 왔다는 것을 모르기에 이런 말을 하는 것이다.

"누가 총을 쐈고, 어떤 이유로 쐈는지를 말해라."

"그, 그건……! 그건 말해줄 수 없다."

"그래? 그럼 알았다."

말을 마친 현수는 오른쪽 사내의 뒤쪽으로 갔다. 그리곤 지체하지 않고 정글도를 휘둘렀다.

쐐에엑!

빠각!

"아아악! 아아아아악!"

손목부터 잘려서 떨어진 오른손은 아직 신경이 살아 있다는 신호를 보내려는지 꿈틀거린다.

졸지에 두 손 모두 잃은 사내는 비명을 질러댔다.

하나 반경 2㎞ 내에는 도와줄 사람이 없다.

손목에서 피가 줄줄 쏟아지면서 차츰 창백해져 감에도 현수는 표정 하나 바꾸지 않고 왼쪽의 사내를 보았다.

"네놈은 죽이지 않겠다. 대신 두 발목을 잘라주지. 기어서 이 정글을 벗어나 보도록!"

현수가 왼쪽 사내의 발목으로 시선을 돌리자 사색이 된 놈이 입을 연다.

"초, 총은 쟤가 쏜 거다. 우리에게 저격을 명령한 사람은 국안부 제3국장이다."

"지나의 국가안전부 제3국장? 그가 왜?"

"여기 잉가댐 공사를 거의 땄던 지나건축공정총공사(支那建

築工程總公司)에서 협조 요청을 했다고 한다."

"그러니까 공사 못 딴 분풀이로 우리를 저격하라고 했다고?"

"그, 그렇다. 우린 위에서 내린 명령대로만 한 거다."

"너희는 어디 소속이냐?"

"우, 우린 SAXZC 소속이다."

"지나에서 침투 목적으로 만들었다는 허접한 특수부대?"

"허, 허접하다니? 무슨 소리냐? 우린 정예 중에서도 정예인 SAXZC의 저격요원이다."

"좋아, 다시 한 번 확인하자. 지나건축공정총공사가 국안부 3국장에게 우리를 쏴서 죽여달라는 부탁을 했다는 거냐?"

"그, 그렇다."

"그리고 국안부에선 SAXZC에 명령을 했고, 너희를 파견한 거 맞나?"

"맞다. 근데 우린 시키는 대로 한 거다. 살려달라."

"흐음, 그렇단 말이지?"

"살려달라. 집에 가면 노모와 아이들이 있다."

"니들이 쏴서 죽인 사람들에게도 부모와 자식이 있을 거란 생각은 안 해봤냐?"

"그, 그건……!"

사내는 대꾸할 수 없었다. 하여 잠시 침묵이 흘렀다. 그러는 동안 오른쪽 사내는 과도한 실혈로 털썩 쓰러졌다.

"죽을죄를 지었으면 죽으면 된다. 싱글 윈드 블레이드!"

쒸이이이잉……!

사각! 썩둑!

"아아아악! 내 다리, 내 다리! 아악! 아아아아악!"

찰나의 순간 두 발목이 베어진 사내가 쓰러지면서 비명을 질렀다. 하나 그 소리는 역효과를 불러일으키고 있다.

800여m 정도 떨어진 곳에는 몸통 길이만 15m 정도 되는 생명체가 웅크리고 있었다. 그런데 비명 소리가 나자 귀를 쫑긋하고는 이쪽으로 이동했다.

그러다 소리가 나지 않자 잠시 멈칫했는데 왼쪽 사내의 두 다리가 베어지면서 낸 비명 소리를 듣고는 속력을 높인다.

현수는 물론이고 두 사내 역시 모르는 사실이 하나 있다.

발을 딛고 있는 이곳은 정글 부근에 사는 원주민들이 결코 발을 들여놓지 않는 곳이라는 것이다.

주변에 모켈레 무벰베라는 괴생명체가 살고 있기 때문이다.

이놈을 목격한 원주민은 긴 꼬리와 긴 목, 그리고 커다란 몸집을 한 괴물이라고 증언했다. 흥미를 느낀 학자가 용각아목 공룡의 그림을 보여주었더니 똑같이 생겼다고 했다.

용각아목은 트라이아스기[4] 말기부터 백악기[5] 말기까지 출현했던 공룡의 일종이다. 브론토사우르스, 브라키사우르스, 디플로도쿠스가 이에 해당된다.

주로 강 지역에 서식하는데 하마를 싫어하여 모두 죽인다고 알려져 있다. 때론 사람들을 공격하는데 마을 전체를 전멸시킨 적도 있다고 한다. 먹는 게 아니라 밟아서 죽였다.

이쪽을 향해오는 괴생명체가 바로 그 모켈레 무벰베이다.

감히 자신의 영역에 발을 들여놓았고, 시끄럽게 소리까지 지른 죄를 징벌하기 위함이다.

한편, 현수는 플라이 마법으로 날아오른 후 저격소총 체이탁 M—200이 있던 곳으로 되돌아갔다.

그리곤 그것을 아공간에 넣었다. 총의 무게만 12.3kg짜리라 무거워서 버리던지 놓고 간 모양이다.

하긴 이걸 들고 정글을 누비는 것은 보통 힘든 일이 아닐 것이다. 이외에도 PDA는 물론이고, 소음기까지 달려 있다.

뿐만 아니라 나이트 포스 NX35.5—22X라는 스코프도 달려 있다. 22배율이라는 엄청난 고해상 배율을 가져 2.2km 밖의 목표물이 마치 눈앞에 있는 것처럼 보이게 하는 것이다.

곁에 있던 탄창과 탄통 속의 탄환은 물론 고배율 망원경까지 알뜰하게 챙겼다. 1억이 넘는 고가 물품을 습득한 것이다.

다음엔 곧장 일행이 있는 곳으로 날아갔다.

그러는 동안 모켈레 무벰베는 자신의 영역을 침범한 두 사내를 짓이겨서 죽였다.

---

4) 트라이아스기(Triassic Period):중생대를 셋으로 나눈 것 중 첫째 기간. 2억 3천만 년 전~1억 8천만 년 전까지.

5) 백악기(Cretaceous Period):중생대를 셋으로 나눈 것 중 마지막 시대. 약 1억 3,500만 년 전~6,500만 년 전까지. 암모나이트, 이노세라무스, 트리고니아, 대형유공충, 공룡 등이 번성했다.

"아이고, 어디에 있었는가? 자네, 다친 덴 없지?"

"네, 저는 괜찮습니다."

"휴우……! 정말 다행이네. 자네 찾느라 애 먹었네, 혹시 당했나 싶어 식겁했고……. 그나저나 어쩌지? 돌아가야 하나?"

정글 속에 숨어 있던 것처럼 하고 밖으로 나가려는데 토목기술사인 정 부장이 팔을 잡는다.

그리곤 안도의 한숨을 쉰다. 출발 전 현수의 안위가 최우선이라는 사장의 특명이 있었다. 적어도 콩고민주공화국 내에선 현수가 천지건설의 보물이기 때문이다.

"대체 어떤 놈들이……. 여기 반군들의 소행인 거 같은데……. 아무리 살펴봐도 총 쏜 놈을 찾을 수가 없네."

"네에. 저도 봤는데 어디서 쏘는 건지 알 수 없더군요. 그런데 사망자와 부상자는 많습니까?"

"많이 당했지. 대부분 저쪽 군인들이야. 6명 사망에 6명 부상이네. 그런데 대부분 중상이라 살기 어려울 것 같네."

"혹시, 우리 직원도 당한 사람이 있습니까?"

"하나 있네. 기계설비팀의 이 과장이 왼쪽 팔에 관통상을 입었네."

"그거 다행이군요."

"다행이라니?"

"체이탁의 탄환은 파열탄이거든요."

"체이탁? 그게 무슨 소린가? 자네가 그런 걸 어떻게 알지?"

'아차……!'

현수는 실언했음을 깨닫고 얼른 입을 다물었다. 하나 어찌 마냥 다물고만 있을 수 있겠는가!

"놈들은 소음기를 단 총으로 쏘는 거 같았습니다. 총 쏘는 소리가 안 들렸잖아요."

"그래, 그건 그랬지."

"제가 군에 있을 때 저격수 교육을 받았거든요. 이번 건 저격용 소총 가운데 체이탁 같았습니다. 그냥 제 느낌입니다."

"흐음, 그렇군. 그나저나 큰일이네."

"뭐가요?"

"사망자와 부상자를 후송해야 하지 않겠는가! 게다가 우릴 호위하던 인원 대부분이 당해서……. 또 공격당하면 이번엔 우리 직원들이 당하게 되네."

콩고민주공화국 쪽 인원은 건설국장과 군인 한 명만이 멀쩡하다. 나머진 사망했거나 심각한 부상을 당했다.

기계설비팀의 이 과장이 당한 것은 군인들과 비슷한 색깔의 옷을 입어서인 듯하다. 그러고 보니 지나에서 파견한 저격수들의 솜씨가 제법 괜찮았던 모양이다.

"사망자와 부상자를 후송한 뒤에 우린 이곳에 남아 있고, 후발대를 보내달라고 하면 안 될까요? 우린 전부 군 출신이니 총을 두고 가면 되잖습니까?"

"그렇긴 하지. 근데 우리만으로 될까?"

정 부장이 근심스런 표정을 지었다.

"은신할 곳을 찾아 그곳에만 있으면 되지 않겠습니까?"

"모여 있다가 당하면……?"

"취사도 해야 하고 하니 모여 있는 편이……."

현수의 말은 이어지지 못했다.

"여기 동굴이 있다!"

누군가의 고함에 천지건설 직원들이 저마다 엄폐와 은폐를 해가며 그곳으로 몰려갔다.

저격수가 아직도 있을 수 있기 때문이다.

현수는 위험 요인이 제거되었다는 것을 알지만 그들과 유사한 행동을 해가며 동굴로 접근했다.

누군가가 발견한 동굴은 커다란 나무 뒤쪽의 야트막한 언덕으로부터 시작된다.

입구는 그리 커 보이지 않았다. 그런데 아무도 없다.

도착한 즉시 안으로 들어간 모양이다. 하긴, 동굴 안쪽에 있으면 총알로부터 안전할 것이기 때문이다.

입구에서 대략 열 발자국 정도 떨어진 곳에는 내무부 건설국장과 군인 하나, 그리고 부상자들이 있다.

사망자의 시신은 옮겨오지 않은 모양이다.

긴급 지혈 조치를 취하고 있는 건설국장 역시 부상이라도 당했는지 팔꿈치 부분이 벌겋게 물들어 있다.

"국장님! 다치셨습니까?"

"아, 네에. 무사하군요. 저는 괜찮습니다. 급히 이곳으로 이동하다 헛짚는 바람에 조금 까진 겁니다."

"사망자와 부상자가 많은데 애도를 표합니다."

"감사합니다. 우리의 움직임을 어떻게 알았는지 반군 놈들이 공격을 가한 모양입니다. 미안합니다."

"아닙니다. 그나저나 어쩌지요?"

"천지건설에서 지원 좀 해주셔야겠습니다. 우리 측 인원이 둘밖에 남지 않아서……. 사망자와 부상자를 긴급히 후송하고 호위할 인원을 조금 더 데려와야겠습니다."

"네에. 당연히 그래야지요."

"그럼 바로 출발할 수 있도록 이야기 좀 해주시겠습니까?"

"물론입니다. 저희 회사 전무님과 이야기하여 조치를 취하도록 하겠습니다."

"부탁드립니다. 부상자 가운데 출혈이 심한 자가 있어서……."

"네, 곧바로 말씀드리겠습니다."

대화를 하면서 살펴보았는데 후송한다고 해도 목숨을 건질 사람은 없었다. 너무 심한 상처를 입은 때문이다.

힐 마법으로 고통을 덜어줄 수 없음에 미안한 기분이 들었다. 이곳까지 오는 동안 마나 소모가 워낙 많았던 때문이다.

동굴 안쪽으로 들어가니 박준태 전무와 부상당한 이 과장이 있다. 건설국장 이야기를 전하니 금방 인원 편성이 된다.

박준태 전무를 포함한 열두 명이 세 대의 트럭으로 되돌아가기로 했다. 가는 동안 고장 날 것을 우려한 조치였다.

그러나 곧바로 떠날 수는 없었다.

저격수들이 호시탐탐 기회를 노리는지도 모르기 때문이다.

현수는 사실을 말해줄 수 없음이 답답했다. 하나 어쩌겠는가! 저격수들이 없다고 하면 왜 그러느냐고 물을 것이고, 그러면 대답할 말이 옹색해진다. 하여 꾹 참고 인내했다.

사물의 식별이 어중간한 어슴푸레한 저녁나절 건설국장을 비롯한 콩고민주공화국 인원 전원과 천지건설 측의 구호 인력들이 출발했다.

남은 인원은 현수를 비롯한 천지건설의 15명뿐이다. 인솔자는 토목기술사인 정 부장이 맡기로 했다.

모두가 출발하자 정 부장이 직원들을 모았다.

"자자! 우린 이곳에서 며칠을 보내야 합니다. 그러니 숙소 마련 및 임무 배치를 합시다."

오랜 기간 행정업무를 해서인지 일사천리이다.

일단 가져온 짐 가운데 텐트와 취사도구 등을 동굴 안으로 운반했다. 하나의 텐트를 둘씩 쓰는 것으로 했다. 하나 원하는 사람에겐 혼자서 텐트를 쓰도록 했다. 넉넉하였기 때문이다.

그리곤 콩고민주공화국 군인들이 남겨놓고 간 총을 배분하였다. 각자에게 총기가 주어진 것이다.

대한민국의 최고위 정치인 가운데 하나인 어떤 골빈 놈이 기자들을 잔뜩 대동하곤 전방 시찰을 나가 폼을 잡았다.

전방 초소에 거치된 총을 쏘는 시늉을 한 것이다.

그런데 이 골빈 놈은 군대를 다녀온 적이 없다.

그렇기에 개머리판 뒤에 눈을 대고, 손은 방아쇠 뒤쪽에 어중간하게 놓여 있는 사진을 찍히게 되었다.

이 사진은 즉시 인터넷을 떠돌았고, 비웃음의 대상이 되었다. 총을 만져보지도 못한 놈이라는 극명한 자료인 것이다.

이런 놈이 정치를 하고 있으니 대한민국이 개판이라는 이야기가 한동안 인구에 회자되었다.

하나 천지건설의 기술진들은 그때의 그 골빈 놈이 아니다. 또한 별 요상한 이유로 군대를 다녀오지 않은 놈들이 대단히 많은 썩어빠진 국회의원이나 고위 공직자들도 아니다.

전부 현역으로 만기 제대한 예비군 내지는 민방위요원이다. 그러므로 당연히 총을 다룰 줄 안다.

총기와 탄약 지급을 마치곤 조를 짜서 2인 1조로 입구 안쪽에서 경계 근무를 하기로 하였다.

15명이니 7개조가 가동되는 것이다. 효율과 집중을 고려하여 한 번에 2시간씩 경계 근무를 하기로 했다.

하나 현수는 유일하게 이 임무에서 배제되었다. 경계 근무하다 혹시라도 총에 맞을 수 있기 때문이다.

특별 대접을 받은 것은 이것뿐만이 아니다.

현수의 텐트는 동료들의 것보다 훨씬 더 안쪽에 쳐졌다.

혹시라도 저격수들이 난입한다 하더라도 더 이상 저격 대상이 존재하지 않는다는 느낌을 주기 위함이다.

그 결과 가장 가까이 있는 텐트에서 거의 100m 이상 떨어진 안쪽에 쳤다. 중간이 꺾여 있어 보이지도 않는 곳이다.

게다가 그 사이엔 호수도 있다. 조심스럽게 걷지 않으면 깊이를 알 수 없는 물속에 빠지게 된다.

박준태 전무가 정 부장에게 현수의 안위가 최우선이라는 것을 신신당부한 탓에 이런 조치가 취해진 것이다.

어쨌거나 이런 곳에 텐트를 치고 있으면 놀러온 분위기가 나야 한다. 하나 일행은 별다른 이야기 없이 침묵만 지켰다.

알 수 없는 이유로 총을 쏘아댄 저격수 때문에 마음이 무거운 것이다.

식사를 마친 후 현수는 잠시 생각에 잠겼다.

있지도 않은 저격수 때문에 이처럼 위축되어 있는 것이 마음에 걸린 때문이다. 하여 정 부장에게 다가갔다.

"저어, 부장님. 드릴 말씀이 있는데요."

"뭔데? 말해 보게."

"우리 모두 군대를 다녀왔습니다. 그러니 이따 밤이 되면 어떤 놈이 총을 쏘았는지 찾아보면 어떨까 싶어서요."

"그래? 좋은 의견이네. 하나 위험할 수도 있네. 그러니 인원이 보강되면 그때 하는 것은 어떤가? 전무님도 자네에게 무슨 일이 생기면 안 된다고 신신당부하셨네."

표정을 보아하니 절대 허락할 생각이 없는 듯하다.

자칫 현수에게 어떤 일이라도 벌어지면 뒷감당을 할 자신이 없기에 이러는 것이다.

이런 눈치를 챘기에 더 이상 의견을 내지 않았다.

"네에, 알겠습니다. 그럼 전 이만 제 텐트로 가겠습니다."

"그래, 조심해서 가게. 가다가 물에 빠지지 말고. 그런데 혼자 있어도 무섭지 않겠는가?"

"네, 제가 뭐 어린애도 아니고……. 저 때문에 괜히 사람 보내지 마세요. 아침이 되면 제가 알아서 나오겠습니다."

"그러겠는가? 그럼 그러게. 근데 말일세……."

"네, 말씀하십시오."

"아예 버너랑 취사도구를 가지고 들어가는 건 어떻겠는가?"

"네……? 그게 무슨 말씀이신지요?"

"전무님이 하도 당부해서 하는 말인데 혹시라도 이곳에도 문제가 발생될 수 있지 않겠는가. 그러니 그곳에 계속 있게."

"네에……?"

"킨샤사에서 오는 인원이 도착하면 그때 나오란 말이네."

"가는 시간, 오는 시간을 따지면 아무리 빨라도 여드레는 걸릴 텐데요?"

가는데 사흘, 오는데 사흘, 그리고 후발대를 꾸리는 데 이틀은 걸리기에 하는 말이다.

"그래, 그러니 팔 일만 혼자서 버텨주면 안 되겠는가?"

"네에? 혼자서 팔 일이나요?"

"그래, 자네에겐 미안하네만 그게 최선인 것 같네. 웬만하면 내 말을 들어주게. 자네 안위가 이번 공사와 직결되어 있지 않은가! 안 그래?"

"네에? 끄응……! 네, 알겠습니다. 그렇게 하죠."

대화 상대도 없이 혼자서 팔 일 동안 있으라고 하면 보통 사람들은 답답하고 지루해서 미칠 것이다.

하나 현수는 다른 사람들과 다르지 않은가!

그렇기에 순순히 동의한 것이다.

"고맙네. 그리고 미안하네."

"아니, 아닙니다."

정 부장은 현수의 안위를 위해 극단적인 방법을 제시한 것 같아 미안하다는 표정이 역력했다. 잠시 후, 현수는 취사도구와 음식 재료들을 챙겨서 자신의 텐트로 향했다.

그것들은 일단 텐트 주변에 내려놓았다. 그리곤 나직이 중얼거렸다.

"마나여, 내 주위를 환히 밝혀다오. 라이트!"

제법 환한 빛을 내는 지름 15㎝ 정도 되는 구체가 생성되자 동굴 내부가 모두 보인다. 세상에 흔한 그런 동굴이다.

석순과 종류석이 있고, 바닥엔 어딘가에서 솟아낸 맑은 물이 흐른다. 겉보기엔 무공해이고, 1급수인 것 같지만 많은 생명체들이 살고 있을 것이다.

세심히 주변을 살피며 전진한 현수는 동굴 안쪽에 불룩 솟은 바위 위로 올라갔다. 플라이 마법을 쓰지 않는 한 올라설 수 없는 곳이며, 멀리 떨어진 곳이 아니면 보이지도 않을 곳이다.

"좋아, 이 정도면 쓸 만하군."

주변을 둘러보고는 아공간에 손을 넣었다.

"일단 마나부터 보충해야 해. 그러니 마나 집적진 먼저 꺼내놓고······. 그래, 이건 되었어."

마나 집적진 위에 편한 자세로 앉은 다음엔 전능의 팔찌에 마나를 모았다.

"앱솔루트 배리어! 그리고, 타임 딜레이!"

결계가 쳐지고 외부와의 시간비율이 180대 1이 되자 현수는 마나심법을 운용하곤 이내 삼매경에 빠져들었다.

외부 시간으로 3시간이 조금 넘었을 때 필요로 하는 마나가 모두 모여들었다.

팔찌에 박힌 검은 보석도 둘 다 제 색깔을 찾고 있었다.

"자아, 이제 아르센 대륙으로 가볼까? 참, 여기 온 지 며칠 지났지?"

아직 차원이동의 시간차를 능숙하게 조절할 수 없었기에 곰곰이 생각해 보았다.

'오늘은 2월 27일이고, 지구에 온 게 2월 16일이었으니까 벌써 11일이나 지났구나.'

참 시간이 빨리 흐른다는 생각이 들었다.

'내가 이곳에 오기 전에 후춧가루를 가져다준다고 했었지? 올테른의 영주와도 만나야 하니까 아르센 달력으론 2월 4일이나 5일이 되어야 하는군.'

생각을 정리한 현수는 전능의 팔찌에 마나를 불어넣었다. 평상시엔 보이지 않던 팔찌가 제 모습을 드러내자 초록색과

파랑색, 그리고 보라색 마나석에 손가락을 얹었다.

"나를 아르센 대륙으로 데려가라. 트랜스퍼 디멘션!"

쉬리리리리링—!

---

참고:모켈레 무벰베는 2011년 현재 콩고민주공화국의 열대우림 어딘가에 살고 있다는 괴생명체입니다. 학자들은 이를 용각아목 공룡의 하나로 여기고 있습니다.

CHAPTER 06
다시 아르센 대륙으로

"여긴……? 테세린의 외곽이 맞군."

지구로 귀환했던 바로 그 장소에 나타난 현수는 고개를 끄덕이며 흡족한 표정을 지었다.

"흐으으음! 역시 이곳 공기는 너무 상쾌해. 그나저나 조금 춥군."

아공간에서 자유기사 복장을 꺼내 갈아입고는 얀센에게 주기로 했던 후춧가루를 꺼내 자루에 담았다.

준비를 마치곤 곧장 코찔찔이 세실리아 여관으로 향했다.

"아……! 하인스 기사님, 이제 오십니까?"

"그래, 시간이 좀 걸렸지?"

아직 이곳 시간이 얼마나 흘렀는지를 모르기에 물은 것이다.

"네, 사흘 걸리셨습니다."

'이런 하루가 또 틀렸군. 그럼 오늘은 2월 6일인가? 흐음, 나중에 마법서를 다시 한 번 읽어봐야겠구나.'

"잘 다녀오신 거지요?"

현수가 뭔가를 들고 있기는 하나 그것이 그것인지 확인하려 말을 돌린 것이다.

"그럼."

"참, 그저께 아침에 영주님이신 로니안 자작님의 시종으로부터 전갈이 있었습니다. 언제든 방문해 달라고 했습니다."

"그런가? 알겠네. 자아, 우선 이거부터 받게."

어깨에 메고 있던 자루에서 후춧가루를 꺼내 건네주자 얀센은 황송해하는 표정을 지었다.

자신을 부자로 만들어줄 것이라는 것을 알기 때문이다.

밖에서 놀던 코찔찔이 세실리아가 들어왔다가 현수를 보고는 반색을 하며 달려들었다. 그렇게 잠시 시간이 흘렀다.

삐이꺽—!

문이 열리는가 싶더니 제법 근사한 복장을 한 사내가 들어선다. 육십쯤 되어 보이는데 꼬장꼬장한 느낌이 난다.

이때 현수는 세실리아의 이모저모를 살피느라 등을 돌리고 있어 이 사내를 볼 수 없었다.

"이보게, 얀센! 안에 있는가?"

사내의 부름에 얀센이 얼른 튀어나온다.

"네에, 나갑니다요. 아! 우지스 시종님! 오셨습니까?"

"그래, 하인스님이 오셨는가 알아보려 왔네."

"네, 오셨습죠. 이쪽이 그분이십니다."

현수가 등을 돌려 우지스 시종이란 사내를 보자 즉각 90도로 허리를 꺾는다.

"안녕하십니까? 소인 우지스라 합니다. 아뢰옵기 황공하오나 저희 영주이신 로니안 자작님께서 만나 뵙기를 청하셨습니다."

기왕에 백작 노릇을 하기로 마음먹었다.

그렇다면 철저해야 하기에 현수는 자신보다 최소 30살은 더먹은 시종에게 하대했다.

"흐음, 이곳 영주께서 초청했단 말이지?"

"그렇습니다. 백작님!"

정중히 허리를 숙이는 로니안 자작의 시종을 본 얀센은 눈을 크게 떴다.

현수가 신묘한 물건을 소지하고 있기에 범상치 않은 신분일 것이라 짐작하곤 있었다. 하지만 이제 겨우 20대 초반 정도 되는 젊은이가 작위를 가진 귀족일 것이라고는 생각지 못했다. 귀족가의 자제쯤으로 여겼던 것이다.

그런데 고위 귀족인 백작 본인이라 한다.

그렇기에 입이 한껏 벌어졌다. 보통 손님과 똑같이 대했다면 큰 실수가 될 수도 있었기 때문이다.

"흠……! 언제까지 가면 되지?"

"밖에 백작님을 모시기 위한 마차가 대기 중에 있습니다. 예복을 갖춰 입으시도록 기다리겠습니다."

"예복을⋯⋯?"

"네. 영주님의 가족 모두 참석하시는 정식 오찬입니다."

"흐으음! 그렇다면⋯⋯."

한 번도 귀족 예복을 생각지 못한 현수이기에 당황했다. 하나 어찌 가만히 있을 수 있겠는가!

"시간이 조금 걸릴 것 같네. 그러니 조금 기다리게."

"알겠사옵니다. 소인은 마차에서 대기하겠습니다."

시종이 물러간 뒤 현수는 얀센의 따가운 시선을 뒤로 하고 자신의 방으로 갔다.

아공간을 뒤져보니 멀린 아드리안 반 나이젤 후작의 예복이 있다. 그런데 조금 크다. 누가 봐도 남의 옷이라 할 정도로 큰 옷이다. 멀린이 한때 되게 뚱뚱했었던 듯하다.

"흐음⋯⋯! 리덕션(Reduction)! 어라! 너무 줄였나? 조금 늘려야지. 인라지(Enlarge)! 에구! 너무 늘었다. 다시 리덕션! 으음, 인라지! 젠장, 다시 리덕션! 흐음, 이 정도면⋯⋯."

드디어 적당한 크기가 되어 걸쳐도 될 듯하다. 하여 팔을 끼우던 중 중얼거렸다.

"에구, 냄새가 좀 나는군. 이 양반 옷 좀 빨아 입지. 하긴⋯⋯. 크린징(Cleansing)! 어라, 그래도 냄새가 안 빠져? 그렇담 좋아. 페브리즈를 어디다 두었더라?"

예복의 냄새를 제거한 현수가 방을 나왔다.

"후와아……!"

계단을 따라 내려오는 현수를 본 얀센의 눈은 커졌다.

왕국도 아니고 제국의 후작이 걸치던 예복이다.

어찌 화려하지 않겠는가!

앞 가슴단추는 손가락 한 마디만 한 초록색 에메랄드이고, 견장 위의 보석은 파란색 사파이어이다.

게다가 휘장은 금과 은으로 만든 실로 엮여 있다.

"대단하십니다. 백작님!"

얀센은 새삼 허리를 꺾어 예를 올렸다.

현수는 기호지세가 되었는지라 짐짓 고개를 끄덕이고는 마당으로 나섰다.

허름한 여관에서 화려하기 이를 데 없는 예복을 걸친 준수한 청년이 나서자 사람들의 시선이 일제히 쏠린다.

현수를 기다리던 로니안 자작의 시종 역시 눈을 크게 뜬다.

귀족가에서 평생을 보냈지만 이처럼 화려한 예복은 생전 처음 보기 때문이다.

이 예복 하나만으로도 현수가 백작이 아닐 것이라는 상상조차 하지 못하게 할 것이다.

"백작님! 소인이 모시겠습니다. 이쪽으로……."

마차는 제법 안락했다. 다른 영지와 달리 이곳은 항구가 있다. 자연히 드나드는 사람이 많고, 상행위도 많이 이루어진다. 그렇기에 길이 잘 닦여 있어 덜컹거리지 않았다.

"로니안 자작은 어떤 인물이신가?"

"네, 저희 영주님은 인자하신 인품과 고매한 학식, 그리고 격식 따지는 귀족으로서 미판테 왕국에서도 손꼽히는 귀족이십니다."

"그래……? 가족 사항은?"

현수의 말에 시종은 깍듯한 존대를 한다.

"네, 부인과 아드님 두 분, 그리고 따님이 한 분 계십니다."

"흐음, 그래……? 부인의 취미는 뭔가?"

"네, 마님께서는 미용에 각별한 취미를 가지고 계십니다."

가는 동안 로니안 자작에 대한 정보를 얻을 수 있었다.

로니안 자작은 당년 45세로 작고한 부친으로부터 15년 전에 작위를 물려받았다.

검술에 관심을 가졌지만 현재 소드 익스퍼트 하급 수준이다.

부인인 세실리아 자작부인은 40세로 사치가 심하다.

젊어서 미인으로 소문이 났는데 세월이 흐르면서 조금씩 늙어가기 때문이라 한다. 얼굴 꾸미는 데 많은 공을 들인다.

그런데 진짜 흔한 게 세실리아라는 이름인 모양이다. 하여 현수는 자작부인의 이름을 듣는 순간 내심 실소를 지었다.

아들 둘은 현재 모두 수도에 있는 아카데미에서 수학 중이라 한다. 딸이 하나 있는데 로잘린이다.

올해 19살이 되었는데 통 시집갈 생각을 안 해 부모의 속을 끓이는 중이다. 로잘린의 취미는 정원 가꾸기이다.


쿵, 쿵, 쿵—!

현수가 등장하자 흰 장갑을 낀 시종이 대리석 바닥을 예식용 스태프로 두들기며 엄숙한 음성으로 소리친다.

"코리아 제국의 하인스 멀린 백작님 드십니다."

현수는 하인스 킴이라는 이름이 이실리프 마법사로 알려졌을 것이라 짐작했기에 멀린의 이름을 차용했다.

"어서 오십시오. 미판테 왕국 테세린의 영주 데니스 로니안 드 테세린 자작이라 합니다."

"반갑습니다. 코리아 제국의 하인스 멀린 백작입니다."

"저의 초청에 응해주셔서 감사합니다. 이쪽은 제 아내인 세실리아 로니안 드 테세린입니다."

"어서 오십시오. 백작님!"

화려한 드레스의 양쪽을 잡고 살짝 고개를 숙이는 세실리아는 매우 우아했으며 아름다웠다.

현수는 문득 예전에 보았던 영화배우 하나가 떠올랐다.

'대통령의 연인'이라는 영화에 출현한 '아네트 베닝'이라는 여배우다. 지적이며 우아한 모습을 연기했었다.

세실리아 자작부인이 바로 그렇다.

귀족가의 여식으로 태어나 자작부인으로 사는 동안 자연스럽게 몸에 밴 우아함과 고상함이 느껴진 것이다.

나이 40이라 그런지 숙였던 고개를 들자 눈 밑의 자글자글

한 주름이 보인다. 제 아무리 미인이라 하더라도 흐르는 세월
은 못 속이는 것이 분명하다.

"이쪽은 제 딸아이인 로잘린이라 합니다."

"처음 뵙습니다. 하인스 백작님!"

"반갑습니다. 로잘린 양!"

19살 로잘린은 엄마와는 달리 수수한 차림이다. 하나 옷차
림이 아름다움을 감출 수는 없는 모양이다.

현수는 로잘린을 처음 보는 순간 '로마의 휴일'에 나온 발
랄한 '오드리 헵번' [6]을 떠올렸다.

"자아, 우선 자리에 앉지요."

로니안 자작의 안내로 착석을 했다. 길이가 15m는 넘는 긴
식탁이다. 이 정도면 버스 한 대 길이이다.

양쪽 끝에 앉으니 상대가 보이지 않는다. 중간 중간 촛대 같
은 것들이 있기 때문이다.

로니안이 식사를 하기 위해 냅킨을 집어들 때이다.

"험험, 로니안 자작님!"

"네, 백작님."

"우리 코리아에선 식사를 할 때 가깝게 앉습니다. 그래야 친
밀감이 더 생기니 말입니다."

"아……! 그럼 자리 배치를 바꾸실까요?"

무슨 뜻인지 어찌 모르겠는가!

---

6) 오드리 헵번(Audrey Hepburn): 영국의 배우이자 모델. 아카데미상, 토니상,
에미상, 그래미상 등을 받았으며 1999년에 American Film Institute에서 선
정한 '지난 100년간 가장 위대한 100명의 스타'의 여성배우 목록에서 3위를
차지한 여배우.

로니안 자작은 코리아 제국의 하인스 멀린이라는 백작을 보다 자세히 관찰하기 위해 오찬에 초대했다.

그런데 귀족의 예법에 따라 손님을 앉혀놓고 보니 멀다.

대화를 하려면 목에 힘을 줘야 할 상황이다. 하여 마음에 들지 않던 터였다. 그건 현수도 마찬가지이다.

이곳은 아드리안 공국과 가장 먼 곳에 위치한 미판테 왕국의 도시이다.

이런 도시의 영주와 친해두는 것은 결코 나쁘지 않다.

게다가 즉흥적으로 이루어진 일이긴 하지만 하인스상단의 본점이 있을 자리이다. 그렇기에 보다 많은 대화를 위해 자리를 바꾸자고 청한 것이다.

"그래주시면 고맙겠습니다."

시종들이 달려들자 자리가 금방 바뀌었다.

자작의 좌우에 자작 부인과 로잘린이 앉았다. 현수는 당연히 맞은편에 앉았다.

"요리장의 솜씨가 형편없더라도 욕하지 마십시오."

"무슨 말씀을……. 오는 동안 시종에게 듣자하니 솜씨가 일품이라 하더군요. 그래서 잔뜩 기대하고 있습니다."

"하하, 그래요? 사실 백작님을 모시고 온 시종이 요리장의 남편입니다. 그래서 그런 말을 한 듯 하군요."

"하하……! 그렇군요."

현수는 호탕한 웃음을 지었다.

"듣자하니 시종도 없이 혼자 강을 건너오셨다고요?"

"네, 여행의 참맛이란 어느 누구의 간섭도 없어야 느끼지 않겠습니까?"

"그건 그렇지요. 한데 정처없는 여행은 아닌 듯한데 무슨 특별한 목적이라도 있는지요?"

"아아, 정치적인 목적은 손톱 끝만큼도 없습니다. 미판테 왕국을 염탐하러 온 것도 아니구요."

"어이쿠, 별 말씀을······."

로니안 자작은 사람 좋은 미소를 지어 보였다.

"저는 백작이 된 지 얼마 되지 않습니다."

"아······! 그렇군요. 정말 유감입니다."

자작은 현수가 부친상을 당해 작위를 물려받은 것으로 오해하는 모양이다. 이걸 굳이 아니라 할 필요가 없겠다 싶어 대꾸 대신 제 할 말을 했다.

"이제 평생토록 정무(政務)에 시달릴 것 아니겠습니까? 그래서 그 전에 세상 여기저기를 둘러보고 싶었습니다."

"아······! 이해합니다."

로니안 자작 본인도 정무 때문에 골치가 아프다. 뭔 놈의 일이 그렇게 많은지 해도 해도 끝이 나지 않는다.

그걸 평생토록 할 생각을 하면 끔찍할 것이다. 하여 고개를 끄덕였다.

"아무튼 이토록 청해주셔서 고맙습니다."

"무슨 말씀을······! 제국의 백작님이시니 당연히 모셨어야지요. 여기를 집처럼 여기고 편히 머무십시오."

"네에, 말씀만으로도 고맙습니다."

대화하는 동안 음식이 나왔다. 예상과 다를 게 없다.

강 근처에 있어 생선 요리도 많았지만 그보다 육류가 더 많았다. 그런데 거세[7] 라는 것을 모르는 모양이다.

누린내가 심하게 난다. 억지로 먹어보려 했으나 견디기 힘들어 포크를 내려놓았다.

"왜 그러십니까? 음식이 입에 안 맞습니까?"

스테이크를 썰던 자작의 물음에 현수는 고개를 끄덕였다.

예법대로라면 아무리 입맛에 맞지 않더라도 인상조차 찌푸리지 않고 맛있는 척하며 먹어야 한다. 그런데 도저히 그럴 수가 없기에 순순히 고개를 끄덕인 것이다.

"여기는 우리 코리아와는 조리 방법이 다른 모양입니다. 잠시 실례를 해도 되겠습니까?"

"얼마든지 편하신 대로 하십시오."

조금 언짢은 표정이다. 하긴 초청받은 손님이 음식 타박을 했는데 어찌 안 그렇겠는가!

세실리아 자작부인도 로잘린도 표정이 좋지 않다.

아무리 제국의 백작이라 할지라도 초면인 자리에서 이러면 안 된다 생각하기 때문이다.

그러거나 말거나 현수는 후춧가루를 꺼내 스테이크에 뿌렸다. 그리곤 나이프로 썰어서 먹었다.

---

7) 거세:동물의 생식 기능을 잃게 함. 수컷의 불알 또는 암컷의 난소를 없애거나 그곳에 방사선을 쪼여 생식 불능이 되게 하는 것을 이른다.

다른 종류의 음식을 먹을 때도 그렇게 했다.

그런데 표정이 다르다. 아까는 눈살을 찌푸리며 먹던 것을 멈췄다. 그런데 뭔지 알 수 없는 것을 뿌리고 나서는 아무렇지도 않다는 듯 잘만 먹는다.

어찌 궁금하지 않겠는가! 하여 로니안 자작이 물었다.

"백작님! 그게 뭡니까?"

"이건 후춧가루라는 건데 고기에서 나는 누린내를 없애주는 효과가 있는 겁니다. 한번 경험해 보시겠습니까?"

어찌 궁금하지 않겠는가!

"그래주시면 좋겠습니다."

"두 분도 드릴까요?"

"네에. 저도 주세요."

세실리아와 로잘린에게도 후춧가루가 갔다.

이럴 걸 예상하고 이곳에 오기 전에 겉에 있던 비닐 포장을 벗겼다. 또한 안에 있던 노란 마개 역시 제거한 상태이다.

"으으음……! 어떻게 이런……!"

"어머……! 냄새가 안 나요."

"어라……? 어떻게 이런 일이……?"

썰어놓은 스테이크에 후춧가루를 뿌리고 포크로 그것을 찍어 입에 넣은 셋은 거의 비슷한 반응을 보인다.

'후후, 얀센! 자네 이제 곧 부자 되겠네.'

현수는 싱긋 웃음 지었다. 개구쟁이의 웃음이다.

"쩝쩝……! 백작님. 이건 대체 뭡니까?"

"아, 그건 후춧가루라는 겁니다. 코리아 제국에서만 나는 식물의 일종이지요."

"으음, 이걸 뿌리니 정말 냄새가 확 가시는군요. 아아, 알겠습니다. 백작님이 왜 조금 전에 못 먹겠다고 말씀하셨는지."

비교할 요량으로 후춧가루를 뿌리지 않은 것을 냄새를 맡아 본 로니안 자작의 말이다.

"자작부인께서도 그렇게 느끼십니까?"

현수의 물음에 세실리아는 고개를 끄덕였다. 입에 고기가 들어 있어 대답하기 곤란했던 것이다.

대신 곁에 있던 로잘린이 대답한다.

"정말 탁월한 제향 효과군요. 백작님 덕분에 안목을 높였습니다. 감사합니다."

'어쭈……! 19살이라고 들었는데 제법인데?'

현수는 당당한 로잘린을 보며 고개를 끄덕였다. 언뜻 보면 대답이 마음에 든다는 뜻일 것이다.

식사를 마친 넷은 응접실로 자리를 옮겨갔다.

그리곤 밤이 이슥하도록 많은 이야기가 오갔다. 하나 특별한 알맹이는 없는 대화였다.

응접실에 당도해 보니 소파 비슷한 것이 있는데 크고 화려하긴 하다. 하나 솜도 없고, 스펀지도 없는 곳인지라 앉아보니 약간 딱딱하다는 느낌이었다. 나무 의자 위에 옷가지 같은 것을 얹어놓고 적당한 천으로 감싼 정도이다.

우지스 시종이 와서 뭔가를 내려놓았는데 그냥 맹물이다.

아르센 대륙엔 차라는 것이 없거나 아주 귀한 모양이다.

현수는 이들과 친해둬서 손해 볼 일이 없겠다는 생각에 마법 배낭에서 유리병에 담긴 사과 주스 세 개를 꺼냈다.

"백작님, 그건 뭡니까?"

"아! 이건 본국 특산품인 사과 주스라는 겁니다."

"사과 주스요?"

현수가 병을 돌려 사과 그림을 보여주었다.

"어라! 그건 요카라는 과일입니다만······."

"코리아 제국에선 이걸 사과라 합니다."

동네가 다르면 부르는 이름도 다를 수 있다는 것을 알기에 로니안 자작은 별다른 이의 제기가 없었다.

"그래요? 근데 시고 떫기만 한 이걸 왜······?"

보아하니 모양은 비슷한데 맛은 다른가 보다. 현수는 싱긋 미소 지으며 입을 열었다.

"이건 특별히 여자들에게 좋은 겁니다. 노화 방지와 피부 미용에 탁월한 효과가 있음이 밝혀졌거든요. 뿐만 아니라 소화에도 좋고 다양한 질병의 위험도를 낮춰준다고 합니다."

"정말이에요?"

당연히 세실리아 자작부인이 가장 먼저 반응을 보인다. 로잘린 역시 흥미 있다는 듯 눈빛을 빛냈다.

어찌 가만히 있겠는가!

현수는 사과의 효능 하나를 더 이야기했다.

"사과엔 피부 트러블, 특히 얼굴에 무언가가 나는 것을 감소

시켜 주는 효과가 있습니다. 한번 드셔 보시겠습니까?"

"무, 물론입니다."

어서 맛보고 싶다는 표정이 역력하다.

"그럼 잠시만……."

싱긋 미소 지은 현수가 잠깐 흔들었다가 뚜껑을 비틀어 따자 경쾌한 소리가 난다.

딱ㅡ!

"자아, 한번 드셔보십시오. 로잘린 양도."

딱ㅡ!

"난 안 줍니까?"

"하하, 그럴 리가요? 자작님도 한번 드셔보십시오."

딱ㅡ!

꿀꺽ㅡ! 꿀꺽ㅡ! 꿀꺽ㅡ!

"어머나! 세상에 이런 맛이라니……. 너무 달고, 너무 향기로워요. 그리고 너무 부드럽구요."

세실리아의 말에 현수는 한 병을 더 따서 줬다.

"그래요? 그럼 한 병 더 드십시오."

딱ㅡ!

꿀꺽ㅡ! 꿀꺽ㅡ! 꿀꺽ㅡ!

"흐으으음……!"

세실리아는 귀족부인의 체통을 잊었다는 듯 온몸으로 사과 주스의 맛을 표현하고 있었다.

처녀답게 엄마와 달리 조금씩 얌전히 맛을 보던 로잘린 역시 처녀라는 허울을 벗은 듯 원샷했다.

"백작님, 저 한 병만 더 주시면 안 돼요?"

로잘린은 염치를 무릅쓰고 한 병 더 청했다. 생전 처음 먹어 보는 맛에 완전히 매료된 탓이다.

결국 자작 일가는 모두 3병씩 마셨다. 식사를 한 직후라 그렇지 안 그랬다면 적어도 10병씩은 더 마실 기세였다.

"덕분에 정말 귀한 것을 맛보았습니다. 감사합니다."

"원, 별 말씀을……. 덕분에 고기 맛을 보지 않았습니까?"

"아이고, 비교할 게 따로 있지……. 이렇듯 귀한 것을……!"

한국이라면 초등학교 급식 후에 간식으로 나올 사과 주스 9병에 귀족 일가의 반응치고는 너무도 열렬하다.

"그나저나 유람은 얼마나 하셨습니까?"

"얼마 되지 않았습니다. 그냥 여기저기 며칠씩 찔끔찔끔 머무른 게 전부입니다."

"그래요? 그냥 여기저기 다니신다고요?"

로니안 자작은 코리아 제국의 귀족 하인스 멀린 백작에 대한 보고를 왕궁에 보내야 한다.

그렇기에 물은 것이다.

한편, 현수는 식사하는 내내 미판테 왕국을 방문한 목적을 구상했다. 그럴 듯해야 하기에 여러 생각을 해야 했다.

"흐음, 솔직히 이번 여행은 이국의 문물을 경험하는 동안 반려(伴侶) 될 사람을 찾아보는 것이라고도 할 수 있습니다."

"반려라면……?"

"제가 백작위를 물려받은 이후 제국의 귀족가에서 많은 초청을 받았습니다. 제 영지에 특산물이 제법 많기에 이를 노린 정략혼 때문이지요."

"사과 주스나 후춧가루 모두 백작님 영지의 특산물인가요?"

"그렇습니다."

"으으음! 충분히 그렇겠습니다."

로니안 자작의 고개가 크게 끄덕여진다. 이곳 미판테 왕국에선 여자 나이 열여섯이면 결혼을 한다.

그래서 로잘린이 12살이 되던 해부터 끊임없는 청혼이 있었다. 왕국의 관문 가운데 하나인 이곳 테세린의 부유함을 노린 청혼이다.

누구든 로잘린과 결혼을 하게 되면 막대한 지참금을 얻을 것이란 소문이 파다했다.

로니안 자작에게 딸이라곤 로잘린 하나뿐이기 때문이다.

실제로 로니안은 딸이 결혼할 때를 대비한 준비를 했다.

소문처럼 막대하지는 않지만 웬만한 영지 하나는 충분히 부흥시킬 만한 돈이다.

당연히 빗발치는 청혼이 있었다. 하지만 이는 모두 거절되었다. 당사자인 로잘린이 싫다고 했기 때문이다.

그러거나 말거나 얼마 전까지만 해도 이틀에 한 번 꼴로 결혼하고 싶다는 청년들이 영주관의 정문 앞에 줄을 섰다.

테세린 최고의 미녀인 로잘린과 엄청난 지참금 두 가지 모두를 얻기 위함이다.

가장 마지막으로 청혼한 사람은 왕자이다. 이를 위해 왕국의 시종장이 직접 이곳 테세린을 방문했다.

국왕의 직인이 찍힌 청혼서를 들고서……!

이 청혼을 받아들이면 풍습상 로니안 자작은 한 계급 승차하여 백작위를 제수받는다. 왕자의 장인이 되기 때문이다.

하나 이마저 거절했다.

아직 결혼에 뜻이 없다며 정중히 고사한 것이다.

자존심에 상처를 입은 왕실에서 이에 대한 징계를 준비하던 무렵 아드리안 공국에 대한 침공이 결정되었다.

눈치 빠른 로니안은 즉각 2만 골드를 왕궁에 헌납했다.

1골드가 100만 원 가치를 지녔으니 200억 원이나 되는 거금이다. 하여 간신히 무마된 것이다.

왕자의 청을 거절한 이후 빗발치던 청혼은 언제 그랬느냐는 듯 뚝 끊겼다. 그도 그럴 것이 청혼을 했다가 이를 받아들이면 왕가에 대한 모독이 된다.

누가 이런 위험 또는 불이익을 감수하려 하겠는가!

덕분에 테세린은 평화로운 영지가 되었다.

로니안 자작은 이런 상황을 겪었기에 하인스 백작의 말에 고개를 끄덕인 것이다.

"한데 왜 코리아 제국에서 반려를 찾지 않고 이렇듯 타국을 다니시는지요?"

"살아보니까 어느 누구를 반려로 선택하기가 쉽지만은 않더군요. 아시지요? 세력간의 균형이란 말을……."

로니안 자작은 현수가 하는 말에 담긴 의미를 깨닫고는 크게 고개를 끄덕였다.

모르긴 몰라도 코리아 제국 역시 미판테나 다른 왕국과 마찬가지로 귀족들 간의 알력이 있는 듯하다.

하인스 멀린 백작은 어느 쪽에도 속하지 않기에 어느 한 곳을 선택하면 다른 곳으로부터 공격을 받을 수 있는 모양이다.

그렇기에 선택의 어려움을 겪는다 생각한 것이다.

이런 생각을 하고 있을 때 현수의 말이 이어졌다.

"사실 코리아 제국에도 미녀들은 많습니다. 하지만 제 반려가 되었으면 하는 여인은 드물었지요. 그런데 누군가 그러더군요. 세상은 넓고 여자들은 많다고……."

현수는 과거 대우그룹을 일으켰던 김우중 회장의 말 '세상은 넓고, 할 일은 많다'를 교묘히 각색했다.

이런 상황을 모르는 로니안은 고개를 끄덕였다. 당연한 말이기 때문이다.

"그래서 세상을 돌아보고 있는 중이지요. 참, 자작님께 부탁이 하나 있는데 혹시 들어주실 수 있는지요?"

"무슨 부탁이십니까? 제가 해드릴 수 있는 것이라면 무엇이든 들어드리지요."

로니안 자작은 상당히 협조적인 자세가 되었다. 현수가 마음에 든 까닭이다.

"아시다시피 저는 타국의 귀족입니다. 그리고 이번 여행의 목적은 경험도 경험이지만 반려를 얻고자 함이 더 크다 할 수 있습니다. 그런데 신분을 증명할 때마다 여러 이야길 해야 합니다."

"아……! 저도 경비대장으로부터 보고 받았습니다. 아주 특이한 신분증을 가지고 계시다고요."

"네, 이것이 본국의 귀족 증명서이지요."

현수는 천연덕스럽게 주민등록증을 꺼내서 보여주었다.

로니안 자작은 정교함에 크게 놀란 표정을 지었다. 세실리아 자작부인과 로잘린도 놀라는 표정이다.

사방 2㎝ 정도 되는 크기 안에 실물과 똑같은 그림을 정교하게 그려놓았으니 왜 안 그렇겠는가!

"대단한 기술력입니다. 이건 어떤 마법으로 만들어지는 겁니까? 그리고 이것의 재질은 뭡니까?"

플라스틱을 어찌 설명하겠는가!

현수는 잠시 머뭇거렸다. 이를 기밀 누설 여부로 고심하는 듯 느낀 자작은 말없이 기다렸다.

"사실 이 증명서의 재질은 드래고니안의 비늘입니다. 그리고 말씀하신 대로 이 귀족 증명서는 고위 마법사가 심력을 기울여 제작한 것이지요."

"네에……? 드, 드래고니안이라고요?"

셋은 깜짝 놀라는 표정을 지었다.

미판테 왕국의 중심부엔 라수스 협곡이란 곳이 있다.

남북으로 길게 이어진 두 산맥 사이를 일컫는 말이다.

이 산맥들은 국토를 양분한다 하여도 과언이 아니다. 넘나드는 것이 불가능에 가깝기 때문이다. 하여 예전엔 라수스 협곡을 사이에 두고 두 개의 왕국으로 나뉘어 있었다.

미리엄 왕국과 이판테 왕국이 그것이다.

600여 년 전, 이판테 왕국의 국왕은 자신의 청혼을 거절한 미리엄 왕국을 치기 위해 군사를 일으켰다. 그리곤 남쪽 바다를 이용한 침공을 시도했다.

결국 미리엄 왕국은 패망했다.

이후 전쟁에 진 왕국의 모든 것을 차지하기 위한 공작의 일환으로 왕국의 이름을 변경했다.

이판테(Ipante) 앞에 미리엄(Mirium) 왕국의 이니셜인 M을 추가한 것이다. 하여 미판테라는 해괴한 이름이 된 것이다.

어쨌거나 이 협곡은 사람들의 발길을 거부한다.

누구든 발을 들여놓으면 한 줌 혈수로 녹아내리거나 몬스터의 먹이로 전락했다.

포악한 성품인 레드 드래곤 라이세뮤리안과 그가 처녀들을 납치하여 낳은 아이들, 드래고니안 때문이다.

왕국에선 이들을 격멸하거나 퇴치하기 위해 많은 병사들을 투입했다. 그 과정에서 소드 마스터 셋을 잃었다.

왕자 하나의 목숨도 사라졌고, 많은 기사와 병사들 또한 세상을 떴다. 그럼에도 임무엔 실패했다.

드래고니안들은 난공불락의 성을 쌓고 그 안에 머문다.

그리곤 라수스 협곡을 침입하는 모든 존재를 말살시키고 있다. 따라서 드래고니안에 대한 것을 가장 잘 아는 곳이 바로 미판테 왕국이다.

그런데 그런 드래고니안의 비늘로 만든 귀족 증명서라니 어찌 놀라지 않겠는가!

CHAPTER 07
자작부인 목욕시키가

"설마 코리아 제국에서 드래고니안들을 사냥한 겁니까?"

"왜 그리 놀라십니까?"

"드래곤의 보복은 없었습니까?"

"드래곤이요……? 우리 코리아 제국엔 드래곤이 없습니다. 모두 멸종당했거든요."

"네에? 드, 드래곤이 멸종당했다구요?"

"세, 세상에……!"

자작 부부는 너무 놀란 나머지 얼굴까지 창백해졌다.

"백작님, 말씀 중에 죄송한데 누가 드래고니안과 드래곤을 사냥한 겁니까?"

로잘린이 물었다. 현수는 별 생각 없이 대답했다.

"그야, 병사들이 나서서 제거를 했지요."

"네에……? 병사들이요? 기사들이 나선 게 아니구요?"

"흐음, 기사들도 몇몇 나서긴 했지요. 하지만 대부분은 병사들이 처리했습니다."

말을 하면서 현수는 K—2 소총과 대전차로켓 RPG—7VR로 공룡을 사냥하는 장면을 떠올렸다.

"놀랍군요. 코리아 제국이라는 나라는……."

로잘린의 큰 눈은 더욱 커졌다. 그런 그녀의 시선 속에 현수가 담겨 있다. 당연히 존재감이 더욱 커진 상태이다.

"제가 자작님께 부탁드리고 싶은 건 평민이라도 좋으니 이곳의 신분증을 하나 얻었으면 합니다."

"네에……? 왜요?"

"저는 제국의 백작입니다. 조금 전에 맛보셨던 사과 주스와 후춧가루로 제 영지는 부유합니다. 그런 제가 아내를 얻기 위한 여행을 하고 있습니다. 이를 알면 누구나 저와 밀접한 관계가 되기를 바랄 겁니다."

로니안 자작은 고개를 끄덕였다.

"자작님은 어떠십니까?"

"솔직히 그렇습니다. 우리 영지도 백작님과의 인연이 조금 더 밀접해지길 바랍니다."

"감사합니다, 솔직히 말씀해 주셔서……. 한데 전 그게 불편합니다. 제가 가진 것이 없다 하더라도, 미천한 신분이라 할지라도 저를 진정으로 사랑해 줄 여인을 찾고 있습니다."

"아아아……!"

현수의 말이 끝날 즈음 로잘린이 신음 같은 소리를 낸다.

신분은 제국의 백작!

그가 속한 나라는 병사들만 나서도 드래곤을 사냥해서 죽일 정도로 강력하다. 그런데 젊고, 잘 생긴데다, 부유하기까지 한 귀족 사내가 아내를 얻기 위해 여행을 한다고 한다.

참으로 로맨틱하지 않은가!

여린 가슴을 뒤흔들기 필요충분조건을 모두 갖췄다.

수학에선 명제와 그 역이 모두 참일 때 이렇다 한다.

다시 말해 'A이면 B이다' 가 참이고, 거꾸로 'B이면 A이다' 가 모두 참일 때, A에 대한 B, B에 대한 A를 일컫는 말이다.

이는 두 개의 명제 모두 근본적으론 같다는 뜻이다.

현수는 상대의 반응을 보아하니 자신의 뜻대로 될 것만 같다 느꼈다. 하여 편한 마음으로 입을 열었다.

"그러니 만들어주실 수 있다면 신분증 하나를 부탁드리고 싶습니다. 기왕이면 평민의 것으로……!"

"네, 물론입니다. 당장 만들어 드리지요."

"감사합니다. 그에 대한 답례로 부인과 영애께 자그마한 선물을 드리고 싶은데 허락해 주실 수 있는지요?

"네? 선물이요……?"

선물 싫어하는 여자가 세상에 어디 있는가!

세실리아 자작부인과 로잘린의 눈은 금방 호기심으로 반짝였다. 그러거나 말거나 현수는 로니안 자작을 보고 있었다.

여인들과 눈을 맞추면 안 될 것만 같아서이다.

"백작님의 호의에 감사드리는 바입니다."

"허락해 주셔서 고맙습니다."

말을 마친 현수는 마법 배낭에서 두 가지를 꺼냈다.

하나는 '이자녹스 링클 디클라인 엠엑스 280'이라는 제품이다. 가격표를 보니 30㎖에 16,500원이라 쓰여 있다.

"이건 눈가의 주름을 없애주는 효능이 있는 겁니다. 어느 정도 효능이 있는지 보여 드릴 테니 손등을 보여주십시오."

현수의 말에 세실리아 자작부인은 즉시 손을 내밀었다.

"자아, 한쪽에만 이걸 바를 것이니 양쪽 손등을 잘 비교해 보십시오."

아주 조금 짜서 손등에 묻히고는 살짝 펴 발랐다.

"어머나! 세상에, 어떻게 이럴 수가……?"

양쪽 손등을 비교하던 세실리아는 화들짝 놀라지 않을 수 없었다. 달라도 너무 많이 달랐기 때문이다.

"이건 자작부인께서 쓰십시오. 주름 개선 효과가 있는 겁니다. 주의할 점은 눈에 들어가지 않도록 조심하라는 것입니다. 또한 아주 조금씩만 쓰시라는 겁니다."

"네, 고맙습니다. 백작님!"

"로잘린 양은 젊으니 향수를 드리지요."

"향수요……? 그게 뭔가요?"

현수가 꺼낸 것은 왕관 모양으로 생긴 것이다. 안에는 연한 초록빛 액체가 출렁인다. 라벨엔 바닐라향이라고 쓰여 있다.

양은 많지만 가격은 얼마 안 되는 것이다. 하나 이곳은 브랜드를 따지지 않는 곳이다.

"이건 이렇게 쓰는 겁니다."

자세한 설명 대신 시범을 보이려 로잘린의 손목 안쪽에 향수를 뿌렸다.

"냄새 한번 맡아보세요."

"어머나! 이 향기……! 너무 달콤해요. 아아아……!'

귀족이기에 코찔찔이 세실리아 여관의 세실리아보다는 냄새가 덜 날 것이다. 하나 휴지가 없고, 비데가 없으며, 생리대가 없기는 밖이나 여기나 마찬가지이다.

물론 비누도 없고, 샴푸도 없으며, 질 세정제인 지노베타딘도 없다. 그렇기에 향수를 선물할 생각을 한 것이다.

"감사합니다. 백작님!'

"하하, 자작님이 조금 서운하신 듯합니다."

"아, 아닙니다. 벌써 귀한 물건을 많이 내놓으셨습니다."

자작은 짐짓 사양했지만 표정은 아니다.

"자작님께는 비누라는 걸 선물하지요."

"비누요?"

"설명해 드릴 테니 손 씻을 물을 떠오라 해주십시오."

조금 전 식사하는 동안 자작은 손으로 음식을 집어먹기도 했다. 포크는 고기 찍어먹을 때만 쓰는 모양이다.

그때 현수는 이런 생각을 했다.

'하긴 셰익스피어가 지은 햄릿, 오셀로, 로미오와 줄리엣,

리어왕을 읽어보면 스푼과 포크, 그리고 나이프에 관한 구절이 없지. 그 시절엔 그런 게 없었으니까. 그럼 그 시절엔 엘리자베스 여왕도 맨 손으로 음식을 먹었다는 뜻이야.'

이곳도 포크의 출현이 얼마 되지 않았다면 손으로 음식을 집어먹는 일이 부끄러운 것은 아닐 것이다.

비위생적이라는 것만 문제일 뿐이다.

잠시 후, 시종이 물을 떠왔고 로니안 자작은 자기 손에서 나온 때 구정물을 보고 할 말을 잃었다.

그것은 세실리아나 로잘린도 마찬가지이다.

현수로부터 자세한 사용법을 들은 세실리아는 즉시 목욕물을 데우라는 지시를 내렸다.

마법 배낭에서 꺼낸 비누의 숫자는 10개이다.

이건 합법적인 평민 신분증을 위한 대가이다. 또한 미판테 왕국에서의 안전을 위한 것이기도 하다.

너무 많이 줘도 문제가 되고, 너무 적으면 섭섭해할 것이기에 고심 끝에 꺼내 놓은 것이다.

세실리아와 로잘린이 자리를 비운 사이에 현수는 합법적인 평민 신분증을 얻었다. 이름은 하인스이다.

자작은 혹시 모른다면서 준남작 신분증 하나를 더 만들어주었다. 로니안 자작가의 기사 신분증이다.

이름은 역시 하인스이다.

예상치 못한 배려에 대한 답례로 현수는 세실리아와 로잘린을 위한 세탁비누 몇 장을 꺼냈다.

로니안은 이것으로 둘의 의복을 세탁해 보라는 명을 내렸다. 현수는 하녀에게 세탁 방법을 설명해 주었다.

하녀마저 나간 이후 둘은 이런저런 이야기를 나눴다. 로니안의 태도는 전보다 더 정중하면서도 친근해졌다.

처음엔 현수가 사기꾼일 수도 있다는 생각을 했다. 하나 비누와 향수 같은 귀물을 어찌 일개 사기꾼이 가지고 다니겠는가!

그렇기에 제국의 백작이라는 것을 철석같이 믿게 되었다.

한편, 현수는 얻고자 하는 것들을 모두 얻어 편한 마음이 되었기에 로니안 자작의 궁금증을 풀어줬다.

그런데 자꾸 발을 비빈다. 왜 그러느냐고 물었더니 발이 간지러우면서 가려워 미치겠다고 한다.

틀림없는 무좀이다!

신발을 벗기니 악취가 장난이 아니다. 물집과 진물 때문이다. 즉시 물이 대령되었고, 세탁비누로 발을 닦게 하였다.

그러는 사이에 아공간을 뒤져 무좀약 3가지를 꺼냈다.

모두 연고 형태이다. 코리아 제국의 마법사가 만든 귀한 치료약이라 설명했다.

하나를 다 바르고 난 다음에 다음 것을 바르는 방법으로 3개를 다 쓰면 괜찮아질 것이라 하니 얼굴이 환해진다.

그런데 조금 전에 벗었던 그 신발을 도로 신으려 한다.

하여 등산화 한 켤레를 내놓았다. 가벼우면서도 공기는 잘 통하고 발이 편하다고 광고해서 현수도 가진 것이다.

부수적으로 등산 양말까지 따라 나왔다.

자작은 너무도 가볍고 편한 신발에 입을 다물지 못했다. 이런 귀한 물건은 본 적도 없기 때문이다.

자작은 화수분처럼 온갖 귀한 물건들이 튀어나오는 마법 배낭이 탐나는지 유심히 바라본다.

사실 이건 마법 배낭이 아니다.

평범한 가죽 가방일 뿐이다. 현수는 이 속에 손을 넣은 상태에서 아공간을 열어 안에 담긴 것을 꺼내는 것이다.

마법사라는 것을 감추기 위한 계책의 일환이다. 어쨌거나 로니안 자작의 입은 더 이상 커질 수 없을 정도로 벌어졌다.

현수는 얻을 것 다 얻었으니 가려고 했다.

그런데 극구 붙잡는다. 무좀 치료하는 동안 모녀에게 목욕을 권했다. 그런데 아직 세실리아와 로잘린의 목욕이 끝나지 않았으니 나올 때까지 기다려 달라는 것이다.

이유는 본인 입으로 반드시 감사인사를 해야 한다는 것이다.

같은 순간, 세실리아와 로잘린은 당혹감을 감추지 못하고 있다. 첫째, 목욕통의 물에서 고린내가 난다.

둘째, 사용한 목욕통에 시커먼 때가 둥둥 떠다닌다.

시비들이 현수가 준 이태리타월로 모녀의 몸을 문지르는데 밀어도 밀어도 끝없이 때가 나온다.

피부의 노폐물이 다 없어지면 더 이상 안 나온다고 했는데 계속 때가 나와 목욕을 마치지도 못하고 있는 상황이다.

기다리다 지친 현수는 영주성의 곳곳을 구경시켜 달라고 하였다. 그러자 로니안 자작이 직접 안내를 하겠다고 나섰다.

귀빈이 그냥 가버릴까 싶었던 모양이다.

그런데 어찌 그럴 수 있겠는가? 하여 애써 떨구고 여기저기 돌아다녔다. 대신 수석시종이 붙어다니며 설명해 주었다.

그런데 현대에 살던 현수에게 있어 영주의 성은 별로 볼 게 없다. 그저 몇 가지 색뿐이고, 모든 재료는 돌 아니면 나무뿐이다. 치운다고 치웠지만 지저분하고 우중충하다.

특별하게 관심 기울 것이라곤 별로 없다.

한 바퀴 돌고 돌아오니 자작도 목욕하러 들어갔다고 한다. 하릴없어진 현수는 서성이다 이곳저곳을 기웃거렸다.

서재를 들어가 보았는데 읽을 만한 책이 없다. 멀린의 레어에 있을 때 너무 많이 읽은 탓이다.

그러다 발견한 게 자작이 벗어놓은 옷이다. 그냥 지나치려는데 뭔가 꾸물거리는 것이 보인다.

빈대다! 빈대는 먹이를 먹기 전의 몸길이는 6.5~9mm이고, 몸 빛깔은 갈색이다. 그러나 먹이를 먹으면 몸이 부풀어오르고 몸 빛깔은 붉은색이 된다.

현수는 붉은 빛을 내는 빈대를 보곤 혀를 찼다.

"쯧쯧! 쯧쯧쯧……!"

귀족이 이러니 평민은 어떻고, 농노나 노예의 삶은 어떠하겠는가! 어린 세실리아의 머리에 서캐가 있었던 것도 따지고 보면 별로 이상할 일이 아니다

아무튼 빈대는 연막으로 잡는 것 이외엔 방법이 없는 해충이다. 물론 연막은 넉넉하게 있다.

백두마트 창고에 제법 많은 재고가 있었던 때문이다. 그런데 어찌 남의 집에다 마음대로 연막을 피울 수 있겠는가!

현수는 꼬물거리는 빈대를 잡아 죽였다. 그런데 한두 마리가 아닌가 보다. 또 다른 놈들이 꾸물거리고 있다.

"흐음……! 심각하군. 이럴 때 일정 범위 내의 모든 생명체를 박멸시킨다는 익스터미네이션(Extermination) 마법을 만들어 쓸 수 없으니……."

현수는 아직 마법을 창조해 낼 수 없다.

더구나 현수가 생각하는 박멸 마법은 9써클 파워 워드 킬(Power Word Kill)의 축소판이다. 7써클 마스터가 어찌 9써클 마법을 만들어 낼 수 있겠는가!


아무튼 목욕을 마치고 나온 세 식구는 너무도 상쾌해했다.

"아아……! 개운해."

"엄마! 이런 기분 처음이에요."

"그래, 정말 상쾌하지?"

"하하! 시원하셨나 봅니다."

"아……! 하인스 백작님, 그렇지 않아도 드릴 말이 있습니다."

"네에? 뭐죠?"

"이거 파세요."

"뭐라고요?"

"비누랑 향수랑, 사과 주스랑 후춧가루 등등이요. 백작님이 가지신 물건들 전부 파시란 말씀입니다."

"……?"

"써보니까 정말 대단하다는 것을 느꼈습니다. 이런 물건이라면 얼마든지 팔릴 겁니다. 안 그렇소, 부인!"

"그럼요. 비누를 써보고 얼마나 놀랐는지 몰라요. 몸에서 향기가 막 샘솟는 것 같아요."

"네에. 전엔 목욕을 해도 이렇게 개운한 느낌이 들지 않았었어요. 근데 달라요. 너무 시원해요."

평생에 묵은 때를 벗겼으니 개운하긴 할 것이다. 현수는 충분히 이런 기분을 짐작하기에 빙그레 미소 지었다.

"걱정 마십시오. 조만간 팔게 될 겁니다. 우선은 후춧가루부터 팔게 될 겁니다."

"어딥니까? 후춧가루를 파는 곳이?"

"하인스상단입니다."

"하인스상단이라면……? 백작님 소유의 상단입니까?"

"뭐, 그런 셈이 되지요. 하인스상단의 본점은 이곳 테세린에 두고 싶은데 허가해 주실 거죠?"

"아이고, 무슨 말씀을……! 당연한 겁니다. 근데 어디에 점포를 마련하셨는지요?"

"흐음! 아직 점포까지는……."

"백작님! 저잣거리에 자그마한 건물 하나를 비워 드리겠습니다. 그걸 쓰시면 어떻겠습니까?"

"아, 그래요? 크기는 얼마만 하며 임대료, 아니, 그걸 파시면 얼마나 받으시겠습니까?"

"무슨 말씀을……. 그렇게 말씀하시면 제가 섭섭합니다. 그냥 제 성의입니다. 쓰시고 싶으실 때까지 그냥 써주십시오."

"하하, 자작님께서 이렇게 신경 써주시니……. 감사합니다. 고맙게 뜻을 받아들이겠습니다."

굳이 주겠다는 것을 거절할 필요는 없다. 게다가 장소는 별 문제가 안 된다. 필요한 사람이 찾아올 것이기 때문이다.

크기도 상관없다.

후춧가루 200개가 자리를 차지하면 얼마나 차지하겠는가!

품목이 늘어나면 더 짓거나 옆 건물을 사들이면 된다.

현수는 깊이 생각할 것도 없는 일이기에 흔쾌히 받아들였다. 그런데 로잘린이 말을 건다.

"혹시 장부를 정리할 서기는 필요없나요?"

"로잘린 양, 방금 장부 정리를 말씀하신 겁니까?"

"네, 팔린 물건값의 5%는 세금으로 내야 하니 기장을 해야 하잖아요. 저, 그거 되게 잘하는데 저 시키시면 안 돼요?"

귀족가의 시집도 안 간 영애가 상단 서기를 하겠다고 나선다. 이쯤 되면 부모가 나서서 따끔하게 야단쳐서 포기하게 만드는 것이 정상이다.

그런데 로니안 자작도 세실리아 자작부인도 아무 말 없다. 오히려 '넌 잘 할 수 있어!'라는 표정을 짓고 있다.

그러고 보니 로잘린이 아까완 다르다. 아까는 글자 그대로

맨얼굴이었다. 게다가 평범한 옷을 입고 있었다.

그런데 지금은 다르다.

약간 엉클어졌던 머리는 빗겨져 있고, 뭘 바른 모양인지 얼굴에 빛이 난다. 화사한 색깔의 드레스뿐만 아니라 귀걸이나 목걸이 같은 장신구까지 모두 갖추고 있다.

현수가 준 향수도 뿌렸는지 은은한 향기까지 난다.

줄 때는 아무 거나 골라서 준 것이다. 향수에 대해 현수가 알면 얼마나 알겠는가?

그냥 용기가 예쁜 걸 고른 것이다.

그런데 이 냄새는 천지건설의 업무지원팀 강연희 대리에게서 가끔 나던 향기이다. 당연히 호감이 간다. 이 호감은 현수로 하여금 저도 모르게 허락하는 말을 하게 만들었다.

"로잘린 양, 일은 잘 하실 수 있겠습니까?"

"호호, 물론이지요. 근데 저 월급은 얼마 주실 거예요?"

신세대들이 당돌한 것은 아르센 대륙이나 대한민국이나 다를 바 없는 모양이다.

"월급……!"

"호호, 월급은 무슨……. 로잘린! 백작님께서 널 고용해 주는 것만으로도 고맙게 여기렴."

"어머……! 그런 게 어디 있어요? 노동을 제공했으면 당연히 그에 대한 대가를 받아야지요. 그렇죠? 백작님!"

"그, 그럼요."

"근데 월급은 선불인가요? 후불인가요?"

대한민국에도 월급을 선불로 주는 회사는 없다. 하나 이곳이 어딘가! 아르센 대륙의 미판테 왕국이다.

월급을 선불로 줘야 하는 것이 불가능한 곳이 아니다.

"흐음! 열심히 하라는 뜻에서 선불로 주고 싶은데……."

"그런데요?"

현수의 말을 자른 로잘린은 기대에 찬 표정을 짓고 있다. 이때 문득 눈에 들어오는 것이 있다.

"잠시만……."

말을 멈춘 현수는 마법 배낭에 손을 넣었다.

'분명 어딘가에 있는데…… 어디 있지? 아, 찾았다.'

아공간을 자주 쓰다 보니 전에 모르던 기능을 알게 되었다. 머릿속으로 생각을 하면 된다는 것이다.

원하던 것을 찾아 꺼내던 중 잠시 멈췄다.

'이거 갖고는 너무 약소하지? 암……! 한 달 일할 월급인데. 뭐, 얼마나 열심히 할지는 모르지만……. 에라, 모르겠다.'

내친 김에 몇 가지 더 꺼낸 현수는 그중 하나를 내밀었다.

"어머, 이건 뭐예요?"

"그건 빗이라 하는 것이오."

"빗이요? 뭐에 쓰는 물건이죠?"

"그것으로 머리를 한번 빗어 보십시오."

"이, 이렇게요?"

"잘 하시는군요."

젊은 시절 오드리 헵번을 닮은 여인이 머리를 빗는 모습을 상상해 보라. 어찌 사내의 가슴이 흔들리지 않겠는가!

그런대로 정리되어 있었던 머리가 아주 정갈하게 변하는 모습에 현수는 흐뭇한 미소를 지었다.

같은 순간, 눈빛을 빛내는 인물 하나가 있다. 물론 세실리아 자작부인이다.

"백작님, 저 빗은 백성들이 나무로 만든 것과는 많이 다른데 재질이 무언지 여쭤봐도 될까요?"

세실리아가 정체를 물은 것은 마트에서 파는 플라스틱 도끼빗이다. 그런데 몹시 탐내는 눈빛이다.

"이건 드래고니안의 비늘을 이용하여 만든 것입니다."

현수는 플라스틱이나 비닐 종류는 전부 드래고니안의 비늘을 쭈물딱거려서 만든 것이라고 우기려 마음먹었다.

그렇기에 천연덕스럽게 거짓말을 한 것이다.

"세상에……! 드래고니안의 비늘로……!"

자작 내외가 놀라든 말든 로잘린은 제 머리를 빗기에 여념이 없다. 이때 현수가 또 한 가지를 내놨다.

"로잘린 양, 안 보이는 상태에서 빗는 것보다는 이걸 보면서 빗는 것이 더 좋을 것이오."

이번에 내놓은 것은 거울이다. 마트의 앤틱(Antique) 상점에서 파는 것으로 일부러 골동품처럼 만든 것이다.

타원형인데 가로 40㎝, 세로 60㎝짜리쯤 되는 것이다.

몸통은 우아한 문양으로 장식되어 상당히 고풍스러우면서도 비싼 값을 가진 듯한 모습이다.

"헉……! 이, 이건… 미, 미스릴……?"

로니안 자작은 받침대의 빛깔이 은색이라 미스릴로 착각한 듯하다. 사실 이것은 주석에 은을 도금한 것이다.

하나 현수는 이를 바로잡지 않았다. 그럴 이유가 없기 때문이다. 반면 모녀는 거울 자체에 흥미를 느끼고 있다.

"어머나, 이게 뒤집어지네."

"네, 어머니! 근데 이렇게 놓으니까 제가 조금 더 크게 보이는 것 같아요. 어머, 어머! 얼굴의 솜털까지 다 보여요."

"어디……? 어디, 나도 한번 보자."

거울 쟁탈전을 지켜보던 현수는 빙그레 미소 지었다.

"자, 머리를 다 빗었으면 흘러내리는 머리는 이걸로 잡아 보십시오."

이번에 건넨 것은 헬로 키티 머리핀이다. 현수가 자신의 머리에 직접 시범을 보인 뒤 세 개를 건네 주었다.

도끼빗은 하나에 1,000원, 거울은 하나에 15,000원, 헬로키티 머리핀도 하나에 1,000원짜리이다.

로니안 자작의 하나뿐인 딸이자 너무 너무 사랑받는 로잘린의 한 달 월급이 18,000원으로 결정되는 순간이다.

"백작님! 도대체 이런 진귀한 물건은 어디서……?"

"후후, 이것들은 모두 제 영지의 특산물입니다."

거짓말이라는 것이 처음에 한 번 하기가 어려운 법이다.

현수는 어느새 얼굴색 하나 안 바꾸고, 입술에 침도 안 바르고 천연덕스럽게 거짓말을 하는 경지에 이르렀다.

한국에서 이러면 '이제 출세할 기본은 갖췄다'고 말을 한다.

착하고 마음 여린 사람들은 가난하게 살고, 교활하며 거짓말에 능숙한 놈들이 출세하는 세상이기 때문이다.

아예 이런 놈들만 우글우글 모여 있는 곳이 있다.

대한민국 국회이다. 극히 일부를 제외하곤 부정축재는 기본이고, 성추행 발언을 예사로 한다.

춘향전이 '변사또가 춘향이 따먹으려다 실패한 소설'이라고 한 놈도 이곳 출신이다.

이렇듯 권력을 이용하여 온갖 부정한 일에 개입하는 자들이 모인 곳이 국회이니 나라꼴이 엉망인 것이다.

어쨌거나 현수의 거짓말에 로니안 자작이 깜박 넘어간다.

"당연히 그렇겠지요. 코리아 제국에서 드래고니안을 얼마나 잡으셨는지 알 수 없지만 비늘의 수량은 분명 제한적일 겁니다. 또한 미스릴로 받침대를 만든 거울이라니요?"

"뭐, 별거 아닙니다."

짐짓 거들먹거려 보았다. 하나 로니안 자작은 전혀 개의치 않는다. 오히려 한 술 더 뜬다.

"귀하디귀한 미스릴도 미스릴이지만 내 생전에 저토록 맑은 거울은 처음 봅니다. 아마 우리 왕궁에도 저런 진귀한 물건은 없을 겁니다."

"네에, 이 거울 정말 좋네요. 어머, 어머! 내 얼굴에 이런 잡티가 있었어? 어머, 이 눈가의 주름! 꺄악……! 주름이라니?"

눈가의 주름을 확실하게 확인한 세실리아 자작부인의 입에서 경악성이 터져 나왔다. 있다는 것은 알고 있었지만 이토록 자글자글한지는 몰랐던 것이다.

"부인, 아까 드린 그걸 한번 발라 보시지요."

"아, 그거요? 잠시만요."

세실리아는 손수건에 감쌌던 이자녹스 링클 디클라인 엠엑스 280을 눈곱만큼 짜서 발랐다.

그리곤 거울을 뚫어져라고 바라본다.

"어머! 어머! 이 정도라니……!"

효과 만점이다. 하긴 화장품이란 것을 사용해 본 적이 없는 피부이니 얼마나 효능이 좋겠는가!

"정말 고맙습니다. 백작님!"

로니안 자작은 아내의 얼굴에 환한 웃음이 피어오르자 따라 웃으며 사의를 표했다.

"별말씀을 다 하십니다."

"로잘린! 넌 아침에 눈을 뜨면 즉시 하인스 상점으로 가서 하루 종일 장부 정리를 하도록 해라. 알았지?"

"네에, 아빠!"

로잘린은 행복한 미소를 지어 보였다. 천사의 웃음이다.

"로잘린 영애, 상점의 문은 며칠 후에나 열릴 것이니 내일 아침엔 오지 않으셔도 됩니다."

"네에, 언제든 기별만 넣어주시면 출근토록 하겠습니다."

치마의 양쪽을 잡고 정중히 허리 숙여 인사하는 로잘린은 너무도 아름다워 보였다.


"백작님, 가셨던 일은 잘 되셨습니까?"

얀센의 물음에 현수는 고개를 끄덕였다.

"로니안 자작이 상점으로 쓸 건물을 제공해 주기로 했네. 아울러 로잘린 양이 서기로 근무하기로 했고."

"네에……? 영주님의 영애께서 상점에서 근무를 한다고요?"

얀센은 더 이상 놀랄 수 없다는 듯 입을 크게 벌리고 있다. 귀족의 영애가 어찌 그런 일을 하려 하겠는가!

아르센 대륙에 사는 사람이라면 누구나 놀랄 일이다. 하나 현수는 태연자약하다.

"그렇네. 그래서 취급 품목을 조금 늘려야겠어."

"품목을 늘린다 하심은……?"

"우선은 이, 벼룩, 빈대를 구제할 연막탄을 팔아야겠네."

"네에……? 연막탄이라니요? 그게 뭡니까?"

"흐음, 백문이 불여일견이라 하였으니 자네 부부의 방으로 가세. 안내하게."

"네. 이쪽으로……."

현수는 얀센 부부 방에 많은 이와 벼룩, 그리고 빈대가 있다는 것을 확인시켜 주었다.

그리곤 모든 구멍을 막게 하고 연막탄을 터뜨렸다.

두어 시간이 지난 후, 방에 들어간 얀센은 놀라지 않을 수 없었다. 엄청난 수효의 벌레들이 죽어 있었기 때문이다.

이와 빈대, 그리고 벼룩뿐만 아니라 바퀴벌레, 그리마, 쥐며느리까지 죽어 있다. 눈에 보이진 않지만 집 먼지 진드기나 좀도 대부분 죽었을 것이다.

심지어 쥐까지 2마리나 죽어 있었다. 이곳 벌레나 짐승들에 겐 연막탄이 너무 강력했던 모양이다.

환기를 마치고 사용하던 이불 등을 세탁하도록 했다. 이 과정에서 세탁비누 한 장과 락스 약간이 제공되었다.

냄새가 장난이 아니었기 때문이다.

마지막으로 제공된 것은 섬유유연제 샤프란이다. 너무도 향기로워 얀센의 부인은 이 물을 마시려고까지 했다.

세탁과 청소를 마친 둘은 세실리아와 마찬가지로 거품입욕제를 넣은 욕조에 들어가 때를 불리고 씻도록 했다.

장사하느라 바빠 몇 달 동안 목욕을 못해서 그런지 꽤 오랜 시간 동안 목욕을 했다.

오늘 하루 세실리아 여관이 휴업한다는 쪽지를 붙였지만 많은 사람들이 문을 두들겼다.

글을 읽을 줄 모르기 때문이다. 현수의 설명을 들은 사람들은 투덜거리면서 발길을 돌렸다. 그렇게 시간이 흘렀다.

목욕을 마치고 나온 얀센 부부는 감사의 인사를 수십 번이나 했다. 이날 이후 현수는 극진한 대접을 받는다.

다음날, 테세린의 시가지를 구경하면서 여러 풍문들을 들어보았다. 케이상단의 알론이 소문을 잘 내주었기에 세 왕국의 사람들이 몰려들고 있다고 한다.

아드리안 공국의 위기가 원천적으로 제거되진 않았지만 상당한 시간을 벌었다 판단하였기에 아르센 대륙의 이모저모를 알기 위한 시간을 보냈다.

그 결과 여러 가지를 파악하게 되었다. 그중 하나가 도둑 길드와 정보 길드, 그리고 어쌔신 길드에 관한 것이다.

돈만 주면 어떤 일이든 해준다는 이들에 대한 선입견은 그리 좋지 못하다. 남의 물건을 훔치는 도둑과 돈 받고 생판 모르는 사람을 죽여주는 어쌔신을 어찌 좋게 보겠는가!

하나 아무런 기반도 없는 당장엔 이들을 이용해야 한다는 생각을 하게 되었다.

하여 연줄을 만들기 위한 행보를 했으나 마땅하지 않았다.

아르센 대륙으로 온 지 4일째 되는 날 현수는 문득 불안한 마음이 들었다. 정 부장이 자신의 텐트로 사람을 보내다가 없는 걸 알면 난리가 벌어질 것이기 때문이다.

"에이, 언제쯤이면 편한 마음으로 오갈 수 있을까? 여기가 훨씬 좋은데. 제기랄……!"

시원하고 상쾌한 공기 속에 있다가 후텁지근한 곳으로 가려니 내키지 않았다. 하나 어쩌겠는가!

삶의 기반은 지구에 있다. 부모와 친척, 그리고 친구와 회사 동료들이 있는 지구를 외면할 수는 없다.

적당한 곳에 결계를 치고 들어앉아 마나를 모았다. 확실히 지구보다 빨리 마나가 집적된다.

"가기 싫지만 어쩔 수 없지. 지구로 가자. 이번엔 3월 3일에 데려다 줘. 트랜스퍼 디멘션!"

쉬리리리리리링!

CHAPTER 08
괴물 사냥

전능의팔찌
THE OMNIPOTENT
BRACELET

"역시……!"

동굴 안이라 밖과 달리 온도가 낮아 시원하기는 하다. 하나 습도가 너무 높다. 당연히 마음에 들지 않는다.

현수가 나직이 투덜거리는 바로 그 순간이다. 멀지 않은 곳에서 누군가가 소리친다.

"김현수 씨! 김현수 씨! 어디 있어요?"

"네, 저 여기 있습니다."

"어서 나오세요. 후발대가 와서 이제 나와도 된답니다."

"네에, 알겠습니다."

'역시 예감이 무섭군.'

조금만 늦었어도 대대적인 수색 작업이 벌어졌을 것이다.

이상하게 맞아떨어지는 예지 능력에 왠지 이상한 기분이 들었다.

하나 이는 결코 이상한 것이 아니다.

7서클 마스터 이상만 가질 수 있다는 고도의 감지 능력을 저도 모르게 얻은 때문이다. 마스터가 된 지 얼마 되지 않아 아직은 그 능력의 20분의 1도 쓰지 못한다. 하나 마법이 보다 능숙해지면 차츰 늘어나게 될 것이다.

어쨌거나 현수는 텐트를 걷고, 취사도구를 챙겼다. 남은 식량은 아공간에 넣었다. 그리곤 밖으로 나왔다.

정 부장이 기다리고 있다 한 걸음에 다가온다.

"혼자 있게 해서 미안하네."

"아닙니다. 제 안위를 위해 배려해 주신 건데요. 그나저나 놈들은 어찌되었습니까?"

"글쎄, 아무 일도 없어서 오히려 싱거웠네."

"다행입니다."

"김현수 씨!"

"아니, 사장님! 사장님께서 어떻게 여길……."

박준태 전무는 킨샤사에 남고 신형섭 사장이 온 것이다.

"사장인 내가 왔어야 하는데 직원들만 보내 마음에 걸렸네. 한데 이런 일이 있어서……. 지금부턴 내가 앞장서겠네."

"……!"

"자자, 이제 힘내서 다시 출발합시다."

"네에."

동굴 밖으로 나온 일행은 어마어마한 인원에 깜짝 놀랐다. 내무장관의 특별 지시로 일개 대대 병력이 온 것이다.

11명의 호위 병력이 갑자기 600명으로 늘어난 것이다.

개인별 소화기는 물론이고, MG—50 같은 경기관총도 보인다. 대대장인 듯한 사내가 나와서 말을 했다.

"Ne vous inquiétez pas à ce sujet. Vous serez responsable de notre sécurité."

한국인에겐 다소 생소한 프랑스어이다. 당연히 모두의 시선이 현수에게 쏠리자 이를 통역하였다.

"걱정마지 마십시오. 여러분의 안위는 우리가 책임집니다."

"Si quelqu'un nous attaque, mènera une tournée d'enfer."

"누구든 우리를 공격하면 지옥을 구경하게 해주겠습니다."

"Alors s'il vous plaît nous le faire croire."

"그러니 우릴 믿어주십시오."

대대장의 말이 끝나자 신형섭 사장이 입을 연다.

"김현수 씨! 고맙다는 말을 전해주고, 잘 부탁한다는 말도 해주게."

"알겠습니다."

"Je vous remercie. Je l'apprécie."

현수의 말에 대대장이 웃음 지으며 고개를 끄덕인다.

일행이 대화하는 동안 콩고민주공화국의 인원들은 숲을 샅샅이 뒤졌다. 하나 아무런 흔적도 없다.

저격수들이 사용한 총기는 현수의 아공간에 들어 있고, 두 놈의 시체는 벌써 짐승들의 밥이 된 지 오래이기 때문이다.

울창한 밀림을 헤치며 힘겨운 행군을 시작하자 등에서 땀이 샘솟듯 솟는다.

신형섭 사장은 진짜 모범을 보이려는지 행군의 맨 앞에 있다. 반면 현수는 콩고민주공화국 군인들로 완전히 둘러싸인 채 움직이는 중이다.

"이 근처에 모켈레 무벰베가 산다고 들었는데 자넨 아는가?"

"그래? 여기가 거기야?"

"그래, 그놈 안 만나야 하는데……."

"으으, 말하지 말게. 말만 들어도 무섭네."

"그러게 말일세. 나도 왠지 오싹하는데 기분이 이상하네."

이들의 대화를 듣던 현수는 이상한 기분이 들어 물었다.

"저어, 모켈레 무벰베라는 게 뭡니까?"

"그건 이 근처에 산다는 괴물의 이름입니다."

"괴물이요?"

"그렇습니다. 머리와 꼬리를 뺀 몸통 길이만 따져도 15m가 넘는 엄청나게 큰 괴물이라고 합니다."

"그놈이 마을 하나를 완전히 작살 냈다는 소문도 있었죠. 아무도 살아남지 못했다고 합니다."

"놈은 자신의 영역을 침범하는 걸 무척 싫어한다고 합니다."

딱 한 마디 물었을 뿐인데 수많은 정보가 입력된다. 이들의 말을 종합한 현수의 뇌리로 영상 하나가 떠오른다.

중생대에 번성하다 어느 순간 멸망당했다는 공룡이다.

'여기에 공룡 살아남은 놈이 있단 말인가? 하긴 이곳 정글은 중생대의 생활환경과 비슷한 곳이니 없다고 단정할 순 없지.'

현수가 상념에 잠겨 있을 때 콩고민주공화국의 군인들이 새삼스런 눈으로 바라본다. 동양 사람들은 거의 모르는 스와힐리어로 대화를 했기 때문이다.

"우린 놈의 영역을 절대 침범해선 안 됩니다. 만일 그랬다가 놈이 공격을 하게 되면 많은 희생이 발생될 겁니다."

"그래요? 우리 쪽 인원이 많은데도 그렇습니까?

"네, 아주 무서운 괴물입니다."

총을 가진 군인이건만 극도의 두려움 내지는 공포심을 보이는 것으로 미루어 짐작컨대 토속신앙의 영향인 듯하다.

"알겠습니다. 그런데 놈의 영역이라는 걸 어떻게 알죠?'

"나무를 보면 됩니다. 놈은 목이 길어서 높은 곳의 잎사귀도 먹을 수 있습니다. 따라서 저 나무처럼 키가 큰 나무의……. 허억! 저, 저건……? 이, 이보게, 저, 저길 보게!'

"으헉! 저, 저건… 모켈레 무벰베의……! 지, 지금 우리가 놈의 영역에 들어온 거야? 크, 큰일이다."

손가락으로 어떤 나무를 가리키던 군인과 그 곁에 있던 자의 몸이 눈에 뜨이게 떨리고 있다.

불과 1초도 안 되는 순간에 공포가 엄습한 때문일 것이다.

곧이어 콩고민주공화국 병력 전체에 이러한 반응이 번져 갔다.

모켈레 무벰베의 흔적을 보는 것과 동시에 멈칫하고는 달달 떨었다. 몇 발자국이나 떨어진 곳에 있어도 이빨 부딪치는 소리가 들릴 정도이다.

총을 가진 군인이라고 할 수 없는 모습이다.

"김현수 씨! 이 사람들 왜 이러는 건가? 왜 잘 가다가 딱 멈춰 서서 사방을 훑어보는 거지?"

"혹시 근처에 반군 기지라도 있는 거 아닙니까?"

신형섭 사장과 정 부장의 말에 현수는 사실을 이야기할까 말까 망설였다. 한국에서 온 기술진에게 이곳에 공룡이 있다고 말을 하면 어떤 반응을 보일지 뻔하기 때문이다.

"글쎄요? 한번 물어는 볼게요. Pourquoi ne pas apparu depuis le monstre?"

괴물이 나타난 것도 아닌데 왜 이러느냐고 물은 것이다.

"우, 우린 이제 다 죽었어. 여긴 놈의 영역이야. 빠, 빨리 이곳을 벗어나야 해. 그런데 어느 곳이 놈의 영역 밖으로 나가는지를 모르겠어."

"그럼 우리가 지금 놈의 영역으로 점점 더 깊이 들어가고 있는 거일 수도 있잖아? 그, 그럼 우리 어떻게 하지?"

완전히 겁에 질린 표정이다. 조금만 더 겁을 주면 아예 오줌까지 질질 쌀 판이다.

"우리에게도 총을 줘라. 놈이 나타나면 같이 싸워주마."

"마, 말은 고맙다. 하, 하지만 놈을 죽이진 못할 거야. 소문에 의하면 총으론 어림도 없는 놈이라고 들었어."

살아 있는 생명체에 총이 아무런 효과를 내지 못한다는 근거없는 소문을 그대로 믿는 모양이다.

그러니 이렇게 겁을 먹고 있는 것이 어쩌면 당연한 것이다.

"대체 뭐라고 하는 건가?"

"근처에 정체불명의 괴생명체가 있다고 합니다. 그놈이 무서워서 떠는 겁니다."

"괴생명체라니……?"

"이 사람들 이야길 종합해 보면 중생대에 살았던 공룡의 일종인 듯합니다."

"뭐어? 공룡……? 하하, 말도 안 돼! 공룡이 멸망한 지 얼마인데. 안 그런가?"

"그렇긴 한데……. 네시8)도 있잖습니까?"

정 부장의 말에 사장은 말도 안 된다는 표정을 짓는다.

"그거 사진 조작이라고 들었는데 아닌가?"

"아닐지도 모른다는 말도 있긴 했습니다."

자신감있는 대답은 아니었다.

"허어, 참……! 21세기에 공룡이라니?"

현수의 이야기를 들은 한국인들은 하나같이 말도 안 된다는 표정을 지으며 웃어제꼈다.

반면 콩고민주공화국의 군인들은 모두 덜덜 떨고 있었다.

---

8) 네시(Nessie): 스코틀랜드 인버네스에 있는 호수인 네스호(湖)에 산다는 괴물.

그냥 놔두면 모든 걸 포기하고 그 자리에 주저앉을 판이다.

"사장님, 이대론 안 되겠습니다. 지금부터는 우리가 이들을 인솔해야 할 것 같습니다."

정 부장의 말에 신형섭 사장이 고개를 끄덕인다.

"흐음, 그런 듯하군. 한데 누가 앞장서겠는가?"

"제가 앞장서지요."

사장의 말에 한 발짝 앞으로 나온 사람은 현수이다.

"자네가……? 자넨 안 되네. 무슨 일이라도 당하면……."

어찌 말속에 담겨 있는 뜻을 모르겠는가!

그렇다 하여 다른 사람에게 위험한 일을 맡겨선 안 된다는 생각을 했다. 아무도 모르지만 자신이 이들 중 가장 강하지 않은가! 그렇기에 단호한 음성으로 대꾸했다.

"사장님! 저뿐만 아니라 누구에게나 목숨은 소중한 겁니다. 그리고 지금은 그런 걸 따질 때가 아닌 것 같습니다. 게다가 전 특수부대 출신입니다."

"특수부대? 자네가……?"

사장은 모르고 있었던 사실이라는 듯 반문한다.

인사기록 병역란에 적혀 있기엔 육군 만기 제대라 쓰여 있었을 뿐이기 때문이다.

"네, 대한민국에서도 몇 되지 않은 특수부대 출신입니다."

"오……! 자네가……?"

"네, 그러니 제가 선두에 서겠습니다."

사장은 특수부대라는 말에 특전사라 불리던 공수특전대를

생각했다. 곁에 있던 정 부장은 북파공작원을 양성한 HID 출신이 아닌가 생각했다. 해군 출신은 UDT를 생각했고, 공군 출신은 CCT를 떠올렸다.

현수는 국방과학연구소 소화기개발팀이라는 진짜 특수부대를 제대했다. 사병이라곤 사격 특기자 2명뿐인 특수부대 중의 특수부대인 것 맞다.

그전에 있던 부대는 27사단 이기자 부대의 수색대였다. 당연히 보통의 육군보다는 조금 고된 훈련을 받기는 했다.

어쨌거나 특수부대라는 말 한마디에 모든 것이 정리되었다.

선두에 현수가 서고 한참 뒤를 오뚜기 부대 출신인 정 부장이 따르기로 했다. 신형섭 사장과 일행은 그 뒤를 따른다.

그리고 맨 마지막에 겁에 질린 콩고민주공화국 군인들이 따르는 것으로 결정되었다.

그런데 이의 제기를 한다.

자신들이 신형섭 사장 일행보다 앞에 가게 해달라는 것이다. 맨 뒤를 따르다 공격당할까 두렵다는 것이다.

결국 그들의 뜻대로 하였다.

선두인 현수는 정 부장보다 훨씬 앞서 밀림을 헤치며 나아갔다. 단독으로 척후 노릇을 한 것이다.

이런 이유는 일행을 안전한 곳으로 이끌기 위함이다.

그렇기에 사람들의 시선이 미치지 못하는 곳에 있을 때마다 플라이 마법을 써서 주변을 살폈다.

군대에 있는 동안 배운 독도법[9]을 활용하니 길 찾는 것은

---

9) 독도법(讀圖法): 지도가 표시하고 있는 내용을 해독하는 법.

그리 어렵지 않았다.

일행이 비교적 안전하다 판단되는 곳에 당도한 것은 해가 뉘엿뉘엿 지려는 무렵이었다.

"정말 수고했네."

"네에. 감사합니다."

사장의 치사에 겸양을 부리진 않았다. 긴 말 하고 싶지 않음이다. 이는 피곤해서가 아니다.

이곳에 당도하기 전 플라이 마법으로 사방을 살필 때 모켈레 무벰베라는 놈을 본 듯하기 때문이다.

"오늘은 이곳에서 야영을 하시죠."

"그러겠네."

이제 상황을 주도하는 것은 콩고민주공화국의 군인들이 아니다. 한국인들이 나서서 그들을 다독여서 이곳까지 왔다.

오는 동안 별다른 사건이 없어서인지 공포로부터 상당히 많이 풀려난 듯하다. 하나 완전히 사라진 것은 아니다.

그렇기에 한국인들의 지시에 따라 움직이고 있다.

정 부장이 나서서 경계 근무자들을 배치했다.

여섯 방위 중 하나를 맡아 경계를 서는 것이다. 콩고민주공화국 군인들도 여섯으로 나눠 배치하였다.

그리곤 식사 준비를 했다. 부산한 움직임이 계속되는 동안 현수는 슬그머니 일어섰다. 그리곤 밀림 속으로 들어갔다.

'어디 어떤 놈인지 구경이나 한번 해볼까?'

"퍼펙트 트랜스페어런시! 플라이!"

투명 마법과 비행 마법을 동시에 구현시키고는 아까 보았던 곳으로 날아갔다. 일행이 야영하려는 곳으로부터 적어도 3㎞ 이상 떨어진 곳이다.

'어라? 웬 연기지?'

한참을 날아가는데 앞에서 연기가 피어오른다.

'이런 밀림 속에도 마을이 있나?'

의아한 표정을 지은 현수가 허공에서 몸을 세웠다.

캬아앙! 크르르릉! 캬아아웅! 크르릉!

우지직! 빠각! 빠지지직! 콰당탕탕! 와르르르! 쿠웅!

"아악! 케엑! 끄윽! 으아악! 켁!"

목불인견이란 말은 이런 때 쓰는 것이 합당하다는 예를 보여주는 듯한 일이 벌어지고 있다.

콩고민주공화국 군인들의 말처럼 머리에서 꼬리까지 길이가 30m쯤 되는 괴물 한 마리가 난동을 부리고 있다.

거대한 덩치 아래엔 놈의 무자비한 공격을 피해 이리저리 몰려다니는 사람들이 보인다.

바닥엔 배가 터져 죽은 사람, 두개골이 깨져 허연 뇌수가 터져 나온 사람들이 즐비하였다. 대강 훑어봐도 30명이 넘는다.

희생자의 대부분 노인이거나 연약한 여인들이다. 바라보는 순간 또 하나의 사람이 놈에게 밟혀서 죽는다.

빠각!

두개골 깨지는 소리이다.

"뭐야? 이런 쳐죽일……!"

현수는 얼른 땅으로 내려섰다.

두 가지 마법을 구현시키고 있는 가운데 또 다른 마법을 삼중으로 구현시키기엔 마나가 부족했기 때문이다.

만일 이곳이 아르센 대륙이었다면 어쩌면 가능한 일일지도 모른다. 하나 이곳은 마나가 희박한 지구이다.

그렇기에 남아 있는 마나로 놈을 제압하려 마법을 푼 것이다.

그리곤 아공간에서 멀린의 스태프를 꺼냈다. 마법의 효율을 극대화하기 위함이다.

2m 50cm쯤 되는 스태프의 끝에는 초록빛을 내는 마나석이 끼워져 있다. 현수는 이것을 들고 마법을 구현했다.

"마나여, 놈의 움직임에 제약을 가하라. 모션 스톱!"

캬르르르릉! 캬릉! 캬르릉! 크와아아악! 캬르르르르릉!

마법이 구현되자 괴물의 움직임이 현저하게 둔화되었다.

갑작스럽게 움직임이 제 뜻대로 되지 않자 괴물은 괴성을 지르며 속박으로부터 벗어나려 머리를 흔들었다.

잠시 후, 놈의 움직임은 다시 원상으로 되돌아갔다. 덩치가 워낙 커서 힘이 좋아 이런가 보다.

"어쭈……! 이놈 봐라?"

마법으로부터 벗어나는 모습을 보자 호승심이 인 현수가 보다 높은 써클의 마법을 준비했다.

"마나여, 놈에게 혹독한 추위를 선사하라. 블리자드!"

휘이이이잉—!

블리자드가 시전되자 풍속 55노트(약 시속 100km)의 강풍이

괴물에게 쏟아져 갔다. 바람이 쏟아져 가는 곳은 시야 거리가
10m도 되지 않는다. 이로 인해 괴물이 느끼는 체감온도는 영
하 60° 이하가 되었을 것이다.

캬악! 캬악! 캭!

놈은 혹독한 추위가 엄습하자 얼른 몸을 웅크렸다. 하나 어
찌 영하 60° 의 추위를 얇은 비늘로 막아낼 수 있겠는가!

"이놈아! 그건 시작이었다. 더블 블리자드!"

고오오오오—!

"캭! 캬악! 캭!"

몸통을 두 부분으로 나눴을 때 머리와 꼬리 쪽으로 각기 하
나의 블리자드가 시전되었다.

놈은 꿈틀거리며 어떻게든 맹추위로부터 벗어나려 했다. 하
나 갑작스레 둔해진 몸은 여전히 마법의 범위 안에 있었다.

"한 번 더! 블리자드!"

휘이이이잉—!

"캬악! 케엑! 켁!"

모켈레 무벰베라 이름 붙은 괴물은 피할 수 없는 혹한에 서
서히 얼어들었다. 입김을 내뿜던 입가에 고드름이 맺힌다. 그
와 동시에 두 개의 눈알 또한 얼어붙기 시작했다.

"캬르릉! 캬릉!"

괴물은 기력이 쇠한 노인의 가래 끓는 소리 비슷한 힘없는
소리를 내고 있었다.

빠직! 빠지직!

두 개의 눈알 안에 있던 수분이 얼면서 팽창을 했고, 이로 인해 눈알이 얼어 터지는 소리가 난다.

엄청난 통증을 느꼈을 법한데 괴물은 발버둥을 치거나 별다른 소리를 내지 않았다.

이는 놈의 내부까지 얼어붙었기 때문이다.

다시 말해 발버둥을 칠 수 있도록 힘을 쓸 근육까지 얼어붙었다. 소리를 내는 성대 또한 얼어붙었다.

"이게 마지막이다. 블리자드!"

휘이이이잉—!

"……!"

이번엔 아무 소리도 내지 않았다. 숨이 끊어진 것이다.

현수의 마법이 구현되는 동안 괴물의 공격을 받던 사람들은 몸을 숨긴 채 현장을 목격하고 있었다.

하나같이 멍한 시선이다.

남위 5° 이내인 곳인지라 일 년 내내 여름인 이곳의 정글이 허옇게 얼어붙어 있으니 어찌 놀라지 않겠는가!

"흐음! 이놈의 사체도 아르센에 가져가면 혹시 돈이 될까?"

열대우림 기후지대인 이곳이라면 며칠도 지나지 않아 부패하면서 악취를 뿜어낼 것이다.

그렇기에 모켈레 무벰베의 사체를 챙길 생각을 한 것이다.

"흐음, 덩치가 너무 커서 아공간에 넣으려면 조금 올라가야겠군. 플라이!"

현수의 신형이 둥실 떠오르자 원주민들의 눈이 더 이상 커질 수 없을 정도로 커진다. 날개도 없는 사람이 손발도 휘젓지 않았건만 하늘로 날아오르니 어찌 놀라지 않겠는가!

그러거나 말거나 전능의 팔찌에 마나를 불어넣었다.

"가져가서 안 산다면 버리면 되겠지. 이놈아, 아공간으로 들어가렷다! 아공간 오픈!"

엄청난 덩치를 지닌 괴물이 허공에서 사라지는 모습을 본 원주민들은 정신을 차릴 수 없는 모양이다.

정보 습득을 위한 서로간의 대화도 없이 멍한 시선으로 바라보던 어느 순간 누군가가 바닥에 엎드리며 소리친다.

"아아, 신이시여……!"

"오오! 신이시여……! 고맙습니다."

"신이시여……! 감사하나이다."

오십여 명이 엎어지는데 걸린 시간은 불과 10초 남짓하다.

극도의 경외심을 담았는지 고개조차 들지 못하고 '신이여, 우릴 구원해 주셔서 감사하나이다'라는 말만 반복하고 있었다.

'하긴 이 사람들 눈엔 내가 신으로 보이겠지. 후후!'

현수는 부상자가 있나 확인했다. 죽은 이들은 있으나 어디가 부러져서 신음하는 사람은 아무도 없다.

너무 심하게 짓밟혀 아예 몸이 땅 속에 박힌 채 죽은 이들이 대부분이었던 것이다. 현수는 도움 줄 일이 없기에 말없이 허공을 날아 일행이 있는 쪽으로 이동했다.

이 일로 인해 아프리카 전역엔 '얼음의 신'이 나타났다는 소문이 빠르게 번져 간다. 공용어인 프랑스어로 'Dieu de la glace' 라 불리는 신이 나타난 것이다.

전해지는 말에 의하면 신은 길다란 지팡이 같은 것을 휘두르며 중얼거리는데 그럴 때마다 차디찬 냉기가 엄습한다.

이로 인하여 오랜 세월 동안 재앙 덩어리였던 모켈레 무벰베가 얼어 죽었다.

또한, 신묘한 솜씨로 놈의 사체를 허공에서 사라지게 하였다. 그리곤 하늘을 훨훨 날아 어디론가 사라졌다.

신이 하늘로 오르고 난 뒤 확인해 보니 마을 하나 정도에 차디찬 냉기가 가득하였다. 너무도 추워서 아랫니와 윗니가 달그닥거리는 소리를 낼 정도로 덜덜 떨어야 했다.

누가 들어도 황당한 이야기이다.

더구나 무식하기 이를 데 없는 원주민들의 말이니 외국인들은 이를 믿지 않고 웃어 넘겼다.

일부 호기심을 가진 이들이 이 마을을 방문했을 때는 소문이 나기 시작한 지 이미 한 달쯤 지난 뒤이다.

따라서 모든 것이 정상인지라 헛걸음했다며 투덜거렸다.

하지만 무식하기로 따지면 아프리카 원주민 못지 않은 종족이 이 세상엔 하나가 더 있지 않은가!

이놈들은 골판지를 불려 만두소를 만들고, 오리고기를 염소 오줌에 적셔 가짜 염소고기를 만들어낸다.

뿐만 아니라 가죽 우유, 멜라민 분유, 석회 달걀, 농약 만두, 부동액 치약을 만들어내는 진짜 무식한 놈들이다.

그렇기에 콩고민주공화국에 진출한 지나인들은 이 이야기를 듣고는 고개를 끄덕인다.

그리곤 자기들 방식으로 신의 이름을 번역한다.

빙신(氷神)!

이놈들 때문에 현수는 앞 글자 발음을 조금 길게 하면 욕이 되는 존재가 되는 것이다.

어쨌거나 모켈레 무벰베가 이곳에 출현한 것은 현수 때문이다. 현수가 지나인 저격수 둘을 죽이고 난 뒤 일행에게 이동했을 때부터 그 뒤를 따라온 것이다.

야영장에 도착한 현수는 아무 일도 없었다는 듯 태연한 표정으로 이곳저곳을 돌아다녔다. 먹을 음식을 장만하느라 분주하였기에 어느 누구도 현수에게 관심가지지 않았다.

다음 날, 일행은 또 다시 길을 나섰다. 이번에도 선두엔 현수가 있었다. 가는 동안 아나콘다 세 마리와 악어 여섯 마리를 죽였다. 이번엔 마법이 아닌 총을 사용했다.

그렇게 전진하여 목적지에 당도한 이후엔 딱히 할 일이 없다. 나머진 기술진들이 알아서 할 일이기 때문이다.

며칠 동안 주변을 돌면서 위험이 있는지를 확인해 보았다. 다행히 공사장 인근엔 위험한 맹수가 없는 듯하다.

며칠을 이렇게 지내자 좀이 쑤신다.

"사장님, 사냥을 나갔다 와도 되는지요?"

"사냥……? 누구랑 같이 갈 건데? 나도 갈까?"

"아닙니다. 사장님은 여기서 하실 일이 많지 않습니까? 저 혼자 가겠습니다."

"그래? 그럼, 그러게. 다만 조심하는 것 잊지 말고."

"네에, 물론입니다."

신형섭 사장이 보물인 현수가 홀로 사냥하러 가겠다는 걸 흔쾌히 허락한 것은 지난 며칠 동안 있었던 일 때문이다.

그날은 신형섭 사장도 선두에 있었다. 뒤에서 따라만 오니 왠지 피곤하다는 느낌이 들어 앞으로 온 것이다. 또한 앞에 있어도 큰 위험이 없다 판단하였기 때문이기도 하다.

오전 내내 별일 없이 잘 전진했다.

뱀 몇 마리가 앞에 있었지만 모두 처리되었다. 중간에 맑은 샘을 발견하여 그곳에서 점심 먹고 쉬기도 했다.

오후 4시 경, 정글도로 통로를 만들면서 세심히 주위를 살피던 현수의 움직임이 갑자기 멈춘다.

신 사장은 무엇 때문이냐는 표정을 지었다. 갑자기 멈추면 소리내서 묻지 말라고 신신당부한 때문이다.

현수의 조용한 손짓을 보니 멀지 않은 곳에 표범 한 마리가 웅크린 채 이쪽을 노려보고 있다.

사람 몸통 굵기 정도 되는 나뭇가지 위이다.

사장은 잎사귀들 때문에 여간 조심해서 보지 않으면 알아차릴 수 없을 위치인데 용케도 찾았다는 생각을 했다.

하나 이는 와이드 센스 마법을 사용했기 때문이다.

안 그랬다면 웬만해선 발견할 수 없을 정도로 교묘한 위치에 놈이 있었던 것이다.

무어라 말하기도 전에 현수는 AK—47로 놈의 미간을 단 한 방에 뚫어버렸다. 이것은 군인들로부터 받은 총이다.

현수는 총을 쏘기 전 사장에게 나직이 속삭였다.

"사장님, 놈의 미간 사이가 대략 7~8㎝ 정도 됩니다. 그 사이에 검은 점이 하나 있는데 그걸 겨냥하겠습니다."

타아앙—!

사장이 대답하기도 전에 총알은 발사되었다. 그리곤 놈이 아래로 툭 떨어져 내렸다. 현수가 자리에서 일어나 놈에게 다가가려는 순간 사장이 소리친다.

"이, 이보게! 아직 안 죽었으면 위험하네!"

"압니다. 그리고 괜찮을 겁니다."

신형섭 사장은 두려움 따위는 없다는 듯 성큼성큼 걸어 표범에게 다가가는 현수를 조마조마한 심정으로 바라보았다.

상처 입은 맹수가 더 공격적이고 무섭다는 것 정도는 동물의 왕국을 통해 여러 번 보았기 때문이다.

그러거나 말거나 현수는 망설임없이 표범의 사체로 다가갔다. 그리곤 쪼그려 앉는다.

"사장님, 안전합니다. 이쪽으로 오십시오."

표범 곁에 선 현수가 부르자 조심스런 발걸음으로 다가갔다. 그 사이 현수는 날카롭게 벼려진 대검을 뽑아들고 있었다. 콩고민주공화국 군인으로부터 얻은 것이다.

"여길 보십시오. 미간에 점이 있다고 했지요?"

현수가 가리키는 점은 미간 정중앙에 있는 것으로 지름이 불과 1㎝ 정도 된다. 그런데 그것의 정중앙에 구멍이 나 있다.

말했던 대로 그곳에 총알을 쑤셔박은 것이다.

대한민국 육군의 저격 훈련을 받은 사람다운 솜씨이다.

신형섭 사장이 보고 있는 동안 현수는 표범의 가죽을 벗겼다. 거리가 있었기에 상처라곤 미간의 검은 점 딱 하나뿐이다.

다시 말해 뒤통수엔 구멍이 뚫리지 않은 것이다.

최상급 표범 가죽을 얻게 된 것이다.

"자네, 이런 건 어디에서 배웠나?"

능숙해 보이는 손놀림을 보고 물은 것이다.

"제가 특수부대에 있었다고 했잖습니까. 그때 배운 겁니다."

"군대에서 이런 것도 가르치는가?"

짐승의 가죽 벗기는 것을 배웠느냐는 물음이다.

"아뇨. 교범엔 없는 건데 고참 중에 사냥을 좋아하는 사람이 있어 배워둔 겁니다."

현수는 얼굴색 하나 안 바꾸고 거짓말을 술술 잘도 했다.

이렇게 가죽을 벗기는 법은 케이상단의 알론과 동행했던 용병들에게 배운 것이다.

그러니 사장에게 어찌 그렇다 말할 수 있겠는가!

제법 큰 놈이었는지라 벗긴 가죽은 묵직해서 둘이 들어야 했다. 머리 쪽은 현수가, 꼬리 쪽은 사장이 들었다.

"사장님, 이 가죽은 사장님 댁 거실에 깔고 쓰십시오."

"우리 집 거실에……? 그래도 되겠는가?"

"그럼요. 아프리카까지 오셨는데 기념물이 있어야 하지 않겠습니까? 나중에 할아버지가 되시면 그때 손주들에게 뻥을 치실 거리도 조금은 있어야 하지 않겠습니까?"

"……!"

"전 모르는 척할 테니 사장님께서 잡은 걸로 하십시오."

신형섭 사장은 몹시 마음에 들어했다. 사실 이런 최상급 표범 가죽을 어디에서 얻겠는가!

그 다음 날 이후 둘은 계속해서 선두에 있었다.

어떤 날은 사슴 두 마리를 잡았다. 물론 둘 다 미간을 명중시켰다. 이놈들의 가죽 역시 사장에게 주었다.

호감을 사두어 나쁠 일이 없기 때문이다. 또한 가죽에 대한 욕심이 전혀 일지 않기 때문이기도 하다.

전진하는 동안 현수는 전후좌우에 위치한 짐승들을 잘도 찾아냈다. 위협이 될 만한 것들은 사살했지만 그렇지 않은 것은 겁을 주어 쫓아냈다.

사장은 현수의 능력에 감탄에 감탄을 거듭하였다. 시야가 좁은 밀림이건만 람보 뺨치는 실력을 보였기 때문이다.

그러니 혼자서 숲 속을 돌아다녀도 하나도 위험하지 않을 것이란 생각을 했다.

이렇게 하여 목적지에 도착한 이후엔 딱히 할 일이 없다.

콩고민주공화국 군인들이 두려움과 공포로부터 해방된 뒤엔 알아서 경계 근무를 잘 서기 때문이다.

현수는 이들에게 있어 Un homme sans peur, 즉 '두려움이 없는 사나이'라는 별명으로 불리고 있다.

　어쨌거나 벌써 며칠 째 현장 조사를 하고, 측량을 하는 등 기술자들이 고생하고 있다.

　가지고 온 식량은 넉넉하지만 신선한 육류는 그렇지 못하다. 빨리 상하기 때문에 곡물과 통조림 위주로 준비한 때문이다.

CHAPTER 09
드디어! 바디체인자

며칠 전에 잡았던 사슴 두 마리는 통구이가 되었다.

그 맛이 기가 막혔기에 현수가 사냥 가겠다고 하는데 적극적으로 만류하지 않은 것이다.

"사슴을 잡으면 신호를 하게. 연기가 한 가닥이면 한 마리, 둘이면 두 마리, 이런 식으로 알고 있겠네."

"하하! 네에, 기대하십시오."

"참, 얼마나 있다 올 건가?"

"시간 여유가 많이 있다고 들었으니 여기저기 다녀볼 생각입니다. 현장의 주변 상황을 파악해야 하지 않습니까?"

"그래, 그건 반드시 조사해야 할 일이지."

"조사를 마치면 제가 알아서 복귀할 것이니 기다리지 마십시오. 그럼 다녀오겠습니다."

"알겠네. 조심하게."

사장은 현수의 뒷모습을 한참 동안이나 바라보았다.

"어디서 저런 인재가……! 후후, 내가 운이 좋은 거겠지? 딸이 있으면 사위라도 삼고 싶은 녀석이군."

사장은 의미심장한 표정으로 현수의 뒷모습을 바라보았다. 얼마 지나지 않아 현수의 신형은 정글 속으로 사라졌다.

그리고 약 20분이 지난 후 연속해서 두 발의 총성이 울린다. 작업하던 사람들의 시선이 쏠렸음은 당연하다. 그로부터 다시 30분쯤 지난 후 두 가닥 연기가 피어오른다.

콩고민주공화국 군인들이 가서 사슴 두 마리를 가져왔다. 이번에도 깔끔하게 가죽이 벗겨진 채이다.

이들이 되돌아오기 직전 또 두 발의 총성이 울린다. 그리고 얼마 후 네 가닥 연기가 올라왔다.

총성은 두 발뿐이었는데 네 마리가 잡혔다는 신호를 보냈기에 고개를 갸웃거렸다. 아무튼 그 수에 맞춰 사람들을 보냈다.

이번에 잡힌 것은 숲멧돼지[10] 두 마리이다. 워낙 무게가 많이 나가기에 연기를 더 피웠다고 한다.

숲멧돼지를 운반하고 얼마 지나지 않아 또 한 발의 총성이 울렸다. 그런데 이번엔 연기가 다섯 개나 올라온다.

뭔가 큰 놈이 잡힌 것이다. 가서 확인해 보니 아프리카 영

---

10) 숲멧돼지(Hylochoerus meinertzhageni):아프리카 동부와 서부에 분포하는 큰 멧돼지. 몸길이 1.6~1.8m, 어깨 높이 80~110cm, 몸무게 100~250kg이다. 털은 갈색과 검은색이고, 센털이 있다. 열대림에 서식한다.

양(Antelopes)이다.

아프리카 영양은 대부분 초원지대에서 살지만 드물게 깊은 숲에 서식하는 놈이 있다는데 그놈이 잡힌 것이다.

게다가 잡힌 놈은 몸무게가 1,000㎏에 육박할 정도로 큰 놈이다. 이 정도면 며칠 동안은 충분한 육류 공급이 될 것이라면서 더 깊은 곳으로 가보겠다고 하였다.

현수는 잡은 동물들의 가죽을 모두 벗겨서 넘겨주었다. 그래야 보존 마법의 효과가 오래가기 때문이다. 열대림 한복판이라곤 하지만 냉장고에 넣어둔 듯 며칠 동안은 끄떡없을 것이다.

모두가 떠난 후 현수는 결계를 펼치기 알맞은 곳을 찾았다. 그런데 아주 커다란 나무 하나가 보인다.

판타지 소설을 읽어보면 엘프들의 보살핌을 받는 세계수[11]라는 거대한 나무가 등장한다.

그것처럼 여겨질 정도로 큰 나무이다. 꼭대기까지의 높이가 70m쯤 되고 사방으로 뻗은 가지도 엄청 많다.

이것의 중간쯤 되는 높이, 그러니까 약 35m 정도 되는 부분엔 잎사귀들이 얼마 없다.

햇볕을 받을 수 없는 부분이기 때문일 것이다.

이 나무가 만드는 그늘 부분은 거의 모두 풀밭이다. 햇볕을 받을 수 없어 다른 나무들이 성장하지 못하기 때문이다.

---

11) 세계수:생명의 나무 또는 성수(聖樹)라고도 함. 라틴어로는 Arbor Vitae 또는 Lignum Vitae로 표기함. 모든 민족, 문명의 미술에 나타나는 생명 상징의 하나. 나무형은 양식화되어 생명의 나무 무늬를 이룸.

올라가 보니 괜찮은 듯 싶다. 하여 결계를 치고 안에 들어갔다. 아공간에 거의 모든 생활용품이 들어 있기에 빈 몸이지만 마법 수련을 시작한 것이다.

이번 수련은 7써클을 8써클로 올리기 위한 수련이 아니다. 단순한 수련으로 얻을 수 있는 경지가 아니기 때문이다.

기존에 익히고 있던 마법을 조금 더 능숙하게 펼치고, 아직 수련되지 않은 마법을 추가로 익히기 위함이다.

현수의 마나량은 7써클이 분명하다.

그런데 같은 7써클이라 할지라도 비기너와 유저, 그리고 익스퍼트와 마스터로 구분된다.

다시 말해 4단계로 구분된다는 것이다.

현수가 보유한 마나량은 분명 7써클 마스터에 해당된다. 하나 2% 부족함이 있다.

다시 말해 7서클 마스터가 되기는 했지만 완전한 것이 아니라는 것이다. 같은 7써클 마스터라 할지라도 또 다시 비기너와 유저, 그리고 익스퍼트로 구분할 수 있다.

다시 말해 7써클에만 모두 12단계가 있다는 것이다.

이중 마지막에 해당되는 7서클 마스터 익스퍼트가 되어야 진정한 7써클 마법의 위력을 낼 수 있다.

그제야 8써클에 오르기 직전쯤 되는 것이다.

현재의 수준으로 따지자면 비기너와 유저 사이쯤 된다 할 수 있다. 그럼에도 희미하게나마 8번째 써클이 존재하는 이유는 멀린의 마나심법이 워낙 고효율이기 때문이다.

아무튼 결계 안에서 마나심법을 조금 더 연마하여 완전함을 이루기 위해 수련에 돌입한 것이다.

"이번 기회에 힐 마법과 생활 마법도 능숙하도록 해야지. 참, 이실리프 마법서도 살펴봐야겠지? 좋아, 이실리프여, 열려라!"

주문과 함께 마법서가 허공에 둥실 떠오른다.

손바닥을 표지에 대니 부드러운 황금빛이 잠시 일렁이는가 싶더니 표지가 열린다.

전에도 이실리프 마법서를 읽은 바 있다. 하나 그때는 목차 부분에서 원하는 페이지를 찾아 읽는 정도였다.

그 전에도 일독한 바 있기는 하나 그것은 정독이 아니었다.

대충 어떤 것들이 있다는 것을 살피는 수박 겉 핥는 식으로 읽어본 것이 전부이다.

현장에 있는 기술진들이 말하길 앞으로도 적어도 한 달은 현장 조사를 해야 한다고 했다.

현수는 수학과 출신이라 건축 또는 토목과 관련된 특별한 기술이 없다. 따라서 사냥해서 신선한 고기를 제공하는 것을 빼면 할 일은 아무것도 없다.

고등학교를 졸업한 이후 나름대로 치열하게 세상을 살았다. 공부할 시간을 쪼개 알바를 하면서 등록금을 마련하려 애썼다. 이런 삶이 몸에 배어 있는데 어찌 빈둥거리며 지내겠는가!

아무튼 외부에서 한 달이라면 결계 안에서는 15년에 해당된다. 이 정도 시간이면 어쩌면 원하는 경지에 이를 수도 있을 것이라 판단하였기에 일행을 떠나온 것이다.

어쨌거나 현수의 수련은 시작되었다.

"호오, 이런 마법도 있었군! 으음, 이건 유용하겠는데?"

마법서를 읽어가면서 현수는 고개를 여러 번 끄덕였다.

생각지도 못했던 마법이 너무나 많았고, 그 효용성이 참으로 대단하다 생각되었기 때문이다.

예를 들어, 클린 마법과 워싱 마법이 이에 해당된다.

클린은 1써클, 워싱은 2써클 마법이다. 이를 모르고 있었는데 이번에 알게 된 것이다.

클린은 섬유에 붙어 있는 이물질을 떼어내는 마법이다. 다시 말해 계면 활성 마법이다.

워싱은 공기 중의 수분으로 세탁하는 마법이다.

둘 다 세탁이라는 결과를 내지만 효과는 워싱 마법이 더 좋다. 클린 마법은 찌든 때까지 제거하진 못하기 때문이다.

아무튼 이제 세탁기와는 이별을 해도 좋을 것이다.

두 번째로 현수를 놀랍게 한 마법은 바디 리프레시 마법이다. 예를 들어 완전군장을 하고 100㎞ 행군을 하면 누구든 피로감을 느끼게 마련이다. 이럴 때 이 마법이 시전되면 출발 전과 다름없는 몸 상태가 된다.

현수는 마법을 익히느라 피곤해진 몸에 이 마법을 구현시켰다. 그랬더니 자지 않았음에도 피곤함이 풀려 버렸다.

덕분에 더 많은 시간을 수련에 할애할 수 있게 되어 좋았다.

마법서를 읽지 않는 시간엔 마나심법 또는 운기행공을 하며 오의를 체득해 갔다. 또한 체력 단련도 잊지 않았다.

다행히도 아공간엔 운동기구까지 있었다. 마트에서 가져온 것 같지는 않다. 누군가 쓰던 중고물품이기 때문이다.

런닝머신과 벤치프레스 등 거의 모든 기구가 있었기에 이것을 이용하여 체력 단련을 병행했다.

어느 누구의 방해도 없기에 성취하는 바가 점점 많아졌다.

그렇게 13년이 흘렀다. 외롭고 쓸쓸한 시간이건만 현수는 외로움을 전혀 느끼지 못했다.

불타는 학구열로 마법에 매진한 것이다.

게다가 멀린이 남긴 장서들 가운데 여러 권의 검법서를 얻은 때문이기도 하다. 덕분에 기초 검법부터 소드 마스터의 검법까지 두루 익힐 수 있게 되었다.

하나 소드 마스터가 된 건 아니다. 검법에 대한 깨달음을 얻은 게 아니기 때문이다. 그래도 소드 익스퍼트 상급에 이르게 되었다. 검기를 뿜어내는 경지에는 이른 것이다.

현수의 결계가 쳐진 이후 반경 1㎞ 내에는 짐승들이 다가오지 않는다. 눈에 보이지 않는 아우라 때문이다.

현수가 현장을 떠나온 지 24일 되던 날. 그러니까 결계 안 시간으로 13년 정도 되는 어느 날이다.

마나는 더 이상 찰 수 없을 정도로 가득하다. 그럼에도 현수는 마나심법 삼매경에 빠져 있다.

이실리프의 마법서를 읽어본 바에 의하면 마나를 전부 사용하고 다시 채우기를 반복하다 보면 마나 써클이 더 굵어진다고 되어 있다. 마나 홀로부터 마나 써클에 이르는 통로가 개척되기 때문이다.

마나 써클이 굵어진다 함은 마법의 위력이 더 강해짐을 의미하며, 매우 안정된다는 뜻이다.

다시 말해 잘못된 수식으로 마법을 사용하다가 불시에 발생될 수 있는 써클 붕괴 현상이 일어나기 어려워진다는 것이다.

이렇게 하기 위해 모든 마나를 뽑아서 쓰고, 다시 채우기를 반복하고 있었던 것이다.

처음엔 마나량이 많지 않아 모두 소진하는 것이 어렵지 않았다. 마나 홀의 크기가 겨우 호두알만 했기 때문이다.

하나 수련을 거듭하는 과정에서 마나 홀의 체적이 점점 늘어났다. 덕분에 이를 모두 소진하는 데 걸리는 시간도 늘어났다.

현재의 마나 홀은 송구공보다 약간 큰 정도이다.

이 안에 담긴 마나를 모두 소진하기 위해 현수는 5써클 마법인 퍼펙트 트랜스페어런시 투명 마법을 시전했다.

또한 2써클 와이드 센스와 4써클 플라이 마법까지 구현시켰다. 그리곤 두 시간이 넘도록 결계 안을 날아다녔다.

위력이 강한 공격 마법을 쓰면 보다 빨리 마나를 소진시킬수 있지만 아프리카의 정글을 훼손할 순 없지 않은가!

마지막으로 마나를 모두 소진시키는 데 걸린 시간은 무려 6시간이다. 그리곤 다시 마나심법을 운용하고 있는 것이다.

그러던 어느 순간, 현수의 신형에서 은은한 빛을 발하기 시작했다. 그리곤 도저히 형언할 수 없는 움직임을 보인다.

신체의 곳곳이 동시다발적으로 불룩 솟았다 꺼지기를 반복하기 시작한 것이다. 그러더니 머리카락이 눈에 뜨이게 길어지기 시작한다. 마치 모공에서 밀어내는 듯한 모습이다.

게다가 땀샘이 열리면서 땀이 흘러나오는데 묘한 냄새를 풍긴다. 비릿하면서도 누린 냄새이고, 꼬리꼬리한 냄새이다.

뿐만이 아니다.

체내에서 우드득하는 소리가 계속해서 흘러나온다.

꿈에도 바라던 바디체인지가 시작된 것이다. 무협 소설에선 이를 탈태환골, 또는 환골탈태라 이른다.

전신의 모든 세포가 새롭게 태어나는 것과 마찬가지인 이런 현상은 거의 72시간에 걸쳐서 아주 천천히 일어났다.

일련의 시간이 흐른 뒤 현수의 눈이 뜨였다.

별빛 같은 눈빛이 잠시 반짝이는가 싶더니 이내 평범하게 되돌아갔다.

"으으……! 이거 무슨 냄새야? 흐유, 더러운 냄새! 클린! 클린! 어쭈, 그래도 냄새가 안 빠져? 워싱! 워싱!"

청결 마법을 반복해서 사용했지만 30년 가까이 체내에 쌓여 있던 각종 노폐물 및 독소들이 풍기는 냄새까지 처리하기엔 역부족인 듯하다.

"어휴! 대체 이런 냄새가 왜 나는 거지?"

현수는 자신도 모르는 사이에 똥 또는 오줌을 지렸는지 확인했다. 그런데 이상이 없다.

하여 고개를 갸웃거리고는 의복을 갈아입었다. 냄새나는 것은 3써클 화이트 파이어 마법으로 태워 버렸다.

이것은 대장간의 대장장이들이 쇠를 녹일 때 사용할 만큼 강력한 화력을 뿜어내는 마법이다.

따라서 연기조차 없이 완전 연소가 되었다.

"이제 진짜 7써클 마스터가 된 건가?"

체내의 마나를 확인한 현수의 얼굴엔 환한 웃음이 배어 있었다. 넘실거리는 마나가 너무도 흐뭇했기 때문이다.

그러고 보니 조금 젊어진 듯하다. 바디체인지를 함으로써 25살 남짓한 얼굴이 된 것이다. 게다가 약간 불균형이었던 것들이 거의 완벽한 균형을 이루고 있다.

현수는 왼쪽 눈썹이 오른쪽 눈썹에 비해 약간 위에 있었다. 그리고 말을 하거나 표정을 지으면 한쪽만 유난히 많이 움직여 언밸런스했다.

턱도 좌우가 달랐다. 썩은 이가 많았던 왼쪽은 오른쪽에 비해 갸름했다. 반면 오른쪽은 사각턱에 가까울 정도였다.

코의 구조에도 약간의 이상이 있었다. 그 결과 축농증 증상이 있었다. 그런데 이 모든 것들이 완벽에 가까운 균형을 이루게 된 것이다. 당연히 축농증은 없어졌다.

이밖에 간, 신장, 위, 폐, 담낭, 췌장, 심장 등 모든 장기가 컴퓨터로 치면 최적화 및 초기화되었다.

한 번도 사용하지 않은 신품처럼 된 것이다.

이렇듯 신체의 모든 기능은 최적화되었고, 불필요한 살은 빠져 버렸으며, 근육과 힘줄의 기능은 이전에 비해 거의 3배 이상 향상되었다.

피로 회복 속도도 눈에 뜨이게 달라졌다.

마라톤 풀코스를 뛰고도 불과 10분 정도만 쉬면 피로 물질을 모두 분해할 수 있게 된 것이다.

또 다른 효과는 노화가 억제되었다는 것이다.

현수의 얼굴은 현재 25세 정도로 보인다. 이전에 비해 몇 살은 어려 보이는 것이다.

45살이 되어도 이 얼굴에서 거의 변하는 바가 없을 것이다.

게다가 수명까지 연장되었다.

인간의 평균 수명은 대략 80세 정도 된다.

태어나 조금씩 왕성해지던 기력은 20대에 절정을 이루고 조금씩 줄어든다. 그러다 60세가 넘으면 조금 더 빨리 기력이 쇠약해지다가 80세 정도가 되면 숨을 거두게 된다.

하지만 현수의 경우는 다르다.

생명력이 절정에 있는 20대의 기력과 체력으로 120세까지 살게 될 것이다. 120이 넘으면 조금씩 쇠약해지게 된다.

만일 그 전에 깨달음을 얻어 8써클이 되고, 또 다시 바디체인지하는 기연을 얻게 되면 200년 정도 수명이 늘어난다.

다시 말해 400세까지 살 수 있게 되는 것이다.

이런 경우엔 300세까지 젊음을 유지한다. 나머지 100년 동안 서서히 늙는 것이다.

9써클에 이르러 또 한 번의 바디체인지를 겪으면 수명이

700세로 늘어난다. 600살까지는 젊음이고, 이후에 늙는다.

거의 10써클에 다다랐던 아드리안 멀린 반 나이젤이 662세의 나이로 죽음에 이른 것은 이런 깨달음으로 인한 바디체인지의 효율이 낮았기 때문이다.

하지만 이실리프 마법서에 기록된 내용은 멀린이 늘그막에 깨달은 것들이다. 당연히 평생의 심득이 담겨 있다.

그러니 이전과 다른 결과를 빚는 것이다. 그 결과 중 하나가 바디체인지할 때마다 수명이 더 많이 늘어나게 되는 것이다.

아무튼 7써클 마스터가 된 뒤에도 마나심법을 수련하였으며, 마법 또한 하나하나 익혀갔다. 물론 검법 또한 수련했다.

그렇게 시간은 흘러갔다. 지구 시간으로 28일, 결계 안의 시간으론 거의 14년이 흘렀다.

"이제 거의 갈 때가 되었겠지?"

현수는 결계를 해제하곤 플라이 마법으로 현장까지 고속 이동했다.

"사장님, 안녕하세요?"

"아……! 김현수 씨! 왔는가? 오래 걸렸네."

어디 다친 데라도 없는지 살피는 모습이다. 진실로 걱정했다는 뜻이다. 당연히 기분이 좋아진다.

"네, 조금 멀리까지 갔었습니다. 자, 이거 받으십시오."

"뭔가?"

"우연히 얻은 건데 어떤 보석의 원석 같습니다."

"뭐어? 이게……?"

오는 도중에 제법 시원해 보이는 폭포가 있어 그곳에서 목욕을 했다. 14년 가까이 씻지 않았기에 물이 보이는 즉시 씻은 것이다. 목욕을 마치고 옷을 집어 들려는 순간 다 삭아버린 낡은 가방 하나가 보인다. 현수의 것은 분명히 아니다.

하여 대체 웬 가방인지 싶어 주변을 둘러보았다. 그리 멀지 않은 곳에서 오래된 유해 한 구가 있다.

곁에는 녹이 슬어 형체를 알아보기 힘든 총이 한 자루 있다. 1차 세계대전 이전에나 썼을 법한 총이다.

권총도 한 자루 있었다. 이것 역시 무척 오래된 디자인이다.

가방은 유해를 남긴 사람의 소지품이었던 모양이다.

열어보니 몇 가지 잡동사니와 더불어 무언지 알 수 없는 원석 두 개가 보인다. 그런데 크기가 서로 다르다.

하나는 지름이 2㎝ 정도 되는 것이고, 다른 것은 8㎝ 정도 된다. 다시 말해 왕구슬만 한 것과 어린아이 주먹만 한 것이다.

큰 것은 거의 완전한 구형이다. 햇볕에 비춰보니 반짝이기에 혹시 다이아몬드 원석이 아닌가 싶어 챙겨왔다.

어쨌거나 사장에게 준 것은 둘 중 작은 것이다.

사장은 화들짝 놀라는 표정을 지었다.

다이아몬드 같다는 생각을 한 때문이다. 그리고 원석의 크기가 결코 작지 않았기 때문이기도 하다.

"귀국하시면 공방에 맡기십시오. 참, 제가 잘 아는 곳이 있으니 소개해 드리겠습니다."

현수는 아버지가 근무하게 된 추씨네 공방을 떠올렸다.

상호는 기억나지 않지만 신용있고, 솜씨가 매우 뛰어난 것으로 소문난 사람이다.

"잘 가공해서 사모님께 선물하면 좋아하시겠네요."

"하하, 내가 이런 걸 받아도 되는지 모르겠네."

"이리로 오다가 우연히 발견한 겁니다. 저야 아직 장가도 안 가서 그런 거 줄 아내도 없으니 사장님이 쓰십시오."

"고, 고맙네."

사장은 아주 소중히 원석을 갈무리했다.

"그나저나 이제 현장 조사는 끝났는지요?"

"거의 끝나가네. 정 부장 말로는 내일 모레면 끝이 난다고 하니 기다리는 중이네."

"그간 별일은 없었지요?"

"그럼, 아무 일도 없었네. 가끔 짐승들이 나타났으나 군인들이 총을 쏘아 모두 쫓아냈네."

"그랬군요. 그럼 모레 출발하는 겁니까?"

"아마도……. 근데 온 김에 사슴 몇 마리 잡아오면 안 되겠는가? 가져온 식량이 다 떨어져서 요즘 육식을 너무 못 했네."

"아, 그래요? 알겠습니다. 그럼, 총 한번 쏴보겠습니다."

"조심하게."

"하하, 물론입니다."

다시 숲으로 들어간 현수는 와이드 센스 마법으로 어렵지 않게 사슴을 발견하였다. 웬일인지 네 마리가 모여 있다.

현수는 이전에 사냥했던 때처럼 퍼펙트 트랜스페어런시 마법으로 다가갔다. 그리곤 네 마리 모두에게 마법을 걸었다.

"홀드 퍼슨! 홀드 퍼슨! 홀드 퍼슨! 홀드 퍼슨!"

잠시 후, 네 발의 총성이 연달아 울렸다. 멀리서 듣기엔 속사로 들렸을 것이다.

얼마 지나지 않아 네 줄기 연기가 하늘로 솟는다.

군인들이 왔는데 모두 놀란다. 사슴이란 놈은 매우 민감해서 총소리가 나면 무조건 뛴다.

그런데 한 군데서 네 마리를 사냥했으니 왜 안 그렇겠는가!

사슴들을 가져가고 난 뒤 숲을 조금 더 뒤졌다. 600명이 넘는 인원이 어찌 사슴 네 마리로 배를 채울 수 있겠는가!

와이드 센스 마법을 펼치니 멀지 않은 곳에서 숲멧돼지 두 마리가 휘젓고 있는 것을 알 수 있었다.

이번에도 홀드 퍼슨으로 꼼짝 못하게 하고 총을 쏘았다.

사실 총이 없어도 이 정도 사냥은 우습다. 그럼에도 총을 쏜 것은 어찌 잡았느냐고 물었을 때 대답할 말이 옹색해서였다.

잡고 보니 덩치가 엄청 크다. 현수는 네 개의 연기를 피웠다. 군인들이 당도했고, 그들과 함께 귀환했다.

콩고민주공화국 군인들은 현수에게 극도의 존경심을 표했다.

혼자서 온갖 위험이 가득한 정글 속을 무려 한 달 동안이나 휘젓고 돌아온 것으로 소문났기 때문이다.

게다가 사냥 솜씨는 또 어떤가!

　가죽이 벗겨진 채로 운반되었지만 모두 미간을 쏘아 사냥했다는 것이 알려졌다. 모르긴 몰라도 사격 대회를 나가면 세계 챔피언 정도는 우습게 차지할 것이란 평가이다.

　또한, 내무장관이 아주 특별한 호의와 관심을 가지고 있다는 것도 알려졌다. 그렇기에 현수를 대함에 있어 아주 조심스럽다. 거의 자신들의 상관처럼 대접하고 있는 것이다.

　"미스터 킴! 사냥 솜씨 최고다!"

　"그래? 칭찬해 줘서 고맙다."

　"아니다. 진짜 대단한 사냥꾼이다. 한 자리에서 사슴을 네 마리나 잡는 사냥꾼이 있다는 말은 들어본 적도 없다. 나는 미스터 킴을 진짜로 존경한다."

　"하하, 그래. 고맙다."

　"그래서 말인데, 귀환할 때에도 미스터 킴이 앞장을 서주면 안 되겠는가?"

　"왜……? 모켈레 무벰베가 무서워서?"

　"이런 말하면 부끄럽지만 솔직히 말해 생각만 해도 무섭다. 그러니 앞장을 서줘라. 모켈레 무벰베를 상대할 사람은 이 세상에 미스터 킴밖에 없다."

　"그래, 그래! 알았다. 내가 앞장을 서지!"

　"고, 고맙다!"

　이것이 귀환 과정에서 콩고민주공화국 군인들과 나눈 대화이다. 캠프로 오니 요리 준비가 다 되어 있었다.

신선한 육류를 섭취한 지 오래 되었기 때문이다. 네 마리 사슴과 두 마리 멧돼지는 굽고 찌고 삶는 데 사용되었다.

일부는 훈제되기도 했다.

요리하는 과정을 지켜보던 현수는 양념이 너무 부족함을 알게 되었다. 그간 너무 많이 써서 떨어진 것이 태반이다.

하여 슬쩍 다시다를 꺼내 삶는 국물에 넣었다.

마늘은 급속냉동을 시킨 뒤 이를 가루로 분쇄하여 넣었다. 물론 마법으로 한 것이다. 음식이 완성되자 사람들은 넣지도 않은 마늘 향이 난다면서 아주 맛있게 먹었다.


짹! 째짹! 짹짹짹!

아침이 밝았다. 천지건설의 기술진들은 물론이고 콩고민주공화국의 군인들 역시 텐트를 걷느라 분주하다.

그러고 보니 건설국장 조셉 투윙크가 보이지 않는다.

물어보니 이곳에 도착하고 며칠 지나지 않았을 때 헬기를 타고 귀환했다고 한다. 하긴 일국의 건설국장인데 이런 곳에서 한 달이 넘도록 있을 순 없었을 것이다.

"자아, 이제 출발!"

신형섭 사장은 헬기를 불러 킨샤사까지 갈 수 있음에도 도보를 택했다.

현수의 사냥 솜씨를 바로 곁에서 지켜볼 요량인 것이다.

가는 동안엔 별일이 없었다. 사슴 몇 마리를 더 잡았고, 숲멧돼지도 몇 마리 잡았다.

아나콘다의 습격도 없었으며, 악어도 보이질 않았다.

\* \* \*

"사장님, 고생하셨습니다."

"아……! 이 차장, 오랜만일세. 여기도 별일 없었지요?"

이춘만 과장은 사장 입에서 차장이라는 칭호가 나오자 눈에 뜨이게 밝은 안색이 된다.

"네에. 본사에서 현장 개설 준비를 위한 직원들이 더 온 것 빼고는 별일 없었습니다."

"그랬군요. 아무튼 수고했어요."

"수고라니요. 당연히 할 일을 했을 뿐입니다."

"참, 이제 차장으로 진급했으니 본사로 들어와야지요?"

"아이고, 아닙니다. 사장님! 그렇지 않아도 뵈면 말씀드리려 했는데 저 차장 진급하더라도 여기 그냥 있게 해주십시오."

"네에? 그게 무슨 말입니까?"

"저는 이 공사가 끝날 때까지는 이곳에 있고 싶습니다. 그러니 진급하더라도 귀환 발령은 내주지 마십시오."

"아……! 이 공사의 끝을 보고 싶은 거군요. 오래 걸릴 텐데……. 알겠습니다. 좋은 자세입니다. 그리하도록 하지요."

"감사합니다."

말은 이렇게 했지만 이춘만 과장, 아니, 이춘만 차장의 내심은 다른 데 있다. 월급보다도 더 짭짤한 부수입을 올릴 기반을 겨우 닦았다. 그걸 잃고 싶지 않은 것이다.

킨샤사에 당도한 다음 날, 현수와 사장 일행은 내무장관과 회동했다. 이전에 펼쳐놓은 참 어펜시브 마법의 영향력 덕분에 대화는 화기애애했다.

측량할 것은 거의 다 측량되었고, 공사를 위한 기초 자료는 모두 준비되었다. 이제 견적을 내는 일만 남았다고 했다.

내무장관은 35억 달러를 넘지 않는 선에서 공사비를 제시해 달라는 당부를 했다.

그래야 대통령에게도 면이 서고, 자신의 자리를 노리는 다른 이들의 견제를 피할 수 있다는 것을 솔직히 고백했다.

뇌물은 바라지도 않는 눈치이다.

하긴 현수가 있는데 어찌 뇌물 달라는 생각을 하겠는가!

현재의 내무장관은 현수에게 되도록 많은 것을 주고 싶은 마음뿐인 상태이다. 그렇기에 회담은 아주 순조롭게 끝났다.

나중의 일이지만 사장은 본사로 돌아가 공사비 견적을 받아 보곤 의아한 표정을 지었다.

35억 달러면 충분하고도 남기 때문이다.

이는 지나건축공정총공사가 공사비를 의도적으로 부풀려놓은 때문이다. 깎아달라고 할 것을 감안하여 값을 높여놓은 것이다. 뿐만 아니라 콩고민주공화국 주요 인사들에게 갈 뇌물 액수도 포함되어 있다.

물론 자신들이 취할 막대한 이득 또한 포함되어 있다.

벨기에 등 다른 나라에서 들어왔던 견적 또한 다르지 않았던 모양이다. 가난한 나라 콩고민주공화국을 벗겨먹을 심사인 듯하다. 그렇기에 공사비가 아무리 적게 들어도 35억 달러는 드는 것으로 알고 있는 것이다.

사장은 고품질, 정밀 시공이 되도록 설계 변경을 지시한다.

그 결과 공사비는 결국 내무장관이 요구한 35억 달러 수준으로 맞춰진다. 그 결과 콩고민주공화국은 애초에 생각하던 것보다 한 단계 업그레이드 된 발전소와 댐을 얻게 된다.

기존의 물막이 댐과 달리 다목적으로 활용할 수 있게 되기 때문이다.

발전소 역시 발전량이 대폭 증가하는 효과를 얻게 된다.


"김현수 씨! 본사로 가면 곧 발령을 낼 것이니 여기서의 일을 잘 마무리하게."

"네, 알겠습니다."

"그럼 본사에서 만나세."

"네, 살펴서 가십시오."

사장 일행이 떠나고 난 킨샤사 지부는 썰렁했다. 북적이던 사람들이 마치 썰물처럼 물러간 것이다.

여기 왔던 기술진들 대부분은 다시 이곳으로 오게 될 것이다. 조금이라도 이곳 사정을 아는 사람들이기 때문이다.

또한 이곳에서의 공사가 매우 중요하기 때문이다.

공사가 거의 확정되었으니 일단 귀국하였다가 챙길 것들을 챙긴 후 다시 오게 될 것이다.

그렇기에 킨샤사 지부엔 다시 둘만 남게 되었다.

사장 일행이 출국한 후 내무장관과 현수뿐인 단둘의 회담이 있었다. 이 자리에서 내무장관은 콩고민주공화국의 건설에 현수가 중재자 역할을 해주었으면 좋겠다는 의견을 냈다.

돌려 말하자면 여기 와서 건설사를 차려서 운영하라는 것이다. 물론 뒤를 돌봐주겠다는 뜻이 포함되어 있다.

하나 현수는 이를 고사하였다.

마법으로 사람을 현혹시켜 놓은 상태에서 개인의 이득을 챙기는 것이 부도덕하다 여긴 때문이다.

그럼에도 천지건설에서 공사를 수주할 수 있도록 한 것은 국가 차원의 이득이 되기 때문이다.

이곳의 공사를 수주함으로써 작게는 회사의 이익이 되겠지만 크게 보면 상당히 많은 사람들이 이득을 본다.

좁아터진 국토에서 건설사끼리 대가리 터지는 경쟁을 하지 않아도 충분한 이익을 볼 수 있다는 예를 보였으니 다른 건설사들도 해외 공사에 보다 적극적으로 나서게 될 것이다.

당연히 고용이 늘어날 것이니 청년 실업 문제에도 영향을 줄 것이다. 뿐만 아니라 세수가 늘어날 것이니 국가 재정도 좋아진다. 하나 개인이 이렇게 하여 이득을 본다면 하는 생각을 해보니 조금 양심에 찔려 고사한 것이다.

# CHAPTER 10
뭘 해서 돈을 벌까?

전능의팔찌
THE OMNIPOTENT
BRACELET

　다음 날, 그리고 또 다음 날도 내무장관은 현수를 불러들였
다. 그리곤 콩고민주공화국의 이모저모를 보여주었다.

　많은 외국인들이 킨샤사에서 돈을 벌어들인다. 그들보다는
현수가 버는 것이 더 좋으니 돈 될 만한 것을 찾으라는 뜻이
다. 그리곤 시작만 하면 밀어주겠다고 큰소리쳤다.

　하나 현수가 본 것은 돈 될 만한 것이 아니다. 어두운 콩고
민주공화국의 현실을 본 것이다.

　부익부 빈익빈이 너무 심하다. 극히 일부만 잘 먹고 잘 살
뿐 대다수 국민들은 끼니를 걱정할 정도로 어려운 삶을 살고
있다. 게다가 대통령의 독재도 문제이다.

　인권 따윈 애초부터 없다는 듯 무소불위의 권력을 휘두르고

있다. 그러는 사이에 권력에 빌붙은 빈대 같은 인간들이 국민들을 착취하고 억압하는 것이 보였다.

게다가 다른 종족에 대한 심한 반감이 문제라는 것을 피부로 느낄 수 있을 정도였다.

대대적인 수술을 하지 않으면 언젠가는 곪아서 터질 종양이 곳곳에서 자라고 있음이 보인 것이다.

그러니 어찌 돈 될 만한 것이 보이겠는가!

어쨌거나 신형섭 사장은 출국하기 직전 이 차장에게 곰베(Gombe) 지역으로 지사를 이전하라는 뜻을 내비쳤다.

곰베 지역은 킨샤사에서 가장 번화한 거리로 큰 회사나 외교 단지 등이 있는 곳이다. 또한 한국의 이마트 비슷한 킨 마트도 있고 삼성 대리점도 있다.

뿐만 아니라 광물자원부 청사 같은 관공서들도 있는 지역이다. 따라서 상당히 안전한 곳이라 외국인들은 주로 이곳에서 머문다.

사장의 뜻이기에 이 차장은 곰베 지역에 사무실을 얻었다. 하나 숙식마저 그곳에서 하는 것은 아니다.

그간 거래하던 사람 대부분이 이곳에 있기 때문이다.

사무에 필요한 집기를 모두 옮기고 밤이 깊어갈 무렵 현수와 이 차장, 그리고 마투바는 맥주를 마셨다.

이 차장은 프리무스(Primus)라는 맥주를 좋아하고, 현수는 뮤칭그(Mützig)라는 맥주를 주로 마신다. 둘 다 르완다에서 만든 맥주인데 맛이 매우 좋다.

마투바 역시 뮤칭그를 더 좋아한다.

프리무스보다 프리미엄맥주로 맛이 깔끔하면서도 쓴맛이 조금 더 강하기 때문일 것이다.

"마투바! 마투바는 어떤 종족에 속해? 후투족이야? 아님 투치족이야?"

"왜요?"

"그냥 궁금해서."

"킨샤사에 사는 사람 가운데 대부분은 투치족이고, 가난한 사람들은 그 밖이에요. 특히 후투족은 정부로부터 탄압을 받고 있지요. 미스터 킴이 보기에 난 어때요?"

"뭐가?"

"부자인지, 가난한지 묻는 거예요."

"마투바는 가난하잖아."

"우리 아빠와 오빠들은 반군에 가담했다는 이유로 죽었어요. 그럼 제가 속한 종족이 뭔지 알겠어요?"

"그럼… 후투족이야?"

"그럴 수도 있지만 아닐 수도 있어요. 한 가지 확실한 건 투치족은 아니라는 거예요."

현수는 대화를 하는 동안 왠지 거리감이 느껴졌다. 그러던 어느 순간 번뜩이는 생각이 스쳤다.

'아……! 내가 내무장관 가에탄 카구지랑 친하게 지내서 그러는 거구나.'

마투바는 아마 후투족일 것이다. 그것도 그냥 후투족이 아니라 탄압받는 후투족일 것이다.

그런데 현수가 투치족의 핵심 인사 가운데 하나인 가에탄 카구지와 가까이 지내는 것이 못마땅하여 이처럼 냉랭하게 대하는 모양이다.

지금껏 좋았던 관계를 일부러 망가뜨릴 이유는 없기에 화제를 돌렸다. 그리곤 맥주를 마시다 잠이 들었다.


다음 날, 현수는 킨샤사의 이곳저곳을 둘러보았다.

현수의 주변엔 네 명의 보디가드가 따라다녔다. 사장이 붙여준 호위들이다. 이들의 무장은 모두 우지 기관총이다.

몇몇 껄렁패들이 외국인인 현수를 먹잇감으로 생각하고 접근했다가 이들에게 호되게 당했다. 총이 없었기에 망정이지 만일 총을 들이댔다면 순식간에 벌집이 되어버렸을 것이다.

킨샤사의 치안이 워낙 나쁘기 때문에 이럴 경우 대부분 정당방위를 인정받기 때문이다.

그러거나 말거나 현수는 돈이 될 만한 것들을 찾았다. 가장 좋은 것은 식량이다. 늘 식량이 부족한 국가이기 때문이다.

하나 먹는 걸로는 돈을 벌고 싶지 않았다.

굶주려서 뼈만 앙상하게 남은 아이들의 모습을 보고 어찌 그런 생각을 하겠는가!

하루 종일 돌아다녔지만 소득이 없었다. 다음 날도 마찬가지이다. 그러는 동안 여러 생각을 하게 되었다.

물론 어찌하면 많은 돈을 벌 수 있을지다.

기왕에 벌 거면 다다익선(多多益善)이다. 하여 그 방법을 모색했으나 뾰족한 수가 나지는 않았다. 아직은 사회경험이 일천하기 때문이다.

그러던 중 아르센 대륙을 떠올렸다.

지구의 산물을 아르센 대륙으로 가져가 팔고, 그곳의 산물을 가져와 이곳에서 취급하는 것을 생각해 보았다.

가장 먼저 생각난 것은 뛰어난 효과를 보인 회복 포션이다. 그러려면 수없이 많은 트롤들을 죽여서 피를 받아내야 한다.

물론 아르센 대륙엔 상당히 많은 트롤들이 있다.

사람을 잡아먹기도 하는 놈이니 이놈들을 죽이는 것은 양심에 가책 받을 일은 아니다. 문제는 지구에서 필요로 하는 만큼을 얻을 수 있을지다. 그러려면 수백만 마리를 도축해야 하는 상황이 될 것이다. 생각만 해도 삑적지근하다.

하여 고개를 가로저었다.

다음으로 생각한 것은 지구에서 만든 물건들을 아르센 대륙으로 가져가 돈으로 바꾸는 것이다.

황금으로 바꿔서 가져오면 되는데 문제는 환전성이다.

대한민국에서 많은 양의 금을 처분하는 것은 세무당국의 시선을 받는 일이 되기 때문이다. 그래서 이건 포기했다.

그러던 중 아드리안 공국의 위기에 생각이 미쳤다.

스승인 아드리안 멀린 반 나이젤 후작의 부탁이었으니 공국의 위기는 반드시 해소시켜 줘야 한다.

문제는 그쪽의 상황도 아직 다 파악하지 못했고, 상대가 얼마만 한 힘을 지녔는지도 모른다.

적이라 할 만한 나라가 무려 셋이나 된다. 이런 상황임에도 우호적인 세력은커녕 사람조차 없다.

한 주먹이 아무리 강하다 해도 한꺼번에 들이닥치는 열 주먹을 감당하긴 어려운 법이다.

내 한 몸의 안위야 어찌할 수 있다 하지만 공국 왕가와 귀족들, 그리고 백성들까지 모두 책임지기는 어려운 것이다.

따라서 여러 개의 주먹을 가질 방법을 강구해야 한다.

미판테 왕국은 아드리안 공국을 공격하는 나라 중 하나이다.

그런 미판테의 귀족이지만 테세린의 영주인 로니안 자작부터 내 사람으로 만들 생각을 했었다.

하여 여러 물건을 아낌없이 꺼내 놓은 바 있다. 적국에 비수한 자루를 준비해 두는 것이라 생각했다.

잘한 일인지 여부는 나중에 두고 봐야 알 것이다.

아르센 대륙에서 아는 사람이라곤 알베제 마을 사람들과 케이상단의 알론 및 상인 몇과 용병들, 그리고 올테른의 영주인 마이스진 백작과 테세린의 영주 로니안 자작 일가뿐이다.

굳이 더 꼽자면 얀센 부부가 있다.


불가(佛家)에선 인연을 매우 중요시한다.

전생에 일천겁을 같이 한 인연은 같은 나라에서 태어나게 만들고, 이천겁의 인연은 한 도시에서 태어나게 한다.

하루 동안 동행하는 것은 삼천겁의 인연이 있었기 때문이고, 사천겁의 인연이 쌓이면 하룻밤 동숙하게 된다.

오천겁의 인연이 쌓이면 1리(400m) 이내에 살게 되고, 육천겁의 인연은 친구지간이 되게 만든다.

형제는 무려 칠천겁이나 되는 인연이 있었어야 한다.

팔천겁은 부부지간, 구천 겁은 부모와 자식의 인연으로, 마지막 십천겁의 인연은 스승과 제자 사이로 만나게 된다.

여기서 1겁이란 가로, 세로, 높이 40리(16km)인 공간에 겨자씨를 가득 채우고, 10년마다 겨자씨 한 알씩 끄집어내어 텅 비게 되는 세월을 뜻한다. 참고로 겨자씨 하나의 크기는 지름이 1~2mm 정도밖에 되지 않는다.

아무튼 불가에선 옷깃만 스쳐도 인연이 있었기 때문이라고 한다. 그렇다면 완전히 다른 세상인 아르센 대륙을 방문하여 만난 사람들 모두 어떤 인연이 있었기 때문일 것이다.

그들부터 내 사람으로 만들 필요가 있다.

아직 구체적인 복안은 없다. 하나 내 세력을 만들어야 한다는 것만은 분명하다.

휘하에 마법사들을 양성하는 것은 약간의 문제가 있다. 시간이 너무 많이 소요되기 때문이다.

직접적인 전투를 수행할 검사들은 이에 비하면 시간이 덜 걸린다. 하나 이들을 역시 소드 익스퍼트 급 이상으로 성장시키려면 시간이 필요하다는 것이 문제이다.

그렇다 하여 현대의 무기를 지급한 병사들을 양성하고 싶지는 않다. 일종의 반칙이기 때문이다.

결국 용병 쪽으로 시선을 돌렸다.

이미 어느 정도 수준에 있는 자들을 골라 조금만 더 코치해 주면 쓸 만한 전력이 될 것이다.

문제는 돈이 많이 필요하다는 거다. 그렇기에 하인스상단을 만들었다. 하나 그것만으론 부족하리라 여겨진다.

따라서 조금 더 많은 돈을 모을 방법을 강구해야 한다.

"차암, 여기나 거기나 돈 벌기 정말 어렵군."

현수는 머리를 흔들었다. 복잡한 상념을 털어내려는 무의식적인 몸짓이다.

\* \* \*

삐이꺽―!

"아, 왔는가? 잘 왔어, 나 좀 도와주게."

"네? 무슨 일 있어요?"

"아니, 무슨 일이 생긴 건 아니고⋯⋯. 여길 좀 보게."

이춘만 차장이 보여준 곳엔 많은 상자들이 차곡차곡 쌓여 있었다. 컨테이너 네 개를 붙여놓은 것만 한 공간이 가득 찰 정도이다.

"아니, 이게 다 뭡니까?"

"뭐긴, 용돈 벌이 하려고 한국에서 수입한 거지."

"아, 그래요? 이번엔 뭘 가져오셨습니까?"

현수는 별 관심이 없었기에 시큰둥한 표정으로 물었다. 하나 이 차장의 눈빛은 반짝이고 있었다.

"약일세."

"약이요? 무슨 약을 이렇게 많이……."

"여긴 병원도 변변치 않고, 약국 또한 찾기 힘든 곳이네. 하나 가난하게 살다 보면 다치는 사람도 많고, 응급상황도 많이 발생하지. 그런데 약을 구할 수가 없어."

"그래서 약방 차리시려구요?"

"수입해 온 약에 대한 건 내가 제일 잘 아니 그렇게 해야 하지 않겠나? 이곳 사람들에게 맡기면 약 좋다고 남용하고, 약 모르고 오용하지 않겠어?"

"그렇긴 한데 약사 면허 있어요?"

"한국에서야 그게 필요하지만 여기선 그런 거 없어도 되네."

"정말요?"

현수가 진짜냐는 표정을 지었다.

"그래. 효능이 입증된 약을 조제 없이 파는 것이 조건이네."

"아, 그래요?"

"그래. 그래서 이 옆의 건물을 빌렸네. 거기에 선반 같은 건 다 만들어놨는데 이 약들을 분류하려니까 너무 힘이 들어. 마투바는 아무리 설명해 줘도 이해를 못하네. 그러니 자네가 좀 도와주게."

"그러죠. 제가 어떻게 도우면 되죠?"

"소화제는 소화제끼리, 항생제는 항생제끼리 뭐 이런 식으로 분류해 주면 되네."

"네, 알겠습니다."

현수는 이날부터 다다음날 늦은 시각까지 분류 작업을 했다.

작업하는 동안 몇몇 사람들이 소문을 들었다면서 약을 사러 왔다. 대부분 항생제와 진통제를 구입해 갔다.

이야길 듣자 하니 킨샤사엔 열 개의 약방이 있다.

일곱 군데는 벨기에인이 하는 곳이고, 다른 세 군데는 시누아가 운영하는 곳이라 한다.

시누아란 프랑스어로 'chinois'라 쓰는데 '지나인'이라는 뜻이다. 그런데 이 말은 한국에서 '짱꼴라'라 칭하는 것처럼 비하하는 뜻이 담겨 있다.

지나인들에 대한 인식이 좋지 않기 때문이다.

어쨌거나 벨기에인이 운영하는 곳은 모두 번화가인 곰베 지역에 몰려 있다.

이들은 주로 외국인 상대로 장사를 한다.

또한 곰베 지역 대형병원에 직접 납품하기 때문에 일반인을 대상으로 한 판매에 적극적이지 않다.

콩고민주공화국은 1908년부터 1960년까지 벨기에의 식민지였다. 따라서 현지인들을 얕잡아 보기 때문이다.

그래서 현지인들과의 거래는 그리 활성화되지 않았다.

굳이 현지인들과 거래하지 않아도 막대한 이익이 발생되기 때문일 것이다.

지나인들이 운영하는 나머지 세 곳은 너무 비싸다고 한다.

이런 상황에서 한국인이 운영하는 곳이 새로 생긴다는 소문이 마타디 항으로부터 흘러나왔다.

천지건설 킨샤사 지부장이 대량의 약을 수입했다. 물론 적법한 절차를 밟은 것이다.

현수가 정글 속에서 수련하는 동안 내무부 문턱이 닳도록 드나들어 간신히 얻은 허가이다.

당연히 현수에 대한 내무부 직원들의 호감이 작용했다.

안 그랬다면 어림도 없었을 것이다. 지난 10년간 단 한 건의 약방 허가도 없었다는 게 이를 반증하는 것이다.

아무튼 킨샤사의 인구만 1,500만 명이다.

이들을 대상으로 딱 열 군데 약방에서 약을 파니 수입이 어떻겠는가!

내무부 관리들은 그간 각각의 약방으로부터 적지 않은 뇌물을 챙겨왔다. 따라서 그들의 눈치를 볼 수밖에 없다.

뇌물을 받았다는 투서라도 들어가면 쫓겨나기 때문이다.

그럼에도 이 차장에게 약방 허가를 내준 것은 내무부 고위 관료들이 적극적이었던 때문이다.

아무튼 약효가 입증된 약이라는 증명은 대한민국의 제약사들로부터 받은 서류를 제출함으로써 해결되었다.

통관작업을 할 때 이춘만 차장은 개인이 약방을 개설할 계획이라는 말을 무심코 했다. 이것이 소문의 근원인 것이다.

대한민국의 경우 1970년대 초반까지 약방이라는 것이 있었다. 이는 약사 면허가 없더라도 약을 팔 수 있는 곳이다.

매약상 또는 약포라 하여 약국이 없는 곳에 허가를 받아 가게를 열 수 있었다. 물론 조제는 할 수 없다.

이 차장은 임의조제는 할 생각이 없다고 하였다.

약에 대해 아는 게 너무 부족하기 때문이란다. 하여 명칭은 약국이지만 약방 역할을 하는 가게를 열 생각을 한 것이다.

정리를 하는 동안에도 계속해서 약을 사러 왔다. 소문이 조금만 더 번지면 아예 문전성시를 이룰 지경이다.

마투바의 동생들까지 동원해서 정리를 마친 것은 밤 12시경이다. 꼬박 사흘을 정리한 셈이라고 한다.

워낙 종류도 많고 물량이 많았던 때문이다. 대충 살펴보니 소독약과 항생제, 그리고 소염제와 진통제가 많았다.

붕대도 많았고, 반창고도 엄청나게 많았다. 후시딘, 마데카솔 같은 약과 지혈제, 지사제, 해열제 등도 많다.

나름대로 이곳의 상황을 파악하고 물량 결정을 했다고 한다.

현수는 일을 하면서 어떻게 해서 약국의 문을 열 생각을 했느냐고 물었다. 거기엔 세 가지 이유가 있었다고 한다.

첫째, 이 차장 본인의 수입을 올리기 위함이다.

계산해 보니 신발이나 옷을 수입해서 파는 것보다 훨씬 더 많은 돈을 벌 수 있다고 한다. 게다가 팔러 다니지 않고 가만히 있어도 사러 오니 일석이조라 한다.

둘째, 회사 이미지 제고를 위함이다.

적어도 킨샤사에선 천지건설의 이미지가 상당히 좋아질 것은 분명하다.

물론 부작용이랄지 폭리 같은 것이 없을 때의 일이다.

셋째, 킨샤사 사람들을 돕기 위함이다.

세상엔 많은 약이 있지만 이곳은 의약품이 턱없이 부족한 곳이다. 게다가 엄청나게 비싸다.

그렇기에 약값을 저렴하게 책정하였다.

사실 한국에서의 소비자 가격과 별반 다르지 않다.

그럼에도 지나인들이 하는 약국의 절반, 벨기에인의 약국에 비해선 3분의 2 수준이다.

이들이 폭리를 취하고 있음이 분명하다는 증거이다.

아무튼 이곳의 서민들에게도 혜택이 돌아갈 수 있도록 함으로써 박리다매를 통해 세 마리 토끼를 모두 잡겠다는 것이다.

이 순간 현수의 뇌리로 스치는 상념이 있었다.

'그래……! 이거야.'

순식간에 서너 가지 생각이 떠오른다. 하나 이를 구체화시키지는 않았다. 아직은 더 상황을 살펴봐야 하기 때문이다.

하지만 한 가지 확실해진 것은 있다. 앞으로 어떤 방향으로 행보할 것인지가 이 순간에 결정된 것이다.

다음 날, 약국 문이 열리자마자 사람들이 줄을 섰다.

새로 수입한 약이며, 가격 또한 매우 저렴하다는 소문이 밤새 번진 모양이다.

혹시 약이 떨어질까 싶어 그러는지 질서 문란 행위가 있었다.

이것은 우지 기관총을 든 네 명의 호위가 선글라스를 쓴 채서 있는 것만으로 금방 해결되었다.

잘 나가는 품목을 보니 소독약과 항생제, 그리고 소염제와 진통제가 대부분이다.

아침 7시에 문을 연 약방은 밤 11시가 되어서야 닫았다. 하루 종일 그야말로 손님이 끊이지 않았다.

이춘만 차장은 싱글벙글이다.

문을 연 첫날 순수익만 한국돈으로 약 300만 원이기 때문이다. 이는 혹시 약이 떨어질까 싶어 뭉텅이로 사가는 사람들이 있었기 때문이다.

아주 냉정하게 계산해 보았을 때 하루 수입은 대략 50만 원 꼴로 예상된다고 했다. 워낙 싸게 팔기 때문이다.

물론 가게 임대료 및 점원 급여, 가게 유지비 및 세금 등을 제외한 순수한 수입이다.

이 차장은 욕심부리지 않겠다면서 사람 좋은 웃음을 지었다. 사실 마음만 먹으면 더 많은 돈을 벌 수 있을 것이다.

그럼에도 그러지 않는 것은 본래의 취지 때문이란다.

과연 복 받을 만한 사람이라는 생각에 고개를 끄덕이며 미소 지어주었다.

다음 날은 아예 인산인해가 되었다.

소문이 번지고 번진 때문이다. 당연히 엄청나게 장사가 잘

되어 현수까지 나서서 도와주어야 했다.

뿐만 아니라 마투바와 동생들까지 나와서 도왔다. 점심은 못 먹었고, 저녁 식사는 가게 문을 닫은 밤 11시 이후에 먹었다.

너무도 피곤한 하루였기에 이 차장은 돈을 세다 잠들어 버렸다. 하루 종일 어디가 아파서 왔느냐고 묻고 거기에 알맞은 약을 찾아주는 일을 했으니 피곤할 만도 하다.

"마나여, 피곤한 몸에 활기를 불어넣어라. 바디 리프레쉬!"

마법이 시전되자 잠꼬대를 하며 웅크리고 있던 이 차장이 몸을 바로 하며 고른 숨을 내쉰다.

내일 아침은 아마 몹시 상쾌할 것이다.

현수는 컴퍼터블 템퍼러처 마법까지 구현시켜 실내 공기를 시원하고 상쾌하게 만들어주었다.

그리곤 가부좌를 틀고 운기행공을 시작했다. 바디체인지 이후 잠을 자지 않아도 되기 때문이다.

고요히 앉아 들숨과 날숨을 조율하며 대기 중의 기를 받아들였고, 이를 전신에 유포시켜 조화를 이루게 하였다.

물론 마나 집적진 위에서의 행공이다.

환골탈태 이후 이런 운기행공은 아주 자연스럽게 되었다. 무협 소설에 흔히 등장하는 전신 대맥은 모두 타통된 상태이다.

다시 말해 기경팔맥은 물론이고, 임독양맥과 생사현관마저 뚫려 있다. 이 밖에도 세맥과 잠맥 또한 타통되어 있다.

그럼에도 무협 소설에 등장하는 주인공처럼 강맹한 무력을 내지 못하는 것은 기의 활용법을 모르기 때문이다.

또한 그에 걸맞은 무공을 모르기 때문이기도 하다.

이를 해결하기 위해 잠 대신 운기행공을 시작한 것이다.


"아아! 상쾌해."

"기분 좋으세요?"

"그래, 오랜만에 아주 푹 잔 기분이야."

이춘만 차장은 환한 웃음을 지었다.

"네에, 오늘은 어떨까요?"

"오늘? 오늘도 미어터지겠지? 그나저나 예상보다 매출이 좋아서 수입 물량을 조금 더 늘려야겠어."

"그래요? 그럼 그러세요."

"아침 식사는 내가 준비하지. 자네가 문 좀 열어줄 텐가?"

"네에. 그러지요."

밖으로 나온 현수는 많은 사람들이 웅성거리는 모습을 보고 이상하다는 생각을 했다.

어제와 약간 다른 분위기였기 때문이다. 그러거나 말거나 가게 문을 열려는 순간 군중 가운데 하나가 소리친다.

"네놈이 이 가게 주인이냐?"

"누구십니까?"

대뜸 반말로 말을 붙여온 자는 퉁퉁한 체구의 동양인이다.

"나……? 진 대인이라 한다."

"진 대인……? 그럼, 지나[12]인이시오?"

"이놈! 지나인이라니, 대중화민국을 뭘로 보고."

"중화는 무슨……! 그리고 이놈이라니요? 제가 댁보다 나이는 어리지만 우린 초면입니다. 예의를 갖추십시오."

"네 이놈! 긴말할 것 없다. 지금 당장 가게 문 닫아라."

"가게 문을 닫으라니요? 무슨 이유 때문입니까?"

"망할 놈의 이 가게 때문에 내 장사가 안 된다. 그러니 문을 닫으란 말이다."

"무슨 말도 안 되는……. 야. 진가야!"

"무어라? 진가……?"

"그래, 진가 네가 뭔데 남의 가게 문을 닫아라 마라야? 이 가겐 엄연히 당국으로부터 정식 허가를 받은 약국이야. 그런데 왜 니가 뭔데 문을 닫으라고 하냐?

"뭐, 뭐어……?"

스스로를 진 대인이라 칭한 놈은 오십 정도 되는 나이이다. 그런데 한눈에 보기에도 이제 겨우 스물다섯 살쯤 되어 보이는 새파랗게 젊은 놈이 대놓고 말을 하니 바르르 떤다.

분노의 화염에 휩싸였다는 뜻일 것이다.

하나 현수가 이놈의 사정을 봐줄 이유가 뭐가 있는가!

"네 가게가 망할 것 같으니까 닫으라고? 그건 내가 알 바가

---

12) 지나(支那):본래의 화하족은 배달한국의 식민생활을 하던 민족이다. 한자 표현을 보면 가지(支) 나라(那)이다. 다시 말해 곁가지 국가. 어디론가부터 갈라져 나온 나라라는 뜻이다. 이들이 갈라져 나올 국가는 신시배달한국밖에 없다. 요즘 스스로를 세상의 중심이란 뜻에서 중국(中國)이라 하지만 우리가 그래 줄 이유는 하나도 없다. 따라서 본래 명칭인 지나라 부르는 것이 옳다.

아니잖아? 안 그래? 닫으려거든 장사 안 되는 네 가게나 닫아. 이 빌어먹을 개빽다구야!"

말을 마친 현수는 더 들을 것도 없다는 듯 가게 문을 열었다. 그럼에도 사람들이 가게 안으로 들어서려 하지 않는다.

진 대인이라는 놈이 데리고 온 덩치들 때문인 듯하다. 보아하니 예닐곱 명쯤 되는 듯하다.

현수를 노려보고 있는데 명령만 떨어지면 득달처럼 달려들 기세이다. 현수는 이들을 바라보고는 피식 실소를 지었다.

그리곤 안에 있던 호위들을 불렀다.

"어이, 미스터 주렙! 여기 문제 생겼어."

"네, 보스! 어떤 놈들입니까? 말씀만 하십시오. 아예 벌집을 만들어 버리겠습니다."

철커덕—!

우지 기관총의 노리쇠를 후퇴, 전진시켰다.

장전을 한 채 사방을 둘러보자 현수를 잡아먹을 듯 노려보던 놈들이 주춤거리며 물러선다.

한때 세계 헤비급 챔피언이었던 마이크 타이슨이라 할지라도 기관총 앞에서는 쪽도 못 쓰는 법이다.

두 주먹만 믿고 진 대인이라는 놈을 따라왔던 놈들은 겁먹은 표정으로 군중 속으로 파고들었다.

홀로 남겨진 진가가 노려보고 서 있다.

"어이, 진가! 넌 안 가냐? 가서 가게 문 닫아야지. 안 그래?"

"치잇, 두고 보자."

"두고 보긴 뭘 봐? 두고 보자는 놈 치고 변변한 놈 못 봤다. 앞으론 이 앞에 알짱거리지도 마. 알았냐? 이 짱꼴라야!"

"이이익……!"

진 대인이라는 놈은 화가 났으나 기관총이 무서워 발작할 수가 없었다. 현수에게 달려드는 순간 불을 뿜을 것이고, 현수 는 정당방위로 방면될 것이 뻔하기 때문이다.

"꺼져라! 냄새나는 지나인아!"

"지나인이 아니라 대중화인민공화국 국민이다."

"개가 껌 씹는 소리하지 말고 꺼져. 미스터 주렙! 이 친구 안 가고 버티는데 저쪽에 좀 치워줬으면 좋겠어."

"네, 보스! 알겠습니다. 즉시 그렇게 하지요."

진 대인이라는 놈은 주렙이라는 덩치에게 질질 끌려간 뒤 내동댕이쳐졌다.

현수가 자신보다 훨씬 연장자인 것이 분명한 진가를 이처럼 매몰차게 대한 것은 어제 들은 이야기 때문이다.

진가는 약방을 차려놓고 아주 비싼 값에 약을 판다. 상처 때 문에 죽을 지경이 된 환자가 와도 돈을 내지 않으면 절대 약을 내주지 않았다. 뿐만 아니라 고리대금업도 겸하고 있다.

돈을 빌려갔는데 갚지 못하면 두들겨 패는 것은 기본이라고 한다. 가족 중에 반반해 보이는 여자가 있으면 겁탈하기도 했 고, 심지어 노예로 팔아치우기까지 했다.

고리대금업만으로도 벌을 줄 판인데 거기에 성폭행과 인신 매매까지 했다는 뜻이다.

이러니 어찌 좋은 낯으로 대해주겠는가!

놈들이 사라지고 난 뒤 가게는 또다시 문전성시를 이뤘다. 날마다 매상 신기록이 세워지고 있는 것이다.

저녁나절 현수는 가게 밖으로 나왔다. 이 차장이 평소 안면이 있던 교민 부인들에게 도움을 청했기에 풀려난 것이다.

'진 대인이라는 놈, 욕심 사납게 생겨서 뭔가 일을 저지를 놈이야. 그냥 놔두면 안 될 놈이지.'

장사를 하면서 틈틈이 지나인의 가게가 어디에 있는지를 물어두었기에 그곳으로 향했다.

저녁 9시. 서울 같으면 이제 술자리 중반에 접어들 시각이다. 하나 전력 사정이 좋지 않은 킨샤사는 어둠에 잠겨 있다.


"진 대인 약포? 가지가지 하는군."

약방에 간판이라는 것이 달려 있다. 생철판에 페인트를 칠해 만든 것이다. 그런데 이곳 사람들에 대한 배려라곤 눈곱만큼도 없다. 한자로만 글씨를 써놓은 것이다.

가게의 문은 열려 있다. 불도 켜져 있다. 주변엔 아침에 보았던 덩치 가운데 하나가 어슬렁거리고 있다.

이 차장의 약국은 여전히 문전성시이다. 그런데 이 가게에는 손님이라곤 씨가 말랐다.

하긴 비싸고, 불친절한 이 가게에 누가 오겠는가!

"퍼펙트 트랜스페어런시!"

투명 은신 마법을 펼친 뒤 가게 안에 발을 들여놓았다.

아무렇게나 정렬된 약들이 보이는데 한눈에 보기에도 제법 오래된 듯싶다. 하나를 들어 살펴보니 유효기간이 지났다.

'약국이 없는 곳인데 왜 이렇게 오래된 약이 있지?'

현수는 고개를 갸웃거렸다. 약이 없어서 못 파는 곳이기 때문이다.

사실 진 대인이라는 놈은 지나에서 유효기간이 지난 약들을 싼값에 수거하여 이곳에서 비싼 값을 받고 팔았다.

약효가 있든 없든, 부작용이 생기든 말든 돈만 벌면 된다는 지나인 특유의 탐욕을 부린 것이다..

현수가 어찌 이런 속사정까지 알 수 있겠는가!

이때 누군가의 목소리가 들린다.

"그러니까 오늘 밤, 싸가지없는 한국 놈이 하는 그 가게에 불을 지르란 말이지요?"

"그래. 두 시쯤 불을 지르면 될 거야. 그리고 기다리고 있다가 놈들이 불을 끄겠다고 나오면 이걸로 쏴서 죽여 버려."

"보수는……?"

"100달러면 어때?"

"몇 명을 죽이는 건데요?"

"듣자 하니 한국인은 둘뿐이라고 하더군."

"그럼 둘 다 죽이라는 말이오?"

"그래. 반드시 확인사살까지 해야 해. 알겠나?"

"당연하오. 대가리 한가운데에 한 방씩 더 쏴주겠소. 근데 죽일 사람이 둘이면 200달러 주시오."

"200달러……? 그렇게는 못 주고, 120달러 주지."

"180달러 주시오."

"150달러! 더 이상은 못 줘. 알겠나? 너 말고도 이 일 시킬 사람은 널려 있어."

"……! 알겠소. 그럼 먼저 반만 주시오."

"아니! 착수금으로 20달러 주지. 일 끝나면 나머질 받을 수 있을 거야."

CHAPTER 11
용서받지 못한 자

"쳇, 알겠소. 그거라도 주시오."

"자, 여기……! 참, 그 가게에 제법 반반한 계집이 있다더군. 그년은 산 채로 끌고 오게."

"얼마 주시겠소?"

"30달러 더 주지."

"좀 적은데……. 30달러에 술 한 병 더 주시오."

"좋아, 그렇게 하지. 참, 총은 다 쓰고 돌려줘야 해."

"알겠소. 그렇게 하지요."

대화를 마치고 사내 하나가 일어선다. 그런 그의 손에는 권총 한 정이 들려 있다.

'내가 이럴 줄 알았어.'

잠시 후, 진 대인이라는 놈은 쫄다구들을 시켜 가게 문을 닫았다. 그리곤 씻지도 않은 채 이부자리 속으로 들어간다.

돼지우리에 지나 놈과 돼지를 집어넣으면 돼지가 나간다고 한다. 너무 더러워서 그런다는 것이다. 그런 지나 놈 아닐라까 봐 발은 물론이고, 이빨도 안 닦고 잠자리에 든 것이다.

현수는 잠시 기다렸다. 어깨들이 물러날 시간을 주기 위함이다. 그렇게 5분쯤 지나자 사방이 고요하다.

남의 목숨을 빼앗으로고 살인 청부를 한 놈은 마음 편히 잠을 청하려는지 눈을 감고 있었다. 어떤 성품의 소유자인지 확실히 알 것만 같다.

'나쁜 놈! 명년 오늘이 네놈의 제삿날인 건 알아?'

현수는 가까이 다가가 마법을 구현시켰다.

"홀드 퍼슨! 보이스 익스토션(Voice Extortion)!"

몸은 꼼짝도 할 수 없을 것이고, 목소리도 봉인되었으니 이제 더 이상 저항하거나 말하지 못할 것이다.

"으으윽……!"

진 대인이라는 놈은 갑작스럽게 가위에 눌린 듯 꼼짝도 할 수 없고, 목소리조차 낼 수 없자 화들짝 놀라며 눈을 떴다.

그 순간 현수의 나직한 음성이 들린다.

"마나여, 빛을 밝혀라. 라이트!"

현수의 음성에 따라 주먹만 한 구체가 실내를 조명하자 자칭 진 대인이라는 놈은 놀라는 표정을 지었다.

전구가 없는 곳에서 불이 밝혀졌기 때문일 것이다.

"어이, 냄새나는 지나 놈! 내 얼굴 보이나?"

"으으! 으으으……!"

"잘 보인다고? 내가 누군진 알지?"

"으으! 으으으……!"

"조금 전에 날 죽이라고 살인 청부를 했지?"

"으으! 으으으……!"

"아니라고……? 짜식! 어디서 거짓말을……! 내가 다 보고 있었는데. 사실대로 말해. 날 죽이라고 했지?"

"으으! 으으으……!"

"니가 누굴 죽이라고 한 건지는 알아?"

"으으! 으으으……!"

"아……! 어찌 아느냐고? 그래, 몰랐을 수도 있겠다. 그럼 지금부터 네가 누굴 죽이라고 살인 청부를 했는지 가르쳐 주지. 마나여, 백열하라. 파이어!"

화르르르륵—!

현수의 손에서 시뻘건 불길이 나타나는가 싶더니 이내 청백색으로 바뀐다.

진 대인이라는 놈의 눈이 화등잔만 해진다. 하긴 마법사를 보았으니 어찌 놀라지 않겠는가!

"후후, 네가 죽이라고 했던 난 지구 유일의 7써클 마스터인 마법사야. 어때? 놀랍지?"

"으으! 으으으으……!"

"그간 못된 짓 많이 했다며? 그래서 지금부터 네놈을 조금씩

지져서 죽여줄 거야. 조금 뜨겁겠지? 하지만 비명은 못 지르지. 왠지 알아? 내가 마법으로 네놈의 음성을 봉인시켰거든."

"으으! 으으으……!"

"말이라도 하게 해달라고? 아니, 너하곤 할 말 없어. 그러니 따끈따끈한 고통이나 느껴봐."

말을 마치곤 화구를 진 대인이라는 놈의 오른쪽 발에 갖다 대었다. 발을 오므리고 싶어도 그럴 수 없는 것이 당황스럽다는 듯 괴상한 표정을 지었다.

그러거나 말거나이다.

"으윽! 으으윽……!"

"조금 뜨겁지? 어때, 네 발에서 느껴지는 통증이……. 네놈 때문에 많은 사람들이 고통을 받았다는 건 알아?"

"으으! 으으으윽……!"

"모르지? 그동안 애꿎은 사람들 데려다 곤장도 치고, 주리까지 틀었다며? 콩고민주공화국에서 사극 찍었냐?"

"으으! 으으으……!"

"게다가 강간에 인신매매까지……! 난 네놈을 살려줄 마음 없어. 시체까지 싹 태워줄게."

"으으! 으으으……!"

"근데 네놈이 지은 죄 중에 제일 큰 죄가 뭔지 알아?"

"으으! 으으으……!"

"흐흐흐, 그건 마법사인 내게 협박을 한 죄야. 그 죄의 대가는 당연히 죽음이지."

"으으! 으으으……!"

진 대인이라는 놈이 계속 소리를 냈지만 현수는 쳐다보지도 않았다. 대신 놈의 가게 곳곳에 불을 지르기 시작했다.

잠시 후 가게는 화염 속에 휩싸였다.

그런 가운데 가장 불길이 충천하는 곳이 보인다. 4써클 마법인 인페르노가 시전된 곳이다.

그곳의 중심엔 진 대인이라는 놈이 있다. 그간 행한 간악함을 처벌하려 산 채로 불태워 버리려는 것이다.

현수가 이렇듯 모질게 하는 것엔 지나인들에 대한 악감정 때문이다. 공사를 따지 못했다고 국가 차원에서 저격을 시도한 놈들이다.

그 결과 아홉 명이 죽고 세 명은 치료 중이라고 한다.

이런 놈들에겐 결코 관용을 베풀지 않겠다 생각하고 있었기에 산 채로 태워 버린 것이다.

일종의 살인 행위이지만 양심의 가책을 느끼진 않는다.

죽을 만한 놈이 죽은 것이기 때문이다. 어쨌거나 킨샤사에 있던 약방 가운데 하나가 완전 연소되었다.

후진국이라 한국과 같은 감식은 하지 못할 것이다. 따라서 화재 원인은 끝내 밝혀지지 않을 것이다.

그럼에도 증거 하나 찾을 수 없도록 철저히 불태웠다.

다음은 놈에게 빌붙어 많은 사람들에게 피해를 입힌 어깨들 순서이다.

조금 전 놈들이 물러갈 때 북드 슬립(Booked Sleep) 마법을 걸어두었다. 이것은 멀린이 만든 독창적인 마법으로 수면 예약 마법이다. 따라서 지금쯤 깊은 잠에 취해 있을 것이다.

어디 있나 찾아보니 멀리 가지도 못한 채 땅바닥에 누워 잠들어 있다.

"네놈들 역시 죄를 너무 많이 지었어. 하나 목숨을 잃을 정도는 아니라고 생각해. 그러니 평생 한쪽을 절면서 살아봐. 마나여, 이놈들을 마비시켜라. 퍼랠러시스 오브 라이트 레그 엔 핸드(Paralysis of right leg & hand)!"

마나가 스며들자 놈들은 잠깐 꿈틀했다. 하나 잠에서 깨어난 것은 아니다.

아무튼 중풍이라고도 칭하는 뇌졸중에 걸리게 되면 대부분 몸의 왼쪽을 쓰지 못하게 된다.

그런데 현수는 방금 오른쪽을 마비시켰다. 현대의학은 물론이고 한의학으로도 진단조차 할 수 없도록 하기 위함이다.

"하는 짓 봐서 풀어줄 만하면 풀어주지."

말을 마친 현수는 투명 은신 마법과 플라이 마법을 써서 숙소로 되돌아왔다. 또 한 놈을 처리해야 하기 때문이다.


깊은 밤, 조용히 다가오는 사내 하나가 있다.

진가로부터 살인 청부를 받고 온 놈이 분명하다. 한 손엔 휘발유 통, 다른 한 손엔 권총이 들려 있기 때문이다.

살금살금 걸으면서 주위를 살피는 걸 보니 긴장한 듯하다.

그런데 너무 어두워서 그런지 현수가 서 있는 것도 보이지 않는 모양이다. 놈은 현수 앞으로 점점 다가왔다.

그렇게 열 발자국 정도 가까이 다가오자 마법을 걸었다.

"홀드 퍼슨!"

"으윽! 뭐, 뭐야? 으윽! 근데 왜 이러지?"

사내가 당황할 때 권총을 먼저 챙겼다.

베레타 9㎜ M9 권총이다. 벨기에군이 현재 사용하고 있는
놈이다. 탄창을 보니 15발이 그대로 다 들어 있다.

아공간에 권총을 넣으며 놈을 노려보았다. 갑작스레 움직일
수 없어 그런지 당황한 표정이 역력하다.

"빌어먹을 놈! 돈 몇 푼에 사람 목숨을 끊으러 오다니……."

"무슨 소리냐? 사람을 죽이러 오다니……?"

시치미를 떼려는 듯하다.

"헛소리하지 마. 다 알고 있으니까. 그리고 널 보낸 놈은 이
미 죽었어. 그러니 잔금은 지옥에 가서 받도록!"

"왜, 왜 이러느냐?"

"긴말할 거 없다. 텔레포트!"

현수와 살인 청부업자가 나타난 곳은 현장 조사를 나갔다가
처음 사슴을 사냥했던 그곳이다.

갑작스레 정글 한가운데로 이동하게 되자 어리둥절하면서
도 겁먹은 표정이다.

그러거나 말거나 놈을 편평한 초지 위에 세워놓았다.

"재수가 좋으면 살 것이고, 아니면 죽겠지."

인적이라곤 완전히 끊긴 곳이기에 어느 누구도 구원의 손길

을 베풀지 못할 것이다.

"사, 살려줘! 아니, 살려주세요!"

"지랄을 한다. 살면서 무슨 잘못을 저질렀는지 죽을 때까지 반성해라. 텔레포트!"

아무리 발버둥쳐도 마법은 풀리지 않을 것이다. 7써클 대마법사의 마법이기 때문이다.

목소리마저 봉인한 것은 아니니 계속해서 소리를 지를 것이다. 그건 굶주린 짐승들을 불러들이는 소리가 된다.

아무튼 살려달라고 소리를 지르다가 기력이 떨어지면 숨이 멎을 것이다. 그럼 곤충이나 짐승들의 먹이가 된다.

재수없으면 죽기 전에 짐승들이 올 수도 있다. 그럼 맨 정신에 놈에게 뜯어 먹히게 되는 것이다.

돈 몇 푼에 살인 청부를 하러 온 놈이니 관용을 베풀 이유가 없다. 게다가 마투바를 납치하여 넘기려 했다.

그렇기에 이런 조치를 취한 것이다.

"하여간 지나 놈들은……."

자칭 진 대인이라 하던 놈을 죽였지만 현수는 손톱 끝만큼의 죄책감도 느껴지지 않는다.

죽여도 싼 놈을 죽였기 때문일 것이다.

그래도 살인은 살인이다. 그렇기에 냉장고에서 맥주 한 병을 꺼내 잔에 따랐다. 급히 마셔서 그런지 입가에 거품이 묻는다.

소매로 이것을 닦아내곤 잠시 무언가를 생각했다.

마투바는 동생들과 잠들었을 것이다. 이춘만 차장을 보니 오늘도 돈을 세다 잠들었다.

수북한 지폐 속에 머리를 처박고 잠들어 있다. 그래도 돈을 많이 벌어서 기분이 좋은지 세파에 찌든 표정은 아니다.

밖으로 나와 보니 킨샤사 거리는 여전히 암흑이다. 전기 사정이 좋지 않기 때문이다.

"조금 어둡군. 좋아, 마나여 내 눈을 밝혀라. 오울 아이!"

과연 멀린이 만든 마법이다. 마치 환한 대낮인 듯 사방이 훤히 다 보인다.

현수는 낮에 들었던 내용들을 더듬어 킨샤사의 거리를 누볐다. 오늘은 달도 없는 밤이다. 그래서 그런지 너무 어두워 거리엔 불량배들도 보이지 않는다.

곳곳에 촛불을 켜놓고 앉아 있는 놈들도 있었지만 신경 쓰지 않았다. 다가와 시비라도 걸라치면 몇 발짝만 뒤로 빠져도 보이지 않을 정도로 어둡기 때문이다.

"흐음! 여기군."

한참을 걸어 당도한 곳엔 왕가 약포라 쓰인 간판이 보인다. 이곳 역시 지나인이 운영하는 곳이다.

문에는 정사각형 안에 '福'이란 글자를 써놓은 것이 거꾸로 붙어 있다. 이래야 복이 쏟아진다고 믿는 모양이다.

문은 굳게 닫혀 있다.

담장을 보니 높이가 3m를 훨씬 넘는 듯하다.

담장 꼭대기엔 혹시라도 있을지 모를 도둑을 막겠다는 듯 철조망도 쳐져 있고, 맥주병 깨진 것들까지 박혀 있다.

멋모르고 손으로 짚으면 바로 피가 철철 흐르게 될 것이다.

"이런다고 못 넘어갈 줄 알았지? 플라이!"

담을 넘어가니 채소밭이다. 내려설까 하다가 마법을 그대로 유지시켰다. 발자국이 남을 것이기 때문이다.

유령처럼 허공을 날아오르니 집 안 구조가 환히 보인다.

채소밭 안쪽에 손님들이 드나드는 약방이 있다. 그리고 그 바로 뒤에 긴 창고 건물이 있다.

약을 보관하는 곳인 모양이다.

숨소리를 확인해 보니 약방 양쪽의 방에 각기 세 명씩 사내들 여섯이 잠들어 있다.

"너희들은 나중에 보자. 마나여, 애들을 재워라. 슬립!"

잠들어 있던 사내들은 더욱 깊은 잠 속으로 빠져들었다. 이 정도면 천둥 번개가 쳐도 깨어나지 않을 것이다.

약방 안쪽에도 건물이 있다. 그중 하나의 방에서 빛이 새어 나온다. 집 안에 발전기가 있다는 뜻이다.

가까이 다가가니 무슨 소리가 들린다. 하여 방충망 너머에서 안을 들여다보았다.

사내의 등이 보인다. 처음엔 돼지우리인 줄 알았다.

너무도 비대한 몸집의 사내가 홀러덩 벗은 모습으로 앉아 있었기 때문이다.

등판을 보니 하늘로 솟아오르려는 용이 여의주를 물고 있다.

'지나에서 조폭 하던 새끼인 모양이군.'

그런데 돼지 같은 놈이 뭐라고 뭐라고 중얼거린다. 귀를 기울여 보니 놈의 앞에 여자가 있는 모양이다.

워낙 비대하여 보이지도 않았던 것이다.

"야! 이 빌어먹을 년아. 제대로 못해? 앙……?"

철썩―!

"아악! 자, 잘못했습니다. 흐흑!"

"그러니까 제대로 하란 말이야. 네년을 사려고 돈을 얼마나 들였는 줄 알아? 자그마치 100달러나 줬어. 100달러……! 그런데도 이따위로밖에 못해?"

철썩―!

"아악! 자, 잘못했습니다. 흐흐흑!"

"좋아, 더 맞기 싫으면 제대로 해. 이 몸을 황홀하게 만들어 주란 말이야."

"네, 네."

보아하니 인신매매로 여자를 사서 잠자리 시중을 들게 하는 모양이다. 놈의 손에는 채찍이 쥐어져 있다. 여자가 조금이라도 마음에 들지 않으면 가차없이 내려친다.

그때마다 발작적인 비명에 이어 흐느끼는 소리가 들린다.

'도대체 뭘 하는 거야?'

현수에게 관음증은 없다. 그럼에도 대체 뭘 하고 있는지 가늠조차 되지 않아 슬그머니 건너편으로 신형을 이동시켰다.

무협 소설에선 이런 이동을 이형환위라 한다.

유령처럼 반대쪽으로 옮겨가 방 안을 살핀 현수는 이를 악물었다. 돼지 같은 사내 앞에 발가벗은 채 벌벌 떨고 있는 여자 때문이다.

얼마나 맞았는지 등판이며 허벅지, 그리고 종아리에 시뻘건 자국이 남아 있다. 하나 현수가 화를 낸 것은 여자가 맞았기 때문만은 아니다.

"깊은 잠에 빠져들지어다. 슬립!"

마법을 구현시키자 둘 다 그 자리에서 픽 쓰러진다.

주위를 살펴보니 옆방에도 사람들이 있다. 여섯 명이다. 숨소리를 들어보니 잠든 게 아닌 듯하다.

숨소리가 가늘고 긴 것이 미구에 닥쳐올 공포 때문에 숨죽이고 있는 듯했던 것이다.

"너희도 모두 잠들지어다. 슬립!"

마법을 걸자 모두 잠에 빠져든다.

먼저 여섯 명이 있던 방에 들어섰다.

"마나여, 빛을 밝혀라. 라이트!"

환한 빛 속의 광경을 본 현수는 또 한 번 욕지기가 치미는 것을 억지로 참았다.

"이런 개 같은……!"

여섯 명 모두 이제 겨우 열 살쯤 된 여자아이들이다. 모두 발가벗겨져 있는데 몸이 성한 아이가 하나도 없다.

조금 전 현수가 화를 낸 것도 사내 앞에서 울고 있던 열 살 남짓한 여아 때문이었다.

돼지 같이 살이 뒤룩뒤룩 찐 사내놈은 어린 여자아이들을 괴롭히면서 쾌락을 추구하는 변태 새끼인 듯하다.

"하여간 지나 새끼들은……!"

나직이 중얼거린 현수는 주위를 살폈다.

"에이, 개새끼……! 이런 새끼는 아예 알거지로 만들어야해. 마나여, 숨겨진 금속을 찾아라. 메탈 디텍트!"

마법이 구현되자 방 안 여기저기에서 희미한 푸른빛이 발생되었다. 금속이 있는 곳을 나타내는 것이다.

이 빛들 가운데 가장 진한 곳은 돼지 같은 놈이 널브러져 있는 침상 아래였다. 현수는 먼저 여자아이를 들어 다른 아이들이 있는 곳에 내려놓았다.

"비켜, 이 돼지 새끼야!"

퍼억—!

"크윽!"

현수의 발길질에 걸어 차인 사내놈이 비명을 지르며 침상 아래로 굴러 떨어진다.

보통 사람 같으면 엄청난 각력에 잠깐이라도 허공에 치솟았을 텐데 워낙 무거워서 그런지 그냥 굴러 떨어진 것이다.

"깨기는 왜 깨? 잠이나 자빠져 자! 이 돼지 새끼야. 슬립!"

통증 때문에 허리를 잔뜩 웅크리고 있던 사내가 다시 잠에 빠져든다. 과연 탁월한 마법이다.

"도대체 여기에 뭘 감춰둔 거야? 으윽! 이게 무슨 냄새야?"

침대보를 걷던 현수는 토할 것만 같은 냄새에 이맛살을 찌푸렸다. 침대보를 산 뒤에 한 번도 빨지 않은 듯하다.

"하여간 더러운 지나 새끼들이라니까. 에이! 더러운 놈!"

침대보를 걷어 잠든 놈을 덮어버렸다.

그리곤 침대를 옆으로 밀쳐 냈다. 나무로 된 바닥엔 구멍이
뚫려 있다. 손가락을 넣어 위로 들어 올리게 된 것이다.

뚜껑을 열자 여러 개의 상자가 눈에 뜨인다.

"여따가 뭘 감춰둔 거지?"

상자는 모두 자물쇠로 잠겨 있다.

"짜식! 이러면 못 열 줄 알았나 보지? 마나여, 잠긴 것을 모
두 풀어라. 언락!"

철컥! 철컥! 철컥! 철컥! 철컥! 철컥!

상자에 걸려 있던 자물쇠들이 모두 풀리는 데 걸린 시간은
불과 수초이다.

"흐음, 돼지 같은 놈이 대체 뭘 감췄는지 한번 볼까?"

가장 큰 상자는 가로, 세로, 높이 모두 1m쯤 되는 것이다.

철커덩—!

"어! 이게 뭐야. 에이, 이런 변태 같은 놈!"

상자 안에 담긴 것은 변태성욕을 충족시킬 때나 사용할 법
한 것들이다. 도색서적, 가면, 채찍, 수갑, 밧줄 등 각종 성인용
품들이 하나 가득 담겨 있었다.

인상을 찌푸린 현수는 가장 작은 상자를 열어보았다.

"어라? 이건……!"

하얀 가루가 담긴 소포장 비닐봉지들이 차곡차곡 쌓여 있다.

"이건 혹시 마약……? 이 새끼, 이거 인간 말종이었군."

수백 개의 비닐봉지 안에 담긴 것 모두 자신이 쓰려던 것은

아닐 것이다. 그렇다면 킨샤사에서 마약 장사를 했다는 뜻이다. 가난에 허덕이는 사람들까지 마약에 중독시켜 빨아먹겠다는 심보였을 것이다.

"이런, 개새끼가……!"

화가 난 현수는 찌든 내 나는 침대보를 걷어냈다. 돼지 같은 놈은 여전히 깊은 잠에 취해 있다.

얼굴을 보니 탐욕이 덕지덕지 붙은 관상이다.

"네가 한번 당해봐라."

현수는 비닐봉지에 담긴 마약들을 사내의 얼굴 위에 뿌리기 시작했다. 그렇게 삼십여 분쯤 지나자 얼굴 가득 마약 가루들이 쌓이게 되었다. 워낙 얼굴이 컸던 때문이다.

흔히들 히로뽕이라 칭하는 암페타민계 마약은 한꺼번에 많은 양을 흡입하게 되면 사망에 이르게 된다.

그러거나 말거나 얼굴 위에 뿌려댄 것이다.

불과 열 살짜리 여자아이들을 데려다 변태성욕을 채우려던 놈이기에 죽어도 싸다 생각한 것이다.

다음 상자를 열어보니 금괴가 들어 있다. 1kg짜리 100개이다.

나머지 상자 가운데 세 개에도 금괴가 들어 있다.

황금 400kg!

금값이 오르고 올라 한국의 금값은 1g당 6만 원 정도 된다. 따라서 240억 원 정도 된다.

아무리 폭리를 취한다 하지만 약을 팔아선 이 정도까지 모을 수 없다. 그렇다면 마약 판매대금이 포함되어 있을 것이다.

"가만, 안 되겠어. 윈드!"

바람이 불자 사내의 얼굴에 있던 마약들이 스르르 날린다.

"넌, 그냥 죽일 수 없어. 자, 잠에서 깨어나라. 어웨이크!"

"컥컥! 누, 누구……? 어떤 새끼야?"

"이런 십장생이……! 어따 대고 욕이야? 홀드 퍼슨!"

퍼억—!

"케엑! 누, 누구야?"

"시끄러! 일단 매 좀 맞자."

퍽! 퍽! 퍼억! 퍼퍽! 퍼퍼퍼퍽!

"으윽! 케엑! 끄윽! 아악! 켁! 끅! 악!"

걷어차일 때마다 비명을 지른다.

그런데 때리는 맛이 나지 않는다. 워낙 비대하여 마치 반쯤 바람 빠진 풍선을 치는 듯한 느낌이 들기 때문이다.

"안 되겠군. 오토 매직 김렛(Auto Magic Gimlet)!"

슉! 슉슉! 슈슈슈슈슉!

"아악! 아아악! 아악! 아아악!"

마법이 구현되자 길이 10㎝쯤 되는 마법 송곳이 놈의 온몸을 찌르기 시작한다. 당연히 비명이 터져 나온다.

팔짱을 낀 채 저항조차 못하며 비명만 지르는 돼지를 보는 현수의 눈에는 조금의 인정도 담겨 있지 않았다.

놈이 비명을 지르는 동안 다음 상자를 열어보았다.

각종 장부들이 들어 있다. 대강 내용을 살펴보니 이놈도 고리대금업을 했다. 또한 인신매매업을 겸업하고 있었다.

마지막 상자엔 현금과 더불어 차용증이 가득이다.

금괴와 현금은 모두 아공간에 넣었다. 그리곤 잠시 어찌할 것인지를 생각했다.

지나산 저질 약도 이곳에선 유용하게 쓰일 것이다. 하여 모두 꺼내서 약방 앞 공터에 쌓아두었다.

그리곤 입간판 하나를 세워두었다. 누구든 필요한 양만큼 가져가도 좋다는 내용이 쓰여 있다.

약방 옆에 잠든 놈들은 내일 해가 중천에 떠오르도록 깨어나지 못하게 다시 한 번 마법을 걸었다.

따라서 오전 10시 이전에 모든 약들이 사라질 것이다.

일련의 작업을 마치고 돌아와 보니 수천 번이나 송곳에 찔린 상처에서 배어 나온 선혈이 흥건하다.

그래도 아직 숨을 거두진 않았다. 워낙 비계가 두꺼워 그러는 모양이다.

놈이 보관하던 현금 차용증은 모두 화로에 넣어 태워 버렸다.

하나 놈이 이곳 관리들에게 뇌물을 바쳤다는 증거자료인 장부는 놈의 배 위에 올려놓았다.

마지막 장부를 펼쳐 본 현수는 이맛살을 찌푸렸다.

마약 거래장부였던 것이다. 마약을 가져온 곳은 지나이다. 그 공급책은 삼합회 광동지부로 되어 있다.

제법 꼼꼼한지 언제 누구에게 얼마나, 얼마를 받고 팔았는지가 기록되어 있다. 그런데 아는 이름이 보인다.

건설국장 아래에 있는 과장쯤 되는 사내이다.

"흐음, 이건 나중에 봐야겠군."

아공간에 장부를 넣은 뒤 여자아이들이 잠든 방으로 갔다. 둘러보니 넝마에 가까운 옷들이 보여 대강 걸치게 하였다.

깨우지 않고 직접 옷을 입힌 것은 얼굴을 보여줘서 좋을 게 없을 것 같았기 때문이다.

잠든 아이들을 수레에 실었다. 그리곤 경량화 마법과 투명 은신 마법, 그리고 플라이 마법을 동시에 구현시켰다.

흔적을 남기지 않기 위함이다.

숙소 근처로 온 현수는 또다시 상념에 잠겼다. 아이들을 어찌할 것인지를 결정해야 하기 때문이다.

일단 힐 마법으로 상처 치료를 했다.

그리곤 아이들 각자의 옷 속에 돈을 넣어주었다. 킨샤사에서 한 가족이 2~3년은 넉넉히 먹고살 만한 돈이다.

수레는 근처에서 어려움에 처한 아이들을 보살피는 할머니의 집 앞에 세워두었다. 아침에 눈을 뜬 할머니가 자연스럽게 아이들을 거두게 할 요량인 것이다.

다시 놈이 있던 곳으로 가보니 많은 실혈과 다량의 암페타민 흡입으로 죽어 있었다.

문득 영화 제목 하나가 떠올랐다.

용서받지 못한 자!

영화를 보기는 했으나 뭔 내용인지는 기억나지 않는 영화이다. 그럼에도 이 제목이 떠오른 것은 돼지 같은 놈을 용서할 수 없었기 때문이다.

주변을 살펴 증거 될 만한 것들은 모두 제거하였다. 그리곤 유유히 숙소로 되돌아와 잠을 청했다.

"아하암! 아아, 개운해!"

기지개를 켜던 이춘만 차장은 흐뭇하다는 웃음을 지었다. 수북한 현금 때문일 것이다.

약방은 예상보다 훨씬 더 장사가 잘된다. 어제 하루 순수입이 한화로 500만 원 이상이다.

하긴 서울보다도 많은 사람들이 사는 곳이다.

따라서 약품을 취급하는 약방은 대단히 많다. 문제는 거의 대부분이 주술사들이 운영하는 곳이라는 것이다.

다시 말해 확인되지 않은 민간요법제를 파는 곳이다.

효능이 입증된 서양 의약품을 파는 곳은 이춘만 차장의 약방을 포함하여 겨우 열한 곳이었다. 그런데 오늘부로 아홉 곳이 되었다. 이러니 장사가 안 되면 이상할 것이다.

"오늘도 가게 문 좀 열어주겠나?"

"그러지요."

가게 문을 열려고 나가보니 벌써 긴 줄이 형성되어 있다. 본격적으로 소문이 번지기 시작했다는 뜻이다.

"약도 더 많이 필요하고, 사람도 더 많아야 하겠구나."

문을 열자마자 사람들이 들이닥친다. 하나 질서가 무너진 것은 아니다. 인상 험악한 주렙을 비롯한 네 명의 덩치들이 선글라스를 낀 채 문 앞에 서 있기 때문이다.

현수는 이 차장이 아침을 먹을 때까지 약을 팔았다.

그러는 사이에 교민 부인들이 왔다. 말을 들어보니 직원으로 채용했다고 한다. 이 밖에도 원주민 몇이 더 온다.

허드렛일과 심부름을 하기 위함이다.

현지인들을 더 고용하지 못하는 것은 약품 설명서가 한글과 영어로 쓰여 있기 때문이다.

임무교대를 한 현수는 어젯밤 여자아이들을 데려다 놓았던 부근을 살펴보았다. 예상대로 할머니가 아이들을 거둔 듯하다.

복잡한 시내를 한 바퀴 휘돌고 돌아오니 이 차장이 부른다.

"김현수 씨! 본사에서 팩스가 왔는데 귀국하래."

"귀국이라구요? 제가요?"

"그래. 당장 들어오래."

"본래 해외근무는 최소가 6개월이잖아요."

"그건 그래. 한데 이건 특별 케이스야. 이번 공사 수주에 공이 많다고 표창장 준다고 들어오라는 거야."

"아! 그래요? 근데 저 혼자요?"

"아니, 나도 같이 가. 고맙네, 자네 덕에 만년 과장에서 차장으로 진급하게 되었네."

"에이, 고맙긴요."

"마침 잘되었어. 예상보다 약이 잘 팔려서 어쩌나 했는데 이번에 들어가면 거래처 좀 뚫어놔야겠어."

"네에. 그리고 여기도 개인사업자가 아닌 법인으로 바꾸셔야 할 것 같은데요? 수입이 점점 많아지잖아요."

"그렇지 않아도 그럴 생각이네."

"그럼 이제부턴 사장님이라고 불러야 하나요?"

"아이고, 그렇게 부르지 말게. 쑥스러우니."

"하하, 알겠습니다."

"그리고 자네에게 말할 게 있네."

"뭔데요?"

"허가받을 때 자네와의 관계를 팔았네."

현수는 허가 과정에 자신과 내무장관의 친분이 작용했다는 것을 눈치챘다. 그러면 어떤가! 손해 볼 일도 아니다.

"그랬군요. 그럼 어떻겠습니까?"

"고맙네. 모든 게 자네 덕이네."

"고맙긴요. 잘되면 좋은 거지요. 근데 언제 출발이에요?"

"내일 출발하세. 그렇게 하려고 비행기 표 끊어두었네."

"알겠습니다. 그렇게 알고 준비하겠습니다."

"그래, 나는 아니지만 자넨 본사로 발령 날지도 모르니 소지품 다 챙기게."

"그건 아마 아닐 겁니다. 내무부장관과 협의할 일이 앞으로 얼마나 많겠어요. 안 그래요?"

"하긴… 하여간 짐이나 챙기게."

"네에."

CHAPTER 12
표창장 수여식

"어휴! 역시 공기가 탁하구나."

인천공항에서 리무진 버스를 타고 서울로 온 현수는 이맛살을 찌푸렸다. 청정 지역에서 오염 지역으로 이동한 것과 마찬가지로 공기가 탁했던 때문이다.

"일단 집으로 가자."

지하철과 버스, 그리고 택시를 타고서야 집에 당도할 수 있었다. 번호를 눌러 문을 열고 들어갔는데 아주 조용하다.

"어머니……! 어디 계세요? 어머니!"

"아니? 현수야! 너, 언제 왔어?"

"네, 회사에서 들어오라고 해서요. 지금 공항에서 바로 오는 길이에요. 그런데 그간 별일 없었지요?"

"그럼! 너는 어땠니? 몸은 괜찮은 거냐?"

"하하! 네에, 멀쩡합니다. 걱정하지 않으셔도 돼요."

"다행이구나. 어디 보자, 우리 아들!"

어머닌 어디 이상한 데라도 없나 찾으려는 듯 현수의 주위를 한 바퀴 둘러보았다.

"근데 아버지는요? 어디 가셨어요?"

"그래. 오늘은 공방에 출근하시는 날이야. 그나저나 먼 길 오느라 애썼는데 씻고 나서 좀 쉬거라. 참, 배는 안 고프니? 뭐 먹고 싶은 거 있어?"

"그리고 보니 조금 배가 고프네요. 샤워하고 나올 테니 라면 하나만 끓여주세요."

"애! 몸에 좋지도 않은 라면은 왜……? 뭐든 말만 해. 엄마가 금방 만들어줄게."

"아이, 아니에요. 진짜로 라면이 먹고 싶어서 그래요. 거긴 그게 없거든요."

"그래? 하긴 아프리카엔 라면이 없겠구나. 알았다. 후딱 씻고 나오너라. 너 좋아하는 라면 끓여놓으마."

라면이 없기는 왜 없는가! 아공간 속에 1,400만 봉지나 있다. 그럼에도 라면을 청한 것은 번거롭게 하기 싫어서였다.

화장실로 들어간 현수는 마음이 푸근해짐을 느꼈다.

'역시 집이 최고야!'

라면을 먹고 얼마 지나지 않아 아버지가 퇴근하셨다. 생활 걱정이 없어서 그런지 두 분 모두 얼굴이 피신 듯하다.

다음 날, 차를 몰아 천지대학교로 향했다. 이 학교는 서울에 소재한 사학으로 천지그룹이 설립한 대학이다.

회사에도 강당 비슷한 것이 있기는 하나 오늘은 과장급 이상 전원이 집합하는 사상 초유의 날이다.

그런데 그 인원이 만만치 않기에 이곳을 빌린 모양이다.

현수는 표창장 수여식의 장본인인지라 정장을 입었다.

군살 하나 없는 체격이라 그런지 감색 슈트가 잘 어울린다는 느낌에 기분이 매우 좋았다.

차를 주차장에 대고 강당의 위치를 물어보니 조금 더 걸어 들어가야 한다고 한다. 그러면서 말하길 이따 나갈 때 사원증을 보여주면 주차비가 무료라 한다.

오늘은 2013년 4월 23일 수요일이다. 킨샤사로 떠났던 그날로부터 석 달쯤 지난 날이다.

학교 내에는 많은 학생들이 오가고 있다. 젊고 발랄한 표정이 보기에 좋았다.

그러고 보니 천지대학교의 캠퍼스 방문은 오늘이 처음이다.

그렇기에 이리저리 둘러보고 느긋하게 걸었다. 모이라는 시간보다 거의 두 시간 빨리 당도해 여유가 있기 때문이다.

학교 건물들은 상당히 복합적이다. 현대적인 빌딩도 있지만 고딕이나 바로크 양식으로 지어진 것들도 섞여 있다.

정성 들여 가꾼 수목들이 저마다 따사로운 햇살을 더 많이 받겠다는 듯 잎사귀들을 돋아내는 중이다.

현수는 오른쪽에 위치한 도서관 건물을 보고 있었다. 전형적인 바로크 양식 건축물이다.

그러고 보니 언젠가 이 건물에 대한 이야길 본 적이 있다. 움베르트 에코라는 작가가 쓴 '장미의 이름'이라는 소설의 무대가 된 멜크 베네딕트 수도원을 본떠 지은 건물이다.

'으음, 정말 대단하구나!'

사진으로만 보던 건물을 실제로 보니 크기가 대단하며, 상당히 많은 공이 든 건축물이라는 생각에 고개가 끄덕여진다.

바로 그 순간이다.

다다다다, 쿠웅!

"아이쿠!"

"으윽!"

넋 놓고 건물 구경을 하다 갑작스런 충격을 받아 몸이 휘청거렸다. 그 순간 누군가가 쓰러진다.

얼른 손을 내밀어 잡으려 했지만 벌써 엎어진 상태이다. 머리가 긴 것을 보니 여대생인 듯하다.

"아가씨, 괜찮아요?"

"미, 미안해요. 제가 너무 급한 일이 있어서. 미안해요."

바닥에 쓰러지면서 무릎에 상처를 입었는지 피를 흘리고 있다. 하나 그런 것엔 아랑곳하지 않고 얼른 미안하다고 하곤 가방을 들고 후다닥 뛰어간다.

불과 4~5초 사이에 일어난 일이다. 현수는 뒤도 안 돌아보고 쏜살처럼 달려가는 여학생을 보고 고개를 갸웃거렸다.

그 순간 여대생이 흘리고 간 지갑이 보인다. 충돌 순간 가방 밖으로 튀어나온 모양이다.

"아가씨! 아가씨……!"

소리를 질러보았지만 벌써 저만치 달려가고 있다.

그런데 지나가던 학생들이 바라보고 있다. 얼른 뒤따라가서 돌려주지 않고 뭐하냐는 표정이다.

"에구……!"

할 수 없이 여대생의 뒤를 따라갔다.

달려가는 곳을 보니 학교 앞 병원인 듯하다. 물론 천지대학교 부설 대학병원이다.

여대생은 응급실로 뛰어들어 간다.

'으음, 그래서 그랬구나.'

부지런히 걸어 응급실로 들어갔다. 멀지 않은 곳에 간호사와 이야기하는 여대생이 보인다.

가까이 다가가니 둘의 대화가 들린다.

"지금 당장 수술을 받으셔야 해요. 그러니 먼저 접수부터 하고 오세요."

"접수요?"

"네, 저 문으로 나가서 왼쪽으로 돌면 접수 창구가 있어요. 거기 가서 이 종이에 환자 인적사항 같은 걸 써서 제출하시고 접수하고 오세요."

"네, 알겠습니다."

"서두르셔야 해요. 빨리 수술해야 하거든요."

"네, 알았어요."

대화하는 동안 병상에 눕혀진 환자를 보았다. 70살쯤 된 할머니이다. 형편이 어려운지 입고 있는 옷이 낡아 보인다.

어떤 충격을 받았는지 알 수는 없지만 피를 흘리고 있고, 기절한 상태이다. 간호사들이 세 명이나 달라붙어 각종 기기들을 붙이고 있었다.

병상 아래로 늘어진 손을 보니 고생을 많이 한 손이다. 손톱 밑에는 시커먼 때가 끼어 있다.

환자를 더 살펴보고 싶었지만 여대생이 황급히 뛰어갔기에 현수는 또 뒤를 따라갈 수밖에 없었다.

그렇게 창구 앞에 당도해서 가방을 뒤지던 여대생은 당황한 표정을 짓는다. 지갑이 없기 때문일 것이다.

"내 지갑……! 내 지갑이 어디에 갔지?"

"그 지갑, 여기 있습니다."

현수가 불쑥 지갑을 내놓자 얼른 받아 들며 고개를 든다. 갸름한 얼굴에 긴 생머리를 기른 예쁜 여대생이다.

"어머! 내 지갑……. 근데 누구시죠?"

"조금 전 도서관 앞에서 충돌했던 사람입니다. 이걸 떨어뜨리고 갔어요. 그래서……."

"아아, 고마워요. 정말 고마워요."

말을 마친 여대생이 서둘러 지갑을 열고 안에 있던 카드를 접수 창구에 건넸다. 그리고 잠시의 시간이 흘렀다.

"저어, 이 카드에 있는 금액으론 부족한데요?"

"뭐라고요?"

"접수 비용에 못 미친다고요."

"아! 그래요? 잠깐만요. 전화 좀 하고 올게요."

말을 마친 여대생은 당황한 나머지 카드를 돌려 받을 생각도 않은 채 주위를 두리번거렸다. 공중전화를 찾는 듯하다.

현수는 접수 창구에 있던 카드를 받아 들었다. 창구직원은 동행인 줄 아는지 별말이 없다.

여대생에게 다가간 현수가 전화기를 내밀었다.

"급하신 모양인데 이 전화 쓰세요."

"저, 정말요? 고맙습니다. 딱 한 통화만 하고 돌려드릴게요."

"편하신 대로 하십시오."

전화를 받아 든 여대생은 얼른 구석진 곳으로 이동했다. 그리곤 버튼을 눌러 전화를 걸었다.

현수는 말없이 기다렸다. 그런데 잠시 후 여대생의 얼굴이 일그러진다. 왜 그러나 싶다.

"마나여, 대화를 엿듣게 하라. 이브즈드랍(Eavesdrop)!"

엿듣기 마법이 구현되자 통화 내용이 들리기 시작한다.

"엄마, 그게 무슨 말이에요?"

"엄만 신용불량자라 신용카드가 없어. 돈도 없고……. 어떻게 하지? 할머닌 많이 다치셨니?"

"엄마, 당장 수술 받아야 한대. 그런데 돈이 없으면 수술을 안 해주나 봐. 어떻게 하지? 작은 아빠에게 전화해 볼까?"

"작은 아빠……? 관둬라. 바늘로 찔러도 피 한 방울 안 나올 사람이잖아. 내가 여기서 어떻게 돈을 마련해 볼게."

"안 돼. 지금 당장 접수를 해야 한다고……."

"그럼 어떻게 해? 응……?"

"내가 작은 아빠에게 전화해 볼게. 그리고 빨리 와, 엄마."

여대생은 얼른 전화를 끊고 가방 속의 수첩을 꺼내 전화번호를 찾는다. 잠시 후 컬러링이 들린다.

"여보세요. 작은 아빠……? 저, 은정이에요."

"은정이? 네가 웬일이니?"

"작은 아빠! 우리 할머니가 교통사고를 당하셨어요. 근데 뺑소니 사고라 가해자를 찾을 수 없대요."

"뺑소니……? 그래서?"

"여기 천지대학병원 응급실인데 지금 당장 수술을 해야 한대요. 근데 돈이 없어요. 엄만 신용불량자라 카드도 없구요. 그러니 작은 아빠가 돈을 좀 빌려주시면 제가 나중에……."

갑자기 전화 끊기는 소리가 난다.

"……!"

은정이란 여대생은 잠시 움직임을 멈추었다.

작은 아빠라는 인간 때문일 것이다. 현수는 실성한 사람인 듯 멍한 표정을 짓고 있던 은정에게 다가갔다.

"아가씨! 할머니 수술이 급한 듯하군요. 제가 카드를 빌려 드릴게요."

"네……? 아저씨가 왜요?"

"급하지 않아요?"

"그, 급하지요. 근데 제가 잘 모르는 분이시잖아요."

"그런 건 나중에 따지고 일단 접수부터 해요. 자아, 카드!"

"고마워요. 염치 불구할게요."

카드를 받아 든 은정이 접수창구로 달려갔다. 그리곤 카드를 내민다. 잠시 후 뭔가가 입력되는 소리가 들린다.

"접수되었으니까 이 서류를 응급실로 가져가세요. 그럼 수술 시작될 거예요."

"네, 알았어요."

은정은 현수에게 시선을 주고는 응급실로 달려간다. 또 따라갔다. 창구에서 돌려 받은 카드를 들고 간 때문이다.

은정이 간호사들과 대화하는 동안 현수는 할머니에게 갔다.

나이도 많은 분이신데 교통사고까지 당한 것이 측은했던 때문이다.

'이런……! 실혈을 너무 많이 하신 것 아냐?'

혼절한 할머니의 상태가 심상치 않아 보인다. 하여 커튼을 둘렀다. 바로 옆에도 환자와 보호자들이 있기 때문이다.

"마나여, 모든 상처를 치료하라. 컴플리트 힐!"

부드러운 황금빛이 할머니의 몸속으로 스며들었다.

"마나 디텍션!"

또 한 번 마법을 구현시켜 할머니의 몸을 살펴보았다.

간에 손상이 있었는데 방금 전의 마법으로 조금씩 나아감이 느껴진다. 췌장에도 문제가 있는 듯하다. 다른 장기들과 달리 마나가 조금도 스며들지 않고 있었던 때문이다.

"당뇨병 환자이신가? 이런, 척추에도 문제가 있군."

척추의 뼈들이 제자리를 이탈한 것이 느껴진다. 게다가 골반 뼈가 으스러진 상태이다. 정강뼈도 부러졌고, 왼쪽 팔목 뼈도 부러진 상태이다.

마나 디텍션으로 마나의 유동을 살피면서 부러진 뼈들을 맞췄다. 너무 심한 고통으로 혼절한 상태인지라 고통을 못 느끼는 듯하다.

"마나여, 부러진 뼈들을 원상으로 회복시켜라. 리커버리!"

스르르르르릉—!

이번엔 서늘한 푸른빛이 할머니의 몸속으로 스며든다.

현수는 부러진 뼈들이 원상으로 회복되어 감이 느껴져 흐뭇한 미소를 지었다. 그 순간이다.

"우와, 신기하다. 아저씬 누구예요?"

"헉……!"

화들짝 놀라 곁을 보니 일곱 살쯤 된 사내 녀석이 초롱초롱한 눈으로 바라보고 있다.

"넌 누구니?"

"저요? 전 김정국인데요? 아저씬 누구세요? 어떻게 해서 파란색 빛이 나는 거지요?"

"나? 나는 말이지……."

현수가 어떻게든 둘러대려던 순간 커튼이 제쳐진다.

찌이이이익—!

"지금 수술실로 환자를 모실 겁니다. 비켜서 주시겠어요?"

"네에? 아, 네에. 그, 그럼요."

당황한 현수가 한쪽 옆으로 비켜서자 간호사들이 병상을 끌고 간다. 은정이란 여대생 역시 병상을 따라 수술실 쪽으로 이동한다.

"아저씨! 조금 전에 그게 뭐였냐니까요. 그게 뭐예요? 어떻게 한 거예요? 나도 가르쳐 주시면 안 돼요?"

"그, 그게 말이지……. 꼬마야! 지금은 바쁘니 이따 말하자."

현수는 얼른 자리를 떠서 수술실 쪽으로 갔다.

그런 그를 따라 김정국이란 꼬마가 따라갔지만 현수는 이를 느끼지 못하고 있었다.

"수술 받으시면 괜찮으실 겁니다. 너무 걱정하지 마세요."

"고맙습니다. 덕분에 할머니 수술을 할 수 있게 되었어요. 참, 카드 여기 있어요. 그리고 영수증도요. 연락처를 주시면 카드 대금을 송금해 드릴게요."

"그러세요. 자, 이건 제 명함입니다."

현수의 명함을 받은 은정이란 여대생은 고개를 숙이며 인사한다.

"김현수님이시군요. 감사합니다. 전 이은정이라고 해요. 참, 잠시만요."

가방을 뒤져 수첩을 꺼내더니 뭔가를 쓴다.

"이거 제 연락처예요."

"네?"

"제가 돈을 안 갚으면 연락하시라구요."

"아, 네에."

종이를 받아 보니 이은정은 천지대학교 무역학과 4학년에 재학 중이다. 고딩 때 공부를 잘한 모양이다.

그 아래엔 주민등록번호와 집 주소도 있다. 학교 근처이다.

전화번호도 있는데 070으로 시작되는 인터넷 전화번호이다.

그 밑엔 천지대학교 무역학과 사무실 전화번호도 쓰여 있다. 근데 흔하디흔한 휴대폰 번호가 보이지 않는다.

그럴 줄 알았다는 듯 은정의 설명이 있었다.

"전 핸드폰이 없어요. 낮에는 학교에 있으니 과사무실로 연락 주시면 되구요. 저녁 때는 학교 앞 라면집에서 알바해요. 근데 거긴 유선전화가 없어서 번호를 못 썼어요. 밤 9시 넘으면 집에 있으니까 집으로 전화 주시면 통화 가능해요."

"그렇군요. 알겠습니다."

카드 전표를 보니 금액이 그리 크지 않다. 하여 못 받아도 그만이라는 생각을 하며 종이를 접어 지갑에 넣었다.

회사에서 특별 보너스로 1억이란 거금을 송금해 주었기에 마음이 넉넉해진 것이다.

"할머니의 수술이 잘되길 빌겠습니다."

"고맙습니다. 오늘의 은혜, 결코 잊지 않겠습니다."

"네에. 그럼……!"

현수는 다시 캠퍼스로 돌아왔다. 그리곤 거대한 강당에서 우레와 같은 박수를 받으며 표창장을 수여받았다.

아울러 두 계급 특진하여 졸지에 과장님이 되셨다. 여기에 석 달짜리 유급 휴가가 추가되었다.

이춘만 과장 역시 표창장을 받았고, 정식 차장으로 진급하였다. 그리고 한 달간의 휴가가 주어졌다.

뿐만이 아니다. 현수에겐 3,000% 보너스가, 이춘만 차장에겐 2,000% 보너스가 상금으로 지불되었다.

그래 봤자 둘 다 1억 정도 되는 돈이다.

보통의 경우 같은 과 직원들과 회식을 해야 한다.

그런데 현수나 이 차장이나 둘 다 해외영업부로 배속됨과 동시에 킨샤사로 보내졌다. 따라서 해외영업부에 아는 사람이라곤 해외영업부장밖에 없다.

다행히 부장도 1,000%에 해당하는 보너스를 받았다. 아랫사람을 잘 둔 덕분일 것이다.

아무것도 한 일도 없으면서 보너스를 받았기에 그 돈 중 일부가 직원들 회식비로 지출될 것이다.

어쨌거나 수여식이 끝난 후 둘은 사장과 함께 점심식사를 했다. 실세 전무라는 박준태 전무조차 없는 자리이다.

"이 차장은 지부에 남기로 했으니 그렇고 김 과장은 원하는 부서가 있나? 있으면 보내줄 테니 말만 하게."

"아이고, 아닙니다. 그냥 예전에 있었던 자재과로 보내주십시오. 그 정도면 만족합니다."

"자재과……? 흐음, 그건 조금 어려울 듯싶으네."

"네……? 왜요?"

"사수였던 곽 대리를 아래 직원으로 부릴 수 있겠는가?"

"아……! 그렇군요. 쩝, 그럼 할 수 없군요."

"상황을 보아 기획실로 자리를 알아볼 것이니 그리 알게. 물론 현장에 문제가 생기면 나서주어야 할 것이네."

천지건설의 핵심은 기획실이다. 다시 말해 기획실 직원은 다른 부서와 다르다.

같은 과장이라도 연봉이 반 정도 차이가 난다. 그렇기에 대부분 능력이나 인맥, 또는 학연이나 지연이 인정된 일류 대학 출신들이 자리를 차지하고 있다.

"네에, 알겠습니다. 처분대로 하겠습니다."

"그러게. 참, 이거……!"

사장이 내민 것은 무엇인지 알 수 없는 보석의 원석이다.

"자네가 잘 아는 공방이 있다고 하니 이걸로 반지나 목걸이를 만들어주게. 공임은 달라는 대로 줄 테니 잘 부탁하네."

"네, 걱정 마십시오. 우리나라에서 둘째가라면 서러워할 분에게 맡기겠습니다."

"고맙네. 그리고 자네가 잡아준 짐승의 가죽들도 고맙네."

"무슨 말씀을……!"

화기애애한 분위기 속에서 식사를 마쳤다. 그리곤 각자 갈 곳으로 나뉘어졌다.

　　　　*　　　　*　　　　*

　"아버지!"

　"왜?"

　"이거 공방에 가져가셔서 반지나 목걸이로 만들어주세요."

　"이게 뭔데?"

　"우리 회사 사장님이 사모님에게 선물하려고 하는 거라니까 추씨 아저씨에게 각별히 신경 써서 만들어 달라고 해주세요."

　"오냐, 알았다. 내일 나가보마."

　아버진 별말 없이 원석을 받아갔다.

　다음날 오후, 전화기가 진동한다.

　"혀, 현수야! 이거 정말 너희 회사 사장님이 맡긴 거 맞지?"

　"그런데요. 왜요?"

　"이, 이거 물건이다."

　"당연히 물건이죠. 그럼 무슨 과자나 이런 건 줄 아셨어요?"

　"아니다. 내 말은……! 지금 우리 사장님이 작업실에서 깎고 있는데 엄청난 거라고 하는구나."

　"대체 무슨 말씀이세요?"

　"네가 준 원석을 가공하면 4캐럿짜리가 나온다는구나."

　"그래요? 그거 비싼 거예요?"

　"당연하지. 4캐럿짜리는 품질이 최상급이라 2억 8천만 원 정도 된다고 한다."

"우와, 엄청 비싼 거군요."

"그래. 그런 건 줄도 모르고 잠바 주머니에 넣고 나왔으니……. 휴우, 난 그냥 큐빅인 줄 알았다."

"아무튼 신경 써서 만들어주세요. 근데 반지예요? 아님 목걸이예요?"

"반지가 낫겠다는구나. 사장님이 멋진 디자인으로 만들어준다니 그리 알아라. 참, 공임은 걱정 안 해도 되지?"

"그럼요. 만일 공임 안 주면 그거 떼어먹으면 되잖아요."

"하긴……!"

아버지와의 통화를 끝낸 현수는 잠시 멍한 표정을 지었다. 직경 2㎝ 정도 되는 것이 2억 8천만 원이란다.

그런데 아공간엔 그런 게 아예 한 포대나 들어 있다.

그것도 작은 포대가 아니가 톤백 포대이다. 몇 개나 들어 있을지 가늠조차 되지 않는다.

"그리고 보니 난 부자였군. 후후! 후후후!"

회사에서 준 3개월간의 휴가를 어찌 쓸 것인가를 고심했다. 예전 같으면 돈이 없어서 방에 콕 박혀 있었을 것이나 이제는 다르다. 통장에 들어 있는 돈만 1억이 넘는다.

출처를 댈 수 없어 아공간에 넣어둔 돈도 몇 억은 된다. 게다가 금괴며 보석들이 그야말로 부지기수이다.

평생 돈 걱정은 안 하고 살아도 되는 상황이 된 것이다.

"일단 국내의 명승지들을 돌아보자. 동해안부터 돌까, 아님 서해안부터 돌까?"

차를 몰고 나가 구경하고픈 곳을 구경하고, 먹고 싶은 것을 먹을 생각이다. 그러다 날이 저물면 아무 여관이나 들어가서 자도 된다. 잠만 잘 것이니 굳이 비싼 호텔에 묵을 이유가 없기 때문이다.

애인이 없으면 이럴 때 편하다. 휴가 날짜를 조정하지 않아도 되고, 아무 데서나 자도 된다. 여관이 없으면 인적 드문 곳을 찾아 결계를 치고 그 안에서 머물러도 된다.

아드리안 공국의 위기는 당분간 없을 것이다. 그렇기에 평상시에 해보지 못한 호사를 누릴 생각을 한 것이다.

하루 종일 전국의 명승지를 찾아 꼼꼼하게 기록했다.

언제 또 있을지 모를 여행이다. 그렇기에 이번 기회에 몽땅 돌아볼 생각을 한 것이다.

그렇게 계획을 짜고 있었다.

부우우우웅! 부우우우웅!

전화가 어서 받아달라고 진동을 한다.

"누구지……? 모르는 번혼데? 여보세요."

"아, 안녕하세요? 김현수 씨, 전화 맞죠?"

"그렇습니다. 누구시죠?"

"저, 이은정이에요. 저 기억하시죠?"

"이은정 씨요?"

"네, 천지대학병원에서 만났었잖아요."

"아! 네, 기억합니다. 할머닌 좀 어떠세요?"

"저어, 그 문제로 좀 뵈었으면 하는데 시간 어떠세요?"

"무슨 문제라도……?"

"그건 아니에요. 아무튼 할머니 때문에 좀 뵈었으면 하는데 시간 내주실 수 있나요?"

"네에, 시간은 뭐어……."

"그럼 제가 회사 앞으로 갈게요. 지금 가도 되죠?"

"지금이요?"

"네. 지하철 타고 가면 금방이에요."

"좋습니다. 그럼 회사 앞으로 오지 마시고 광나루역으로 오세요. 3번 출구로 나오시면 제가 차를 가지고 나갈게요."

"광나루역이면 광장사거리에 있는 곳이지요?"

"네."

"알았어요. 그럼 30분쯤 후에 광나루역 3번 출구 앞에서 뵈어요."

"네에."

전화를 끊은 현수는 대체 왜 보자고 했을까를 생각해 보았다.

마법이 잘못되어 할머니에게 어떤 문제가 생긴 것은 아닌가 하는 걱정스런 마음이 들어 몹시 불편했다.

부우우웅! 부우우우웅!

또 핸드폰이 진동을 한다. 번호도 확인하지 않고 통화를 시도했다.

"여보세요."

"김 과장. 날세."

"아! 이 차장님이세요?"

"그래. 자넬 잠시 만났으면 하는데 혹시 시간 있나?"

"저를요?"

"그래. 자네하고 상의할 일이 있네. 자네 어느 동네 산다고 했지? 워커힐 지나 구리시 쪽으로 가는 데 있다고 했지?"

"네."

"마침 잘되었네. 회사에서 일이 끝나려면 앞으로 두 시간쯤 있어야 하니까 내가 워커힐 쪽으로 가겠네. 근처에서 만나세."

"네……? 네에, 그러세요."

전화를 끊은 현수는 대체 이 양반은 또 왜 만나자고 하는지 궁금했다. 하나 이내 고개를 흔들어 상념을 털어냈다.

얼른 샤워하고 옷을 갈아입어야 하기 때문이다.


"안녕하세요? 오래 기다리셨어요?"

"아닙니다. 반갑습니다. 일단 차에 타세요. 제가 아는 찻집으로 모시겠습니다."

"네에."

이은정이 차에 타자 곧장 출발했다.

"근데 식사는 하셨어요? 점심시간 전인데……."

"저도 아직이에요. 김현수 씨도 아직 식사 안 하셨죠? 어디 아는 데 있으면 그쪽으로 가세요. 오늘 점심은 제가 살게요."

아직 정오도 안 된 시간이니 점심 먹은 사람은 없을 것이다. 그럼에도 이렇게 물은 것은 상대방의 상태를 파악하기 위함이다. 그런데 점심을 사준다고 하니 할머닌 괜찮은 모양이다. 하여 마음을 놓고 차를 몰아 손만두집으로 향했다.

동네 입구에 있는 가게인데 늘 손님이 북적이는 곳이다.

맛이 있겠다 싶어 언젠가 한번 가봐야지 하면서도 한 번도 못 가본 곳이다.

"할머닌 좀 어떠세요? 수술은 잘되었죠?"

"물론이에요. 김현수 씨 덕분에 괜찮으셔요."

"무슨 말씀을…… . 그나저나 다행입니다. 괜찮으셔서."

"네에, 처음엔 저도 많이 놀랐는데 예상 밖으로 경상이래요."

"경상이요?"

"네, 외상도 거의 없는 데다 가벼운 타박상 정도뿐이라 오늘 퇴원하셨어요."

"아! 그래요? 정말 다행입니다."

"저어, 여기요."

이은정이 내민 하얀 봉투에 무엇이 들어 있는지 짐작이 된다. 그럼에도 의례적으로 물었다.

"뭡니까? 그게…… ."

"카드 빌려 쓴 금액이에요. 그날은 정말 고마웠어요."

"아! 그렇군요."

현수는 자연스럽게 봉투를 받아 들었다. 이은정은 봉투를 건네주고 나니 홀가분하다는 표정으로 앞을 바라보았다.

그러는 사이 식당 앞에 당도하였다.

차에서 내려 안으로 들어가니 벌써 손님들이 가득하다. 살펴보니 가장 안쪽에 딱 둘이 앉을 수 있는 자리만 비어 있다.

"저쪽으로 가죠."

"네. 근데 잘하는 집인가 봐요. 손님들이 이렇게 많으니……."

"저도 그렇게 생각합니다."

손만두를 주문하고 몇 마디 말도 나누기 전에 손님들이 밀어닥치기 시작한다.

"빨리 먹고 가야겠네요."

"그러네요."

잠시 후 만두가 나왔고, 기대를 저버리지 않았다.

속된 말로 둘이 먹다 하나 죽어도 모를 정도로 맛이 좋아 별다른 대화 없이 식사를 마쳤다.

"점심은 은정 씨가 샀으니 차는 제가 사죠."

새로 생긴 커피 전문점은 한산한 편이다. 주문을 마치고 자리에 앉으니 따로 할 말이 없어 잠시 침묵이 흘렀다.

"그날은 정말 고마웠어요. 경황도 없고 그런데 옆에 계셔주셔서 정말 큰 도움이 되었구요."

"별말씀을……! 저하고 부딪쳤는데 하도 달려가기에 뭔 일인가 했네요. 근데 지갑이 떨어져 있어서……."

"네에. 제가 지갑 흘리길 잘했나 봐요. 그래서 도움을 받았잖아요."

"하하, 그게 그렇게 되나요? 어쨌든 도움이 되었다니 다행입니다."

"네에. 근데 하나 여쭤볼 게 있는데 물어봐도 돼요?"

"뭐든 말씀만 하세요."

"그날 커튼 안에서 할머니에게 무엇을 어떻게 하신 거예요?"

"네……? 뭘 말씀하시는 건지요?"

"그날 김현수 씨가 할머니에게 파란 빛을 보냈다고 했어요. 옆 환자를 따라온 꼬맹이가요. 그거 뭐였어요?"

"무, 무슨……."

당황스러웠기에 말을 더듬었다. 그때였다.

누군가가 끼어든다. 얼굴을 보니 집주인 아저씨이다.

CHAPTER 13
무역회사를 차리다!

"아……! 김현수 씨, 언제 귀국했어요? 그렇지 않아도 귀국하면 꼭 한번 만나려 했는데. 어머니가 말씀 안 하셨나?"

"아……! 안녕하세요?"

"고맙네, 자네 덕분에 마누라의 병이 다 나았어. 고마우이. 정말 고마우이. 이 말 말고는 정말 뭐라 할 말이 없네."

"무, 무슨 말씀을……. 제가 한 게 뭐 있다고……."

"아닐세. 자네가 준 그 약 말이네. 그거 어디서 구한 건가? 의사들도 포기한 말기암이 그걸로 싹 나았어."

"그래요?"

"그렇네. 며칠 전에 병원에 가서 검사를 했는데 주먹만 하던 종양이 완전히 없어졌다고 하네."

"그, 그래요? 다행입니다."

현수는 말을 더듬으면서 은정의 눈치를 살폈다. 하필이면 이런 때 이런 대화를 나누는 것이 저어된 때문이다.

"자네, 그 약 어디서 파는지 알려주면 안 되나? 그거 정말로 효능이 좋았어. 부작용도 없고, 치료 효과도 좋고. 한 병에 천만 원도 좋고, 일억도 좋으네. 그걸 좀 구해주게."

"저어, 죄송한데요. 그게 다였습니다. 그리고 어디서 또 구할 수 있는 것도 아니구요."

"그래? 그렇구먼……. 내 친구 녀석도 암에 걸려서 고생하길래 큰소릴 쳐놨는데."

"죄송합니다."

"근데 말일세. 우리에게 준 그건 어디서 난 건가?"

"아! 그, 그거요? 그건 제가 아프리카에서……."

"아프리카……?"

"네, 아프리카에 있는 지사에 파견 근무 나갔을 때 우연히 구한 거예요. 근데 그걸 판 사람이 누군지 기억도 못해요. 어디서 산 건지도 기억이 안 나구요. 술에 잔뜩 취했을 때 산 거거든요. 그러니 또 구할 수 있다는 장담을 할 수 없는 거예요."

술과 거짓말은 하면 할수록 는다고 했다. 지금의 현수가 딱 그렇다.

"흐음, 아쉽구먼……. 근데 아프리카의 그 나란 어딘가?"

"콩고민주공화국이라는 나란데 혹시라도 거길 가실 생각일 랑 하지 마십시오."

"왜?"

"거기 치안이 매우 불안해서 자칫하다간 목숨을 잃을 수도 있는 곳이거든요."

"아! 그런가? 어쨌든 고맙네. 그나저나 내가 애인과의 시간을 방해한 모양이군. 내 일간 자네 집에 한번 들르겠네."

"네……? 아, 네에."

현수는 굳이 애인이 아니라는 말을 하지 않았다. 그 말을 꺼내면 대화가 길어질 것 같았기 때문이다.

"누구셨어요?"

"아, 저희 가족이 세 들어 살고 있는 집 주인이에요."

"저분 부인께서 암에 걸렸었는데 김현수 씨가 준 약을 먹고 나았다고 한 거지요, 방금……?"

"에이, 설마 그걸 먹었다고 말기암이 낫겠어요?"

은정은 현수의 말을 전적으로 믿지 않는 눈치이다. 이럴 땐 화제를 돌리는 게 상수이다.

"그나저나 병원비는 작은 아빠라는 분이 도와주신 건가요?"

"누구요? 작은 아빠요……? 어휴, 그분 우리 아버지의 동생 맞는데 완전 자린고비예요. 왜, 찰스 디킨스가 1843년에 쓴 '크리스마스 캐럴'이라는 소설 있잖아요?"

"네, 그 소설 주인공이 아마 스크루지 영감인가 그렇지요?"

"맞아요. 그 스크루지가 사부님이라고 부를 정도로 매몰차고 정없는 사람이 우리 작은 아빠예요."

"그럼 그분이 병원비를 도와주신 게 아니에요?"

"도움은 무슨……. 코빼기 구경도 못했어요. 사돈이 뺑소니 사고를 입어 병원에 입원했다는데 전화 한 번 안 한 인간이에요. 그래서 다시는 안 볼 생각이에요."

"으음, 요즘도 그런 사람들이 있군요."

"네. 참 지독해요. 완전한 이기주의자지요."

"그렇군요."

현수가 말을 끊자 은정이 잇는다.

"병원비는 엄마가 같이 일하시는 친구 분들에게 빌리셨어요. 신용불량자라 카드도 없거든요."

"……!"

"엄만 아빠가 돌아가신 후 제 학비를 벌려고 안 해본 일이 없어요. 파출부도 하시고, 대학교에서 청소부로 일도 하셨어요. 근데 거기서 잘리는 바람에 지금은 갈비집에서 설거지를 하고 계셔요."

"……!"

"돌아가신 아빠가 빚만 잔뜩 남기셔서 할머니와 엄마는 신용불량자가 되었구요. 할머닌 제 학비를 돕겠다고 파지 주으러 다니셨어요. 그러다 뺑소니 차에 치이신 거구요."

현수는 대꾸나 맞장구 대신 가만히 듣기만 했다.

은정이 하는 이 말은 다른 어느 누구에게도 하지 않았던 말인 듯하기 때문이다.

몹시 어려운 상황임에도 남들에겐 말하지 않았다가 오늘 보면 다시는 보지 않을 사람이지만 믿을 만한 사람이라 여겨 털어놓는 모양이다.

"이제 한 학기만 더 다니면 졸업을 해요. 그럼 취직을 해서 돈을 벌게 될 거예요. 그럼 좀 나아지겠지요. 그래서 조금이라도 돈을 덜 쓰려고 핸드폰도 안 샀어요."

"그럼 그날 사고 소식은 어떻게 들은 건가요?"

"할머니 목에 혹시나 해서 과사무실 전화번호랑 제 이름을 적어서 걸어드렸어요. 그걸 보고 누군가 전화를 해서 알게 된 거지요."

"그랬군요. 근데 사고 낸 운전자는 잡혔답니까?"

"아니요. 하필이면 CCTV 사각지대에서 사고가 나서……. 진짜 재수가 없는 거죠."

"흐음, 그랬군요."

"다행인 건 병원비가 예상보다 훨씬 조금 나왔다는 거예요."

"그래요?"

"네. 응급실에 갔을 때 간호사가 말하길 간이 파열되고, 척추에도 손상을 입어 대대적인 수술이 예상된다고 했었거든요. 게다가 골반 쪽도 이상하고 정강뼈도 골절된 것 같다고 들었어요."

"그런데요?"

"간도 척추도 멀쩡하대요. 골반 뼈에도 이상이 없고, 정강뼈도 부러진 곳 없이 괜찮대요."

"다행입니다."

"의사들은 별다른 외상도 없는데 피를 많이 흘린 게 이상하다면서 온몸을 다 조사했어요."

"그런데요?"

"그런데 신기하게도 외상이 한 군데도 없었대요. 멍든 곳만 조금 있구요."

"다행입니다."

"네, 정말 다행이에요. 근데 그 꼬마 이야긴 뭐죠? 김현수 씨가 뭐라고 뭐라고 중얼거리니까 손에서 파르스름한 빛이 나와 할머니를 감쌌다고 했어요."

"뭘 잘못 본 거겠지요."

현수는 내심 뜨끔했지만 오리발을 내밀었다.

"저도 처음엔 그렇게 생각했어요. 근데 그 아이 엄마가 말하길 걔가 다니는 초등학교에서 가장 공부를 잘하는 아이라고 해요. 꾸며내거나 거짓말하는 경우도 없었다고 하고요."

"그래요? 하여간 전 모르는 일입니다."

"네에. 그랬군요."

은정은 뭔가 미심쩍다는 표정을 지우지 않았지만 고개를 끄덕였다. 어찌 되었든 은인이다.

그럼 사람을 닦달할 순 없기 때문이다.

현수는 또 한 번 화제를 바꿨다.

"참, 저녁 땐 학교 앞에서 알바를 한다고 했죠?"

"거기 잘렸어요. 할머니 병실 지키느라……."

"아……! 그렇군요. 안되었습니다."

"네, 2학기 등록금 마련하려면 빨리 알바 자리를 찾아봐야 하는데 자리가 없네요."

"잘 찾아보시면 은정 씨에게 적합한 자리가 곧 나올 겁니다. 힘내세요."

"네, 고맙습니다."

은정이 새삼스레 고개 숙여 감사 표시를 한다.

그러고 보니 화장기 하나 없는 얼굴이다. 가정 형편이 어려워 기초 화장조차 못하는 듯하다.

그럼에도 아주 예쁜 얼굴이다. 드라마 허준이 방영될 때 공빈 김씨로 나왔던 박주미의 결혼 전 얼굴과 비슷하다.

화장기 하나 없는 얼굴임에도 이 정도이니 잘 가꾸기만 하면 한 미모할 얼굴이다.

그런데 가난 때문에 그늘져 있음이 안타깝다.

하나 어쩌겠는가! 도울 명분이 없다. 그렇기에 아무런 내색 않고 그저 따뜻한 눈빛만 쏘아주었다.

부우우웅! 부우우웅!

"아, 전화가 왔네요. 잠시만요. 여보세요."

"김 과장, 나 지금 지하철 타고 이동 중인데 한 10분 후면 도착할 거 같아. 어디로 갈까? 워커힐 호텔로 들어가?"

"아, 아닙니다. 제가 차 가지고 나갈게요. 광나루역 3번 출구로 나오세요."

"알겠네."

전화를 끊고 나니 은정이 묻는다.

"약속이 있으셨군요."

"미안합니다. 갑작스럽게 상사가 보자고 해서……."

"어머, 아니에요. 제가 김현수 씨 시간을 뺏어서 오히려 미안하죠. 바쁘신 분인데."

"바쁘긴요. 지금은 휴가 중입니다. 근데 오늘 이상하게 약속이 겹치네요."

"네에. 그럼 이만 자리에서 일어날까요?"

"네. 아쉽지만 그래야 할 것 같습니다."

계산을 하고 차를 몰아 지하철역까지 가는 동안 이은정은 한마디 말도 없이 창밖만 바라보고 있었다.

"3번 출구에 내려 드리면 되나요?"

"네, 그렇게 해주세요. 고맙습니다."

"고맙긴요. 저도 용무가 있어서 가는 건데요. 아무튼 할머니께서 얼른 쾌차하셨으면 좋겠네요."

"네에, 외상은 없으니 곧 일어나실 거예요. 당뇨병이 있으셔서 좀 늦어지긴 하겠지만요."

"당뇨병이요?"

"네, 한 30년쯤 되셨대요. 그거 때문에 더디 낫는다고 성화가 심하셔요."

"그렇군요. 아무튼 조심해서 가세요."

"네, 감사했습니다."

은정이 차에서 내리는 동안 이 차장이 다가온다.

"어이, 김 과장! 감춰둔 애인이야? 상당한 미인인데?"

"아······! 차장님. 어서 오십시오. 그리고 저 아가씨, 제 애인 아닙니다."

"그래? 그런데 왜 자네 차에서 내리지?"

"그럴 일이 좀 있었습니다. 그나저나 점심 드셨어요?"

"난 아침을 늦게 먹어 생각이 없네. 자넨 먹었나?"

"네."

"잘되었군. 그럼 그냥 근처 찻집 아무데나 가세."

차를 댄 곳은 주차장이 있는 커피숍이다.

"어제 오늘 계속해서 약품도매상들을 만나보았네."

"아, 가져가실 거 챙기신 거군요?"

"당연하지. 온 김에 가져갈 만큼 가져가야지."

"네에. 많이 사셨어요?"

"물론이야. 그리고 그것 때문에 자네를 보자고 했네."

"말씀하십시오."

"자네 혹시 무역회사 잘 아는 데 있나?

"무역회사는 갑자기 왜요?"

"왜긴? 내게 약을 보내줄 곳이 필요해서 그러지."

"아무나 약을 사서 보내주기만 하면 되는 거 아닌가요?"

"그게 그렇지 않네. 정상적인 루트를 밟아 수입수출을 해야 하는 거라 약간은 전문적이어야 하네."

"그렇군요. 그럼 여기저기 알아보시면 되는 거 아닌가요?"

"남 좋은 일 시킬까 봐 그러는 거지."

"그럼 회사를 하나 설립하세요."

"알다시피 자네와 난 천지건설 직원 아닌가? 겸직이 허용되지 않네."

"그럼 사모님 이름으로 내시면 되잖아요."

"그 사람은 미국에 있네."

"아, 그렇군요."

"친구 녀석들에게 부탁할까도 생각해 보았는데 안 되겠더군. 전적으로 매달려서 이 일을 해줘야 하는데 가정이 있는 가장들에게 맡기기엔 마땅하지 않은 것 같네."

"그런데 왜 절 찾으신 겁니까? 저도 차장님처럼 겸직을 할수 없는데요."

"솔직히 말해 자네 덕에 진급했고, 자네 덕에 약방을 차렸네. 근데 자네에게 가는 이득이 없어 미안해서 그러지."

이 차장은 진심으로 미안하다는 표정을 짓고 있었다.

"아이고, 아닙니다. 그렇게 생각해 주시지 않아도 됩니다."

"아닐세. 여기서 약을 구해 킨샤사로 보내주는 건 자네에게 일임하고 싶네. 도매상으로부터 납품받는 가격이 어느 정도인지는 아네. 거기에 무리하지 않은 마진을 붙여 내게 약을 넘기는 회사를 하나 내게. 명의는 자네 편한 대로 하고."

"제가요? 전 무역에 대해 아는 게 하나도 없는데요?"

현수는 난감하다는 표정을 지었다.

"이번에 보너스 받은 거 있지 않은가? 그걸로 무역회사를 하나 내게. 필요하다면 나도 투자할게. 그리고 자네가 믿을 만한 사람에게 운영을 맡기면 되지 않겠는가?"

"잠깐만요. 믿을 만한 사람에게 맡긴다고요?"

"그래. 약이 제법 많이 팔릴 것 같으니 한 10%만 마진을 붙여도 제법 쏠쏠할 것이네."


이춘만 차장의 말이 맞다.

대한민국의 인구는 약 5천만 명이다. 그리고 매출 상위 28개 제약회사의 연간 총매출이 6조 3천억 원 정도 된다.

킨샤사엔 1,500만 명이 산다.

이곳 사람들이 대한민국과 똑같이 약을 소비한다고 가정해 보면 약 1조 9천억 원어치 약이 팔리게 될 것이다.

하나 콩고민주공화국엔 국민건강보험이라는 것이 없어 한국처럼 약을 남용하지 않을 것이다.

이것을 감안하여 한국에 비해 10분의 1을 소비한다고 가정해도 연간 매출액이 1,900억 원이다.

월매출 158.3억이고, 일매출 5억 2천만 원이다.

이것의 10%만 이득을 본다고 가정하면 하루에 5,200만 원씩 벌 수 있다는 뜻이다.

콩고민주공화국은 가난한 나라이다. 그렇기에 한국보다 100분의 1만 팔릴 수도 있을 것이다.

그렇다 하더라도 하루 수익이 500만 원이 넘는다.

약방 문을 연 첫날 수익이 300만 원을 넘었다. 이때는 소문이 크게 번지지 않았을 때이다.

따라서 현수의 계산은 실제적인 것이다. 어쨌거나 수학과 출신답게 순식간에 계산을 마친 현수는 고개를 끄덕였다.

"좋습니다. 제가 무역회사를 내지요. 비용은 제가 다 대겠습니다. 차장님도 돈이 있어야 약을 수입하지 않습니까?"

"그래 주면 나야 고맙지. 지금은 돈이 부족해서 원하는 만큼 수입하지 못하고 있으니…… 쩝! 조금 아쉽네. 이럴 때 집이라도 있으면 팔아서 보태겠건만 애들 엄마가 미국으로 갈 때 몽땅 팔아서 빈손이네."

"그래요? 그럼 제가 무역회사 차리고 나서 남는 돈으로 투자를 하지요. 나중에 적당한 이익 분배만 해주십시오."

"정말인가? 고맙네. 그렇지 않아도 돈이 많이 부족했어. 근데 어느 정도까지 투자할 수 있나?"

"글쎄요……? 집에 가서 부모님께 여쭤봐야 알겠지만 당장은 대략 5억 정도 가능할 것 같습니다."

"당장은 5억……? 그럼 추가로 더 투자할 수 있단 말인가?"

"아마 그럴 겁니다. 아버지가 갖고 계신 게 얼마나 되는지 제가 정확히 몰라서요."

현수는 부러 이렇게 말하였다.

자신에게 5억이나 되는 여유가 있다고 하면 어떻게 번 것이냐며 꼬치꼬치 물을 것 같았던 때문이다.

그리고 순순히 이만한 액수를 투자하겠다고 한 것에도 이유가 있다. 이 차장이 자신을 찾은 것에 여러 가지 목적이 있다는 것을 눈치챈 때문이다.

킨샤사에서의 약품 판매는 정권이 바뀌지 않는 한 땅 짚고

헤엄치는 것처럼 쉬운 일이다. 경쟁 상대가 얼마 되지 않기 때문이다. 당연히 막대한 이득이 남는다.

그런데 이것을 독식하는 것이 미안하다.

많은 부분이 현수 덕이라는 것을 알기 때문이다.

그런데 나눠먹기를 하려면 명분이 있어야 한다. 그렇기에 투자를 권유하려고 온 것이다.

둘째, 현수와의 연결 고리가 끊겨 버리면 내무부 관리들의 지지를 받을 수 없게 될 수도 있다.

그렇기에 연결 고리를 튼튼하게 할 목적도 있다.

한국으로부터 킨샤사로 수출하는 무역회사를 현수가 차리게 되면 이 끈은 매우 튼튼해질 것이다.

셋째, 혹시 주변에 돈 있는 사람이 있는지를 가늠하고자 했다. 필요한 만큼 약을 수입하려면 돈이 있어야 하는데 부족했기 때문이다. 그런데 그보다 훨씬 많은 돈을 투자할 수 있다니 마음이 놓인다.

한편, 현수가 무역회사를 내겠다고 한 것엔 이유가 있다.

문득 조금 전에 헤어진 이은정이란 아가씨를 돕고자 하는 마음이 든 것이다. 무역학과에 다니고 있으니 무역 실무는 조금만 배우면 금방 알 것이라 판단된다.

딱 두 번 만나보았지만 신의가 있는 듯하다. 좋은 느낌이 들었던 것이다. 그래서 무역회사를 차리는 것에 동의했다.

사실 이건 별로 큰돈이 들지 않는다. 사무실 임대료와 집기만 있으면 되기 때문이다.

5억이나 되는 거금을 투자하기로 결정한 것은 향후 발생될 막대한 이익을 거두기 위함이다.

물론 이 차장이 보다 쉽게 사업을 할 수 있도록 숨통을 틔어 주려는 의도도 있다. 착한 사람이기에 이제부터라도 부자가 되는 모습을 보고 싶었던 것이다.

대화는 순조롭게 끝났다.

무역회사 설립에 관한 모든 권한은 현수가 갖기로 했다.

회사 설립이 마쳐지면 필요한 약품을 구입하여 수출한다.

수출되는 약품의 대금은 약품도매상들이 납품하는 가격에 10%를 가산한 금액으로 결정했다.

이것이 무역회사에서 얻는 이득이다.

현수는 5억 원을 현금으로 투자하고 킨샤사에서 발생되는 순이익의 40%를 갖기로 했다.

큰 테두리가 만들어지자 세부사항은 각자 생각하여 다시 상의하기로 하고 헤어졌다.


"저어, 이은정 씨 댁이지요?"

"전데요, 누구시죠?"

"아, 점심 때 만났던 김현수입니다. 지금 통화 가능하죠?"

"네, 말씀하세요."

"으음, 의논할 게 있는데 시간 좀 내주실 수 있는지요?"

"지금이요? 알았어요. 말씀하시면 나갈게요."

"네, 늦지 않게 보내 드릴 테니 학교 앞으로 오십시오."

"근처까지 오신 거예요?"

"네, 학교 정문 근처에 있어요. 어디로 갈까요? 조용히 대화를 할 수 있는 곳이 있으면 말씀하세요."

"그럼 거기서 조금만 기다리세요. 제가 곧 나갈게요."

이은정은 불과 5분도 되지 않아 정문 앞에 나타났다.

"집이 학교에서 가까운가 봐요."

"네, 그래서 이 대학교를 선택한 거예요."

"아! 그래요?"

현수는 무슨 뜻인지를 금방 파악할 수 있었다.

가난한 집안 형편을 고려하여 더 좋은 대학을 갈 수도 있지만 차비나 점심 값을 절약할 수 있는 천지대학교를 선택했다는 뜻으로 받아들인 것이다.

"학교 안에 들어가면 녹원이라는 데가 있어요."

"녹원이요?"

"네, 여름엔 등나무 넝쿨이 그늘을 만들어줘 시원한 곳이에요. 이 시간엔 사람이 없으니 거기로 가요."

"커피숍은 없어요?"

"있기는 한데 사람들도 많고, 비싸기도 하고 그래요."

가난으로 인해 어쩔 수 없이 몸에 밴 근검절약 정신이 엿보인다. 현수도 한때 은정과 똑같은 생각을 했었기 때문에 금방금방 속뜻을 알아듣는 것이다.

"그럼 그러죠."

잠시 후 둘은 녹원이라는 곳에 당도했다. 아직 잎사귀가 완연하게 돋아나지 않은 계절이라 조금은 을씨년스런 분위기였지만 대화하기엔 괜찮았다.

혹시 몰라 와이드 센스 마법으로 주위를 살펴보니 반경 100m 내엔 개미 한 마리 없을 정도로 고요했다.

녹원엔 혹시 있을지 모를 불미스런 사고를 막고자 수은등이 켜져 있고, CCTV가 작동되고 있었다.

둘은 자판기에서 300원짜리 커피 두 잔을 뽑아 들곤 마주 앉았다.

"우리 둘만 있으니까 조금 이상하네요. 그죠?"

"네에."

데리고 와보니 분위기가 이상하다. 하여 옷자락만 만지작거리면서 조그만 목소리로 대답했다.

"이렇게 만나자고 한 것은 제의할 것이 있어서예요."

"제의요?"

"네. 이은정 씨, 지금 무역학과에 재학 중이지요? 졸업 후 취직 준비는 잘되고 있어요?"

"나름대로 준비는 하고 있는데 요즘 그쪽에 빈자리가 없어서 일자리 구하기가 하늘의 별 따기만큼 어렵다고 해요."

"그래요?"

"네. 올해 졸업한 선배들 가운데 절반 이상이 아직 일자리를 못 찾았어요. 취직한 선배들도 무역 쪽이 아닌 다른 사무직 쪽으로 간 사람들도 많구요."

"그렇게나 어려워요?"

"네, 무역은 활발한데 자리가 없는 거죠."

"은정씨는 인턴사원 이런 거 안 알아봐요?"

"왜 안 알아보겠어요? 여러 군데 지원서를 썼는데 모두 떨어졌어요."

우울모드로 접어든 듯 살짝 이맛살을 찌푸린다.

"취직은 할 거지요?"

"물론이에요, 제가 취업을 해야 할머닝랑 어머닐 조금이라도 편하게 해드릴 수 있잖아요."

"회사의 규모는 어느 정도 되는 델 원하나요?"

"아이고, 지금 제 입장에서 그런 걸 어떻게 따져요? 뽑아주기만 해도 감지덕지지요."

"그래요?"

"네. 학교 다닐 때 공부 잘한다고 소문났던 선배들도 판판히 놀고 있는 상황이거든요."

"좋아요. 그럼 제의를 하지요. 은정 씨!"

"네, 말씀하세요."

은정은 이제 겨우 두 번 만나본 현수가 대체 무엇을 제의하려는 것인지 궁금하다는 듯 눈빛을 빛냈다.

"제가 무역회사를 하나 내려고 해요. 업무는 국내 제약사들이 만든 약품을 콩고민주공화국에 있는 킨샤사로 수출하는 것부터 시작합니다."

"약품을 수출한다고요?"

"네. 항생제, 진통제, 지사제, 소독약 등등 일상생활에서 쓰는 약품들을 수출하는 겁니다."

"상대 회사는 정해져 있나 보죠?"

"킨샤사에 제가 투자하는 회사가 있어요."

"아, 그래요?"

머리 좋은 은정은 무슨 뜻인지 금방 알아들었다.

이쪽과 저쪽의 거래처가 동일인 소유라면 무역 사기랄지 이런 일은 전혀 고려하지 않아도 된다.

다시 말해 아주 안전한 업무가 된다는 뜻이다.

"그건 알았어요. 근데 제가 할 일은 뭐죠?"

현수는 은정이 마음을 정했다는 것을 알 수 있었다. 그렇기에 마음 편히 이야기했다.

"당연히 무역 실무죠. 관련 법규가 뭔지는 알죠?"

"네. 대외무역법, 외국환 관리법, 통관법이 적용되죠. 그리고 취급하는 상품 종류에 따라 전기용품 안전 관리법, 자연환경 보전법, 유해 화학 물질 관리법 등도 참고해야 해요."

"무역협회라는 것이 있다고 들었는데 거기도 가입해야지요?"

"그건 필수사항은 아니에요. 하지만 수출입 실적을 인정받으려면 무역업 고유번호가 있어야 하죠."

"그래요?"

"네, 제 생각엔 수출 품목이 늘어날 것 같으면 비용이 들더라도 무역협회에 가입하는 게 좋아요. 실무에 있어 여러 가지 도움을 받을 수도 있으니까요."

군대 사격장에 가면 교관들이 하는 말 가운데 '준비된 사수부터 사격 개시!' 라는 말이 있다.

다시 말해 방아쇠만 당기면 총알이 나갈 정도로 완전히 자세 잡은 병사를 뜻하는 말이다.

지금의 은정이 그렇다. 무역학과를 다니면서 언제든 실무에 투입될 수 있도록 많은 준비를 한 아가씨이다.

그럼에도 인턴사원으로 뽑히지 못한 것은 실력보다는 학벌 위주의 선발이 있었던 때문이다.

"그건 그렇게 합시다. 아무튼 이은정 씨가 수출입에 필요한 제반 업무를 맡아주시면 돼요."

"저 말고 다른 직원은요?"

"지금은 없습니다."

"그럼 제가 책임자가 되는 건가요?"

"당장은 그래요. 하다가 차츰 인원이 늘어나게 될 거예요. 아무래도 수출 품목이 조금씩 늘어날 것 같거든요."

현수는 이 차장이 수입하던 아날로그 텔레비전과 싸구려 옷, 그리고 신발 등을 떠올린 것이다.

"저어, 우리 엄마와 할머닌 신용불량자고 저도 학자금 융자 받은 걸 갚지 못하면 신용불량자가 되는데 뭘 믿고 제게 이런 제안을 하신 거죠?"

"그냥요, 느낌이 좋았어요. 선한 사람이고 양심에 어긋나는 일은 하지 않을 사람처럼 느껴졌거든요."

"……!"

"저도 은정 씨처럼 어려운 환경에서 대학을 졸업했어요. 저도 학자금 융자를 받아서 썼거든요. 졸업 후엔 80번 넘게 입사 지원서를 썼지요. 그리고……."

현수가 무슨 말을 할까 싶어 잠시 말을 끊은 동안 은정이 눈빛을 빛내며 바라보고 있었다.

그러더니 현수가 말을 잇기 전에 먼저 입을 연다.

"고맙습니다. 열심히 일하겠습니다."

"네에? 아직 보수 문제도 이야기하지 않았는데……."

"저도 느낌이 좋았어요. 김현수 씨, 아니, 이제부턴 사장님이라고 불러야 하죠? 아무튼 사장님도 선한 사람 같아요."

"그래요?"

"네에. 선하신 분 맞지요? 그리고 제 급여는 알아서 넣어주세요. 알바하는 거보다는 낫겠지요. 그쵸?"

"그, 그럼요. 알바가 아니라 정규직이죠. 그것도 국내 업무를 총괄하는 책임자구요."

"네에……? 제가요?"

"제 명함을 보셔서 아시겠지만 해외영업부 소속이라 석 달 휴가가 끝나면 킨샤사로 되돌아가야 할 것 같아요."

"저 혼자 어떻게……?"

"일단 회사를 창업하고 돌아가는 상황 봐서 인원을 추가하도록 하죠. 같은 과 친구도 괜찮으니 쓸 만한 사람들을 미리 물색해 두세요."

"네에. 고맙습니다. 정말 열심히 일하겠습니다. 근데 언제부터 일을 시작하죠?"

"내일부터 해야 합니다. 우선 회사 설립에 필요한 것들을 알아봐 주세요. 잘 모르겠거나 너무 복잡하면 법무사 사무소를 찾아가서 대행을 의뢰해도 돼요."

"어머, 아니에요. 그럼 비용 들잖아요. 제가 알아볼게요. 모르는 건 교수님들에게 여쭤봐도 되니까요."

"교수님들보다는 관련 부처 공무원이나 무역협회 관계자에게 물어보는 게 더 빠를 수도 있을 겁니다."

"아……! 그건 그렇겠군요."

"전 사무실을 알아보겠습니다. 은정 씨가 일을 해야 하니 이 근처에 얻는 게 좋겠지요?"

"그래 주시면 저야 좋지만 사장님이 오가시기에 불편하지 않을까요?"

"전 상관없어요. 참, 내일 수업은 어때요?"

"오전에 모두 끝나요. 과사무실에 3시까지 있어야 하니까 오후부턴 시간이 돼요."

"근로장학생이에요?"

"네, 학자금 융자받고 한 거 이자를 내려면……."

"그렇군요. 알았습니다. 그럼 내일 오후 3시 반에 학교 앞으로 올게요. 사무실을 알아보러 다닙시다."

"네, 전 그전에 사무실 규모 등과 관련된 규정이 있는지 알아볼게요."

"그러세요."

차를 몰고 집으로 오는 동안 현수의 뇌리로는 상념이 끊이

지 않았다. 갑작스레 사업을 시작하게 되었으니 생각할 것이
많아진 때문이다.

덕분에 여행 계획은 뇌리에서 지워졌다.

『전능의 팔찌』 제4권에 계속…

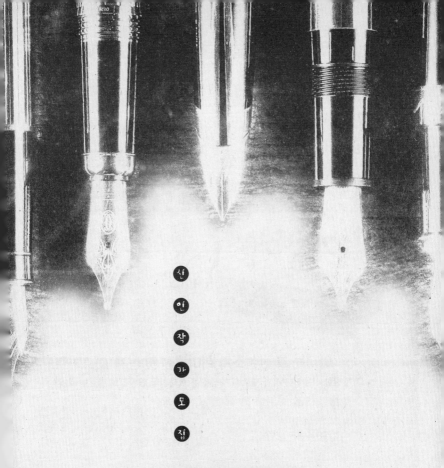

Book Publishing CHUNGEORAM

이경영 판타지 장편 소설

이제는 그 전설조차 희미해진 옛 신계, 아스가르드.

그 멸망한 신계의 전사가 새로운 사명을 품고 다시금 인간들의 곁으로 내려온다.

렘런트라는 이름의 적들, 되살아나는 과거,
그리고 가치관의 차이.
그 모든 것들과 맞서 싸우려는 그녀 앞에 신은 단 한 사람의 전우를 내려준다.

그는 붉은 장발의, R의 이름을 가진 남자였다!

초대작 「가즈 나이트」의 부활!
신의 전사들의 새로운 싸움이 지금 시작된다!

Book Publishing CHUNGEORAM

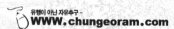

유행이 아닌 자유추구 -
WWW.chungeoram.com